俺は手で
制止する仕草をし、
セラスに歩み寄る。
肌が触れ合うか
触れ合わないかの至近距離。
彼女の耳に、自分の口を近づける。
「へ？あ、あの
！」
セラス・アシュレイン
三《み》森《もり》灯《とう》河《か》

イヴ・スピード
「トーカ殿、決して目を逸らさぬよう」

「腰が入っていないぞ！」

「――蹂躙、開始」

ハズレ枠の【状態異常スキル】で最強になった俺がすべてを蹂躙するまで 5

篠崎 芳

OVERLAP

CONTENTS

Illust：KWKM

プロローグ

マグナル王国の北西都市アーガイル。

ここは西方の最前線に位置する要塞都市である。

大誓壁《ナイトウォール》陥落後、次に陥落したのがこのアーガイルとなった。

アーガイルは今、燃え盛る炎と黒煙に包まれていた。

当初は人間たちの戦意に満ちた気勢も聞こえていたが、その気勢も今やすっかり失われてしまっている。

今は、それに取って代わった絶望の苦鳴が悲劇の都市を覆っていた。

逃げ遅れたアーガイルの民は、魔物たちに蹂躙《じゅうりん》されていた。

市内では今も、筆舌に尽くしがたい光景が繰り広げられている。

「グるグぁギぇァぁアあアあアあッ！」

「オぐルぉエェぇ！　グるぅ！　グへァ～！」

「ぐゲいィ！　げィエ！　あヒげァあ～」

「ひーゲげゲ！　ひゲげ♪　ヒげー♪」

凄惨な光景を見おろす城壁の物見塔。

一匹のオーガ兵が、その屋根にのぼった。

手からぶらさがっているのは守備隊長の生首。
オーガ兵は遠くでけぶる砂塵《さじん》を眺めた。
砂塵が都市から離れていく。
目を細めるオーガ兵。
湧き上がってきたのは、苛立《いらだ》ちに似た感情であった。
獲物を逃した。
もっと、遊ばせろ。
感情を解放するかのように、オーガ兵は、空へと向かって雄叫《おたけ》びを上げた。
「キしュぉェえアあアあアあアあアあア――――っ！」

◇【元白狼騎士団長】◇

「アーガイルの民の避難はこの時点で放棄する！　全部隊に告ぐ！　撤退だ！　ひとまず、南のシシバパまで撤退するぞ！」

大魔帝《たいまてい》の西方侵攻軍《せいほうしんこうぐん》。

その攻撃を最初に受けたのは要塞都市アーガイルであった。

敵の進軍速度は当初の予想を遥《はる》かに上回っていた。

結果、アーガイル民の避難は遅れに遅れてしまった。

当然ながら取り残された者も多数いる。

防衛の要のアーガイル守備隊も、その半数以上が戦死していた。

雪崩めいた馬蹄音《ばていおん》が砂の大地を打ち鳴らす。

老騎士マルグ・ノッグは馬上から背後へと首を巡らせた。

瞳に映るのは、黒煙を上げる要塞都市。

「くっ、薄汚いオーガどもめがぁぁ……ッ」

敵の主力はオーガ兵。

オーガ兵は死を恐れないとも言われている。

攻め入ってきた数も尋常ではなかった。

(聞いてはいたが、あれほどとは……ッ)

「マルグ殿！」

守備隊の副長が馬首を並べる。

「おぉ!? しっかり生きておったな!? しんがり、ご苦労だった！」

「いえ、この身を盾にすることは戦士の本懐でもありますから！」

「オーヴィスは!?」

守備隊長の名である。副長は苦渋の相を浮かべた。

「わかりません……ただ、この一団に姿は見当たらず……」

歯噛《はが》みするマルグ。

「ぐっ……邪王素《じゃおうそ》による弱化さえなければ……ッ！」

襲撃してきた魔物たちは邪王素を放っている。

敵の親玉である大魔帝が備えている邪気。

この邪気の漂う範囲にいると人間は負荷を受ける。

まず、身体《からだ》の動きがわずかに鈍くなる。

魔素一つ練り込むのにも普段より消耗が激しくなる。

他にも、とにかく弱体と呼べる影響を受けてしまう。

ゆえに本来の力が発揮できない。

本来の戦闘能力で勝《まさ》っていても、邪王素の影響で負けたりする。

願いを込めるように、副長が声を荒らげた。

「ですが、白狼《はくろう》騎士団ならッ……大陸唯一の神魔剣使いであられるソギュード様なら、連中にも負けませんよね⁉　マルグ殿⁉」

「そう思いたいが、あのソギュードとて邪王素の負荷からはのがれられん。ただし……大魔帝さえ倒せれば、話は変わってくる」

そう、大魔帝さえ討てば金眼《きんがん》の魔物の放つ邪王素は消える。

正確に言うと大魔帝との〝接続〟が切れるらしい。

邪王素はその〝接続〟によって供給されているそうだ。だからこそ、

「だからこそ邪王素の影響を受けぬ異界の勇者が、大魔帝を倒してさえくれれば……ッ！」

残る金眼の魔物を本来の力で一掃できる。

邪王素は個体によってその濃度が違う。

過去の情報によれば、強力な魔物ほど邪王素が濃い傾向にあるようだ。

大魔帝が周囲に放つ邪王素の量となると、これはもう想像がつかない。

（アライオンの女神ですら根源なる邪悪の放つ邪王素には対抗できぬと聞く……やはり我々が頼るべきは、異界の勇者しかおらぬのか。あるいは……）

あのシビト・ガートランドなら、倒せたのだろうか。

（そういえば……〝人類最強〟を殺したと言われているアシントとかいう呪術師集団……もしその者たちが戦列に加わったなら、ものすごい戦力になるのではないか……）

「ん？」

前方に、砂煙が見えた。何かがこちらへ向かってきている。

マルグは部隊の速度を落とさせた。戦闘態勢を取るよう指示を出す。目を細める副長。

「荷馬車のようですが……、――ッ!?」

血相を変えた副長が、慌てて号令を飛ばす。

「弓兵を前へ！　腐肉馬《グールホース》だ！　撃てぇ！」

敵の腐肉馬が荷車を引き、突進してくる。

やけに速度が出ている。

（荷台部分に、敵兵の姿が見えぬが……）

荷車とそれを引く腐肉馬のみに見える。眼光鋭くマルグは前方を見据えた。

「しかし、巨大な荷車だな……あの速度では安定せんだろうに……」

地面は悪路ではないが、良路とも言えない。事実、荷車の動きは怪しくなっていた。

マルグは敵の意図を探ろうとする。

「……荷車に何か罠《わな》でも仕掛けておるのかもしれん。警戒しておけ」

「はっ！　対戦車隊は前へ出る準備を！　騎馬隊も準備しろ！」

その時、先頭を走っていた腐肉馬が転倒した。

次の瞬間、誰もが動きを止めて息を呑《の》んだのがわかった。

「そん、な――」

大きく跳ねた荷車から飛散したのは、

「あ、あれは……先に避難した、アーガイルの市民……？」

死体の山であった。

「さ、先回りされていたのか……」

「いつの間に……、――っ!?」

弾《はじ》かれたように、マルグは後続の荷車を睨《にら》みつけた。

「まさか、他の荷車にも――」

一頭の腐肉馬が眉間を矢で射抜《いぬ》かれ転ぶ。

倒れ込んだ腐肉馬はそのまま地表を滑りながら、砂をまき上げた。

そして一緒に横転した荷車から投げ出されたのは、

「ぐ、ぅッ!?」

やはり、死体の山。中には護衛としてつけた守備隊の顔ぶれもあった。

「マルグ殿、あ、あれを……」

言われ、腐肉馬の列のさらに向こうへ視線をやる。

砂塵が、舞っていた。

砂のカーテンの向こう側で影が鳴動している。

砂煙と影の群れはこちらへ近づいてきていた。シシバパからの援軍では、ない。

「……敵だ」

腐肉馬に乗ったオーガ兵が、列をなして迫ってくる。

と、副長が何かに気づいた。

「ん？　オーガ兵の槍《やり》の先に何か……、――ッ!?」

言葉を失う副長。さすがのマルグも血の気が引いていくのを覚えた。

馬上のオーガ兵が手にしている槍――その先端に、人の首が刺さっている。

生首の掲げられた槍は何本もあった。

先頭のオーガ兵が、雄叫びを上げる。

「シぃギごギごエぁァあアあア――――っ！」

それは、愉悦と殺意の混声合唱。

手綱を握る副長の手に、強い力が込められる。

「や、やつら人間を……人間を、なんだと思っているんだぁぁああああああっ！」

その時、マルグの耳が何かの音を拾った。

〝ガォン！〟

多分、そんな音だった。次にマルグが覚えたのは――違和感。

「……？」

（影？）

反射的に頭上を仰ぎ見る。次の瞬間、
ドシィン！

地が、震えた。

背後を仰ぎ見たマルグは目を剝《む》く。

「馬鹿、な……空から、き、金眼の魔物だと……ッ!?」

金眼の魔物に制空権は存在しない。

ヨナトの誇る〝聖眼《せいがん》〟がすべて撃ち落とすためだ。

ゆえに根源なる邪悪の軍勢は地上からのみ侵攻してくる。

そう、存在しないはずなのだ。

「――聞け、人ヨ――」

背後にいた身の丈6ラータル（6メートル）ほどの魔物が、しゃべった。

（人語を介する魔物……？　こいつ、魔族か……ッ）

「我が名は大魔帝に忠誠を誓いし魔帝第三誓《まていだいさんせい》――ドライクーヴァ」

ヤギの頭部。紫炎めいた体毛。二足歩行。威圧的に広げられた紫紺の翼。

そして……金眼。

誰もが、立ちすくんでいた。

目前に迫るオーガ兵を忘れ、皆、背後に現れたその凶姿《きようし》に釘《くぎ》づけになっている。

身体が、重い。

おそらく黒ヤギの魔族が放つ邪王素の影響だろう。

この場にいる者は邪王素の影響だけで、戦闘力を根こそぎ奪われてしまっていた。

（こ、これほどの……動けなくなるほどの邪王素を放つ敵が、存在するのか……ッ）

ならば、だ。

（大魔帝は……一体、どれほどの……）

「人よ、生きることを簡単に諦めてはならヌ。強き意志を持ち、己の力で生存を摑《つか》みとるのダ。安心するがよイ。さすれば、その命――」

重々しい空音を撒《ま》き散らし、大きな爪のついた巨腕を振りかぶる黒ヤギの魔族。

「必ずや無慈悲に、我々が、踏みにじってやろうゾ」

□

白狼王《はくろうおう》のもとに、アーガイルに続きシシバパ陥落の報がもたらされた。

生存者は一台の馬車に収まるほどしかいなかったという。

アーガイル同様、シシバパでも虐殺の限りが尽くされたそうだ。

シシバパ陥落から三日後。

戦の準備を終えた異界の勇者たちは主戦場となるマグナルの地を目指し、女神に率いられ、アライオンの王城を出立した。

1．禁忌の魔女

禁忌の魔女。
ダークエルフは、自らをそう名乗った。
ついに果たした――直接の対面。
が、ここからだ。
リズはともかくセラスやイヴにも安堵《あんど》が見て取れた。
しかしまだゴールではない。
ただ、緊張が緩くなるのも無理はない。
金棲魔群帯《こんせいまぐんたい》の奥地への到達。それは不可能の代名詞の一つだった。
けれど、辿《たど》り着いた。
決して楽な道のりではなかった。神経をすり減らす過酷な道のりだった。
皆、心身共に疲れ切っている。もうゴールと思って安堵しても、誰も責められまい。
とはいえ、現実はまだ中間点でしかない。
俺たちを魔女が受け入れるか否か。それをはっきりさせる必要がある。
結果は、ここからの交渉にかかっている……。
魔女が捻《ひね》った腰にゆるく手をあてた。腰を捻った際、長い黒髪が揺れる。

「で——あの魔物どもの大騒ぎは、きみたちの仕業?」

ほわぁぁ、とあくびをする魔女。

「眠りを、邪魔されたんだけど?」

ああ、と俺は首肯する。

「俺の傭兵《ようへい》団の仕業で、間違いない」

あえて〝俺の〟を強調する。この集団の代表が俺だと、示すために。

「きみの、ね」

魔女は俺に視線を留め、双眸《そうぼう》を細めた。

「あれほどの大騒ぎ……不用意にも〝口寄せ〟を殺しちゃったのね。違う?」

大口お化け。あの魔物を、魔女は〝口寄せ〟と呼んでいるようだ。

……どこぞの忍術みたいな名前だな。

「あいにく、あんたほど魔群帯には詳しくない。魔群帯では何もかもが手さぐりだった。当然、その口寄せの性質も知らなかった」

片眉を上げる魔女。

「あまり言い訳がましくない口ぶりね? 悲壮感がないのは、途中で仲間を一人も失わなかったからかしら」

「ああ、一人も欠けてはいない」

「それは大したものね――それ以上、動かないで」

俺は、すり足をとめた。

「……その綺麗《きれい》な顔がよく見えなかったんでな」

「笑止――心にもないことは、不用意に口にしないこと」

……どこまで把握しているかは不明なものの、魔女は俺の〝射程距離〟をある程度見抜いているようだ。

シビト戦のようにはいかない、か。

まあ、いずれにせよスキルを使うつもりはなかった――今のところは。

一応、可能なら【麻痺性付与《パラライズ》】の射程に収めようと思っていたのだが……。

ただ、今のは少し軽率だったかもしれない。

あと、容姿を褒めてみたが反応は薄い。男に対する免疫のないタイプでもなさそうだ。

そっち方面からの崩しは、難しそうだ。

「ところで、結界の外の様子はまだ確認していないんだけど……本当に静かなのよね。つまり魔物の波はもう引いている……人面種《じんめんしゅ》を含む相当な数の魔物が押し寄せたはずだけど、どうやってやり過ごしたの？」

「がむしゃらに殺し回ってたら、いつの間にか魔物の数が減ってた。つまり……数が減ったから静かになったんだろう。ま、途中で尻尾を巻いて逃げてった連中もいたしな」

「なんですって？　殺し……回った？　人面種も？」

「ああ、人面種も」

「エリカお手製のゴーレムの動きを束縛した、あの奇怪な魔術を用いて倒したっていうの？」

「魔術でも呪文でもなく――あれは、異界の勇者の力だ」

魔女はやや意外そうな顔をしたが、すぐ顔に得心を浮かべた。

「異界の勇者、ね。なるほど、それなら納得に値するわ。異界の勇者なら、奇怪な力を備えていても不思議はない」

ここで異界の勇者だと明かすのは問題ない。

魔女は賢そうだし、どうせいずれ答えに辿り着くだろう。

なら、信頼を得るためにこちらから明かしていく。

俺が目配せすると、セラスは視線を返してきた。

よし、大丈夫だ。

セラスは今の視線の意図を理解している。

魔女の言葉――嘘《うそ》か否かの、真偽判定。

あるいは、どういう時に嘘をつくタイプか。

重要な真偽判定でなくとも、それで相手の気質を知ることができる。

「なるほど、きみたちがあの地帯を抜けられた理由は理解したわ。して——」

杖先《つえさき》で床を打つ魔女。

「このエリカのもとへ来た目的は、なに？」

真を問う紫氷《しひょう》の瞳。静かながらも、燃えるような圧がある。

「俺からも、一ついいか？」

問いに対し、俺は問いを返した。ジッと見おろしてくる魔女は暫《しば》し黙したのち、

「ま、こっちが一方的に質問するのも不平等だものね。どうぞ？」

……けっこう話は通じるな。

「あんたは異界の勇者と聞いてもさほど警戒しなかった……なぜだ？　俺たちは、よからぬ命を受けた女神の手先かもしれねぇぜ？」

首筋の髪を大仰に撥《は》ね除《の》ける魔女。

「異界の勇者は、すべて女神に従順だったわけじゃなかった。知らないの？」

魔女は、指先をくるくる回した。

「召喚者が複数だと、その中から外れ者が出ることもある。ま、女神の意に沿わぬ外れ者の大半は例の廃棄遺跡で朽ち果てたんでしょうけど。きみはそこへは送られなかったみたいだから、それだけでまず幸運に感謝すべきかもね」

廃棄遺跡の存在は知ってる、と。

「でなければ、きみの言葉通り……」

魔女の杖の先が、光った。杖の先に帯状の術式が浮かび上がる。……魔術か。

「きみたちは、よからぬ女神の手先なの？」

ここは本音でいくべきだ。腹の探り合いは、さじ加減を間違えると危険だ。

探り合いをすればするほど開いてしまう〝距離〟もある。

「逆だ——俺はむしろ、女神に仇《あだ》なす側でな」

イヴとリズが背後で反応したのがわかった。声こそ発さなかったが、驚きがうかがえる。

二人には、俺が女神の敵対者だとまでは伝えていない。

「で——あんたはどっち側だ？」

ここだ。ここでの魔女の反応が、すべてを決める。

万が一この魔女が女神側なら選択肢は一つ。

魔女を下し、ここをのっとるしかない。

俺は答えを待った。正解は、嘘を見抜くセラスが教えてくれる……。

魔女が鼻頭にきつくシワを寄せた。彼女は腰に手をあて、不快感を露《あら》わにする。

「はぁ？　アライオンの女神は妾《わらわ》を危険視した挙句、禁忌の名まで刻みつけてくれやがった邪神よ？　このエリカがあのクソ女神に好意を持つ理由が一体全体、どこにあるっていうの？…………きみ、今ちょっとだけ笑ったわよね？　ねぇ？　ちょっと、どういうわけ？」

女神に対し、魔女はひとかたならぬ思いがあるらしい。

そして――俺の方も一瞬、思わず平静さを忘れてしまった。

「いや、悪い」

……へぇ、意外と魔女も口の悪い面があるんだな。

でもまあ、そうか――クソ女神ときたか。

セラスからの合図はない。

〝魔女が嘘を言ったら咳払《せきばら》いをする〟

それがないということは、嘘を言っていない――つまり女神側ではない。

これは、ほぼ確定とみていいか……。

万が一の懸念は、払拭された。

「じゃあ、そろそろこっちの質問に戻るわよ？　エリカのもとへ来た目的は、なに？」

「……目的は、二つ」

「二つ？　強欲ね」

「人間なんでな」

「……ふん。さ、言ってごらんなさい？　一応、聞いてあげるから」

「一つは、俺の後ろにいる豹人《ひょうじん》とダークエルフの保護を頼みたい」

　杖の先端が、クイッと上へ軽く跳ねる。

「続けて」

「わけあって、二人は追われる身でな。ここで保護してもらわないと、ここの外で望みのない逃亡生活を続けるしかない」

「ふぅん。きみとそこのハイエルフは、保護しなくていいわけ？」

「可能なら俺と彼女の保護も一時的に頼みたい。ただ、もう一つの目的を果たせば俺たち二人はさっさと出て行く。それから、これは口約束になるが……あんたについての情報を外で漏らすつもりはない。俺があんたの情報を触れ回るメリットも、ないんでな」

　イヴとリズからやや動揺がうかがえた。

　おそらく〝俺たち二人はさっさと出て行く〟に対する動揺だと思われる。

　魔女が杖を支えにし、前屈《まえかが》みの姿勢になった。

「話術に自信アリって感じね」

「自信がないとは言わないさ。だからこそ、この一団のリーダーとして交渉役を買って出てるわけだしな」

「はりぼての自信家でもなさそう、か。身の丈に無自覚な虚勢でもない……ふん、今のところ印象はそれほど悪くないわよ？」

「保護者になってくれるかもしれない魔女のご機嫌を損ねたらことだからな。それなりに気は配ってるさ」

「笑止」

……あの〝笑止〟ってのは口癖らしい。ただ〝笑止〟とは普通〝笑うべき時〟や〝おかしく感じた時〟に用いられる言葉だったはず。

が、笑わない。

そう、魔女は一度も笑みを見せていない。愉快以外の感情からくる笑みすらない。

嘲弄も、苦笑も、皮肉も、自嘲も——ない。

「それで、もう一つの目的は？」

笑わない魔女が尋ねた。俺は、背負い袋から三つの紙筒を取り出す。

「こいつだ」

「何？　地図？」

「呪文書だ」

「……エリカにその呪文書の読み方でも教えて欲しいの？って、わざわざこんなところまで足を運んで教えて欲しい呪文って何よ？」

「禁呪」

魔女の顔色が、変わった。

「………へぇ」

「こいつを読めるヤツを探してる。禁忌と呼ばれるほどの知識を持つ魔女なら、と思ってな」

「三つ揃《そろ》ってるのね……つまり、きみ……」

察した顔をする魔女。

「アライオンの女神を倒すために、禁呪の力が欲しいってわけ？」

「そうだ」

魔女が肩を竦《すく》める。

「無理」

今の言い方。

知らない――ではない。

知っているが、教えるつもりはない。

そっちに近いニュアンス。

セラスから合図はない。彼女から伝わってくるのは躊躇《ためら》いと戸惑い。

合図を出すかどうか迷っている――そんな感じだ。

今の〝無理〟が〝不可能だから無理〟ではなく〝心情的に無理〟だったとすれば、魔女の言葉は〝嘘〟ではない。

しかも、魔女は〝三つ揃ってる〟と口にした。

確実になんらかの情報を持っている。でなければ、そんなことは口にできない。

「知ってはいるんだな」

「……正解。まあ――」

前屈み姿勢を続けたまま、魔女は紫紺の瞳に瞼《まぶた》を薄く重ねた。

「禁呪の知識を与えるにふさわしいかわからない相手に、そう簡単に知識を授けるつもりはないわ」

「教えてもらうには、どうすればいい？」

「さあ？」

「そうか、わかった」

鼻頭にシワを寄せる魔女。

「………………何が？」

「なら先に、後ろの豹人とダークエルフの保護について話したい」

禁呪の方はまだ取りつく島もなさそうだ。

ならば先にこっちの交渉に入る――別の島から、取りつく。

「なぜエリカがきみたちを保護する必要が？　保護したエリカに何か得があるわけ？……とまあ、通常はそうやって切り捨てるんだけど」

紫氷の視線が、イヴとリズに注がれる。

「まず……そこの豹人族のきみって、スピード族の子？」

イヴが一歩前へ出る。

「相違ない。我はエイディム・スピードの娘、イヴ・スピードだ」

交渉役は俺だが、俺以外のヤツに交渉を禁じているわけではない。

何かあれば発言自体は自由にしてくれ、と伝えてある。

と、魔女が〝やっぱりか〟みたいな顔をした。

「……エイディムと、パキィは？」

魔女の問いに、イヴの答えは一拍遅れた。

「父も母も、死んだ」

「……辛《つら》いことを聞いたわね。ごめんなさい」

「謝る必要はない。事実なのでな」

示すように、腕を掲げるイヴ。

「そなたが我が一族に与えたこの地図……我はこれを辿《たど》ってここへ来た。『もし禁忌の魔女の力が必要となった時は、この地図を使って魔女を頼れ』……父エイディムが、我にそう言い残した」

「スピード族には世話になったわ。けど、そう……エイディムとパキィ、死んだのね

「……」

魔女の顔に、薄《うっす》らと影が落ちた。

……表情から察するに、イヴの両親とは良好な関係を築いていたようだ。

「きみがあの時の娘……イヴなのね」

「む？　我と、面識があるのか？」

イヴは、面識がないと言っていたが。

「覚えてないのね。ま、そっか。エリカと会った時、きみまだ赤ちゃんだったし」

「……そうだったのか」

「スピード族は、ある時期から消息がわからなくなっていたけど……」

「我が部族はある日、襲撃を受けて壊滅した……我一人を残して」

「誰に？」

魔女の声が重々しく鋭い紫炎を纏《まと》った。急変と言っていい、トーンの変調。

片や、イヴの声音は意気消沈に近い。

「襲撃者がまだ年端もいかぬ子どもたちだったのは、覚えているのだが……」

「名前」

命令に近い語調。その子どもらの名前を言え——魔女は、そう促した。

「名はわからぬのだ。年にそぐわぬ化け物じみた強さだけは、鮮明に覚えているのだが……」

達観の息をつくイヴ。

「それくらいしかわからぬゆえ、あだ討ちするわけにもゆかなくてな……今となっては、顔立ちもすっかり変わってしまっているだろう」

魔女の小さな舌打ち。……思ったより情に厚いタイプのようだ。

仲の深かった相手のために怒れるなら、情に厚いと言える。

「その後、唯一生き残った我は一人この大陸を彷徨《さまよ》っていた。そんな折に出会ったのが、我と同じく一人で放浪していたリズだったのだ」

イヴが、リズの小さな肩に手を置く。

「安息の地を求めて、我らは二人旅を始めた。しかしある時、奴隷商の一団に目をつけられてしまってな……数で勝る連中からは、逃げ切れそうになかった。そこで一縷《いちる》の望みにかけ、魔群帯へと逃げ込んだのだが……」

力なくかぶりを振るイヴ。

「魔群帯の魔物は、奴隷商の一団よりも遥《はる》かに恐ろしい相手だった。そうして仕方なく引き返したところを、待ち構えていた奴隷商たちに襲撃され、捕まってしまったのだ」

イヴはその後のいきさつを、魔女に滔々《とうとう》と語った。

モンロイで奴隷として売られたのち、血闘士《けつとうし》になったこと。

自分とリズの身を買い戻すべく、がむしゃらに戦ったこと。

血闘場《けっとうじょう》を運営する公爵に裏切られた末、俺たちに救われたこと……。

魔女は黙って耳を傾けていた。聞き終えると、魔女はリズに視線を移動させた。

「きみ、姓は？」

「ご、ごめんなさい……リズベットという名前しか、わからなくて」

「じゃあ、親は……」

言いかけて、口をつぐむ魔女。聞くのが酷な話題だと思ったのだろうか。

「わたしは……おねえちゃんと出会う前、森の中にあったダークエルフの集落でひっそり暮らしていました」

リズが、ポツポツと語り出した。

「みなしごだったので、本当の親が誰かはわかりません。記憶もなくて……。リズベットという名前は、わたしを引き取り育ててくださった方の、その……亡くなった娘さんの名だったと、あとで知りました」

そこで、リズの顔に恐怖の線が走った。

「ある日、その集落が……アライオンの騎兵隊だと名乗る人たちに壊滅させられて……理由までは、わからなかったんですが……」

アライオン——クソ女神のいる国か。……つくづく悪いイメージがチラつく国だ。

苛立《いらだ》ちの相を引きずったまま、魔女が口を開く。

「それでもきみはどうにか生き残って、そのあとは一人で放浪していたわけね……で、そんな中でイヴと出会った」

「はい。そして……」

俺を見るリズ。

「危ないところを、トーカ様に救っていただきました。どういう経緯で救われたかは、さっきおねえちゃんが話した通りです」

魔女はついに、露骨な苛立ちを表へ出した。

「すべての人間が下劣とまでは言わないけど……エルフ族や亜人種への意識や扱いには、やっぱり眉を顰《ひそ》めざるをえないわね。どれだけの年月を経てもその愚かさは変わらない。そういう意味でも、世俗から距離を置いたのは正解だったわ。しかし、そうね……」

魔女が項垂《うなだ》れる。

「普通なら、とっとと追い返すところなんだけど……まいったわ。エイディムの娘に、故郷を失った同種族の女の子……」

緩く首を振り、魔女が自問を始める。

「いやいやいや、待って？　そもそも、今の話はどこまで信じていい話？　でも、エイディムの話はスピード族の者じゃないと知りようがないし……まあ、エイディムの面影はあるし……」

葛藤している今ならスキルの範囲に余裕で入れそうだ。……やらないが。

ただ、目論見《もくろみ》は成功したようだ。

〝魔女とゆかりのある豹人族《ひょうじんぞく》〟

〝不遇な過去を持つ同種族の少女〟

この二つの要素が、魔女に葛藤を生み出させている。

俺とセラスだけなら、多分こうはならなかった。

〝禁呪について何も話すことはない。悪いけど、信用できないから帰って〟

そんな風に一蹴されて終わりだった可能性は、十分ある。

禁忌の魔女。情はありそうなものの、基本はリアリストっぽい感じがする。

つまり、よほどの理由がない限り情の部分は引っ張り出せない。

しかしイヴとリズが見事、その情の部分を引っ張り出す要素となった。

意を決した風に、魔女が姿勢を正し直した。

「いいわ。ひとまず、譲歩の余地は残してあげる」

魔女の目つきには今なお、不審の光があった。

「ただ、一つ言わせてもらっていい？　いえ、許可がなくとも言うわ。イヴとリズ……きみたち、そこの〝トーカ様〟に、このエリカを体よく抱き込むためのダシに使われたかもしれないわよ？」

考えを、そこまで広げてきたか。やはり、鋭い。と、

「かまわぬ」

イヴが、力強くそう答えた。

「たとえそうだったとしても、トーカに利用されるのなら我はかまわぬ。そう思うに足るだけのことをこの男はしてくれた。この男は、自らの身を危険に晒《さら》してまで我らをここまで連れてきてくれた。ならば、この我とてトーカを利用したことになる」

「わ、わたしも……っ」

リズが続く。

「と、トーカ様にならどのように使われてもかまいません！　その……わたしがもし、トーカ様のお役に立てるのならですけど……」

「……二人ともそこのトーカと出会って、どれくらい？」

魔女が目を細めて問うと、イヴは正直に日数を明かした。

「ふぅん……日数のわりに随分と厚い信頼関係を築いたのね。となると……そこのトーカって男は相当なお人好《ひとよ》しか——もしくは、よほどのペテン師か」

俺は鼻を鳴らす。

「ま……半々、ってとこかもな」

「笑止」

杖《つえ》で一つ、魔女が床を叩《たた》く。

「きみ、なかなか喰《く》えない男みたいね……悪くないわ」

踵《きびす》を返す魔女。

「ま、ゴーレムも無闇に壊さなかったし……いえ、それも計算のうちなのかもしれないけれど……そう、妾《わらわ》の信頼を得るための……」

振り向き、肩越しに俺を見る魔女。

「でも……そこのトーカという人間、なかなか興味深いわ。ちょっとなら、交流を持ってみるのも悪くないかもしれない。最近ちょっと退屈してたし」

魔女は、手もとで杖を一回転させた。

「いいわ。エリカの家に、招待してあげる」

よし。二つの目的のうち一つは、これでクリア。

取っかかりとしては悪くない。むしろ上々と言える。

……まあ、魔女もこっちの狙いを看破した上で、あえて受け入れる感じだが。

とにもかくにも〝島〟に取りつくのは成功した。

あとは魔女の信用さえ得られれば、金棲魔群帯《こんせいまぐんたい》での目的を達成できる。

あのクソ女神の禁じた呪文に、近づける。

しかも、本人が気づいているかは不明だが、魔女はすでに禁呪の重要な情報を一つ明かしている。

俺の持つ情報だと〝それ〟はまだ確定ではなかった。セラスも、それは知らなかった。

ずっと〝かもしれない〟の状態でしかなかった情報だった。

口もとを、てのひらで覆う。

そう――魔女は先ほど、俺にこう尋ねた。

『アライオンの女神を倒すために、禁呪の力が欲しいってわけ？』

またも、反射的にニヤけそうになる。そう、それはつまり禁呪なら――

あのクソ女神を倒せると理解して、いいわけだよな？


木の階段の上にある扉が開くと、そこから魔女――エリカが姿を現した。

「入って」

リズの手を取ったイヴが一度、俺を見る。許可を求めるような視線だった。

頷《うなず》き返すと、二人は階段の方へ歩き始めた。そこに、スレイが続く。

「……俺たちも行くぞ、セラス」

セラスは「はい」と返事したあと、そのまま小走りで俺に身を寄せてきた。

セラスが、声を潜める。

「どうにか懐に入り込めましたね」

「ああ。ひとまずイヴとリズの保護を取りつけられたから——まずは、上々と言える」

階段をのぼり切り、屋内に入る。

広い部屋。

燭台《しょくだい》型のランプが確認できる。あの光り方は、魔素をエネルギーにしているのだろう。

部屋の中央には木製のローテーブルがあった。家具や調度品の大半は基礎が木製のようである。形は、北欧系のお洒落《しゃれ》なアンティークっぽい感じだ。

エリカは傍らのサイドテーブルに杖を立てかけ、ソファに深く身を沈めている。

「少し、待ってて」

言われた通り待っていると、部屋の奥からゴーレムが現れた。両手に椅子を四つ抱えている。ゴーレムが、椅子を手早く等間隔に置いていく。

「さ、座って？」

促されて俺たちは椅子に座った。エリカが、ソファ横のテーブルの銀杯を手にする。

「きみたちも何か飲む？」

セラスが視線で〝どうしますか？〟と問うてくる。俺は、

「もらおう」

と答えた。セラスが危惧したのは眠り薬等の混入だろうが、ここでは表向きエリカを信頼している姿勢を示すべきだ。もちろん何か怪しいと感じれば、対処はするつもりである。

ゴーレムが、盆に銀杯を載せて運んできた。

……給仕もできるのか。器用なものだ。

出されたのはハーブ水。口に杯を近づけつつ、さりげなくニオイを嗅ぐ。

モンロイで口にしたハーブ水と同じニオイ……同じ種類のハーブか。

杯を呷《あお》る仕草をしながら、舌先でほんの少し舐《な》め取ってみる。この角度なら対面のエリカに口もとが見えないはずなので、毒味をしているとは思われまい。

……味に違和感はない。大丈夫そう、か。

「毒でも盛られていないか、心配？　でもまあ、警戒するのは当然よね」

艶やかな黒髪を手櫛《てぐし》で梳《す》き、エリカが手を差し出して促す。

「気を悪くしたりはしないわ。さ、気が済むまで毒味して？」

エリカの視線はセラスに注がれていた。

「ぁ——その、これは失礼を……っ」

杯を両手で包み込み、気まずそうに身を縮めるセラス。エリカに気取られる身振りで毒味していたらしい。片や、イヴとリズは警戒せず飲んでいた。

頬杖《ほおづえ》をついたエリカの視線が、鋭くセラスを射抜く。

「きみ……セラス・アシュレインよね？」

「私を、知っているのですか？」

俺たちの手持ちの情報から考えるなら、エリカは少なくとも十年は外界から隔絶した生活を送っているはず。

十年前といえば、セラスは9歳である。仮に当時のセラスを知っていたとしても、成長した姿を見てすぐ同一人物とわかるものだろうか？

いや、違う。

エリカのあの口ぶり——外界と長らく隔絶している感じじゃない。つまり、

「あんた、魔群帯の外の情報を得る手段を何か持ってるのか？」

俺が問いを投げると、エリカはしなやかに足を組みかえた。

「そうよ」

エリカはあっさり認めると、視線をなぜかスレイへ向けた。

「遥《はる》か昔に失われた、古代の力なんだけど——」

「使い魔、とかか？」

エリカの片眉がピクッと動く。

「知ってるとは、驚きね」

「……確信はなかったんだが、なんとなくな」

というか、当てずっぽうだった。単純に〝魔女といえば使い魔〟みたいなイメージがあっただけだ。元いた世界でも色んな創作物に出てきてたし……。

理由らしい理由をつけ加えるなら……エリカは、直前にスレイを見た。

魔物であるスレイを見たのは、〝魔物を使役するなんらかの力を、彼女が頭の中で思い浮かべたから〟と、そう読んだ。

エリカが、パチンッ、と指を鳴らす。

「きみの言う通り、妾は使い魔を通して魔群帯の外の情報を得ている。関わり合いにはなりたくないけど、外の世界が面白いのも事実だもの。だから定期的に情報を得ているの。ところで――」

エリカの視線が俺の顔から、ローブへと落ちる。

「ローブの中にいるその魔物は、きみの使い魔？」

やはり気づいていたか。

「相棒のスライムだ。使い魔ってのがどういうものか知らないから、使い魔と呼んでいいかはわからないけどな」

「明確な定義や使役方法までは知らない、と」

ついでとばかりに、こちらの知識量を探られた。喰えない魔女である。

「まあいいわ、特別にこのエリカが教えてあげる。使い魔っていうのは、魔術的な契約を結んだ動物や魔物の呼称よ。それなりの命令は聞かせられるし、目にしている光景をこっちへ送ることもできるわ。使い魔を通してその場にいる者との会話も、できるにはできるけど……それは、寿命が削れるんじゃないかと思えるくらい、妾も使い魔もかなり疲れるの」

首を回し、自分の肩を揉《も》むエリカ。

「だからまあ……できれば使いたくないわね。数日ずっと眠っちゃうくらい、疲れるから」

ならピギ丸は使い魔の範疇《はんちゆう》に入らない、か。

「その魔術的な契約ってのはしていない。ま、使い魔ってよりは——ピギ丸は、俺の大事な相棒で、大切な仲間だな」

ローブの中から「ピニュ～♪」と嬉《うれ》しそうな鳴き声。

「へぇ。じゃあ、媒介水晶のついたそっちの馬は？」

媒介水晶？　首の後ろのアレのことか……？

「スレイについて、何か知ってるのか？　ミルズの遺跡内でたまたま見つけた卵が、この魔群帯に入ったあとで孵《かえ》ったんだが……」

そう、元々スレイの話も聞こうと思っていた。ついでだから、聞いてしまおう。

「神獣か魔獣か定かじゃないけど、その子は妾も知らない魔物ね。……ね、あとでちょっと調べさせてもらっていい？」

「……スレイが嫌がらず、危険もないなら」

そう答えると、エリカの機嫌が少し上向く。彼女は再び、足を組みかえた。

「ありがと」

機嫌の風向きはよくなったが……やはり笑わない。

と、エリカの視線が「ん？」と滑った。視線の移動先は、リズ。

「——ああ、悪かったわね」

なぜか急にエリカが口にしたのは、謝罪だった。

「南方とはいえ、魔群帯を抜けてきたんだもの。心身共に疲れてるわよね」

リズが不安げに身を縮めた。目尻には、薄《うっす》らと涙が滲《にじ》んでいる。

ああ、なるほど。魔女は、リズがあくびを噛《か》み殺したのに気づいたわけか。

「ぁ……だ、大事なお話の時にごめんなさ——」

「謝らなくていいぞ、リズ」

俺は、リズの言葉を遮った。

「あくびも噛み殺してるしな。失礼にあたるってほどじゃない。あとはまあ……その謝り癖も、直していかないとな」

ふんぞり返って、エリカが頷く。

「その通りよ。かわいそうに。その子、過敏なほど人の顔色をうかがう性格になってる」

両手をつき、エリカはソファから腰を浮かせた。

「自尊心やら自己肯定感も相当、やられてる。……どう扱われてきたか想像がつくだけに、殺意が湧くわ」

「だからこそ時間をかけて、ここで癒してやって欲しい」

中腰を維持したまま、エリカが半眼でジーッと俺を見る。

「……きみと話してると、自然と思考を誘導されてる気がするんだけど」

「気がするってだけなら、無罪だな。単に気のせいかもしれない。確証はないんだろ？」

「……聞いていい？　きみ、いくつ？」

正直に答えると、唇を尖《とが》らせたエリカは眉を曇らせた。

ちなみに、彼女はまだ中腰で停止したままだった。

「……冗談でしょ？」

「そういうあんたこそ、いくつなんだ？」

「きみの何倍も生きてるわ」

「なら、大先輩には敬意を払うべきか？　もし、敬語で話して欲しいなら――」

「笑止、冗談じゃないわ。あのね、トーカ？　長く生きても、無駄に年数を重ねただけじゃ偉くもなんともないのよ？」

「……あんたの考え方が一つわかってよかった。さて……さっきの流れだと、とりあえず寝床は提供してもらえる――そう考えていいのか？」

「そうね。きみたちも、ちょっと休んだ方がよさそうだし」

ようやく中腰から直立へと移行したエリカは、ゴーレムを呼び、何か指示を出した。

「あ、言っておくけど、四人それぞれに個室は無理よ？　客室は一つしかないの。もう一組は、エリカが昔使ってた部屋を掃除して使ってもらうから」

「十分だ」

「そ、れ、と――どっちの部屋も寝具が一つしかないから、一緒に寝るなり、片方が床で寝るなりはそっちで決めてね」

やはり、イヴとリズは一緒の方がいいだろう。となると、

「………………」

セラスに視線を飛ばす。

コクコク、とセラスは二度頷《うなず》いた。……了承と見ていいだろう。

「ならあんたの昔の部屋は、俺とセラスが二人で使わせてもらう」

荷物を置き、俺は部屋の壁に背をあずけた。

「どうにか、ひと息つけそうだな」

「はい、寝床が確保できたのは喜ばしいです。ただ……」

俺たちの泊まる部屋のスペースは、狭かった。

いや、正しくは足の踏み場が少ない。

床の上に調度品がたくさん転がっているためだ。

なので、元の部屋自体はそこそこ広い。

空間を奪っているモノの中には大きめの家具類も確認できるが、ホコリを被《かぶ》った中型以下の調度品が最も多い。使っていない部屋が物置と化す……ま、よくあることか。

幸いドアからベッド付近のスペースはかろうじて空いている。俺たちの荷物を置く余裕はありそうだ。片づけなくとも、ベッドで寝るだけなら問題あるまい。

……ただ、俺が床で寝るにはもう少しスペースを空けないとだな。

「こればかりは文句を言っても仕方ない。掃除して使うってのが条件だしな。あとで掃除する時の細かい決め事とかを魔女に確認したら、早速、可能な範囲で片づけるとしよう。セラスもそれでいいな？」

セラスはといえば、ベッドをジッと見つめていた。やがて、返事がきた。

「はい」

もうセラスとの同室も慣れた。

共に夜を過ごしたのは一夜どころの話じゃない。何度も同じ部屋で一緒に寝ている。

互いに、抵抗感はない。……まあ、セラスの方はそれなりに意識するかもしれないが。

意識しているのは、この前のアレのせいだろう。

と、スレイが空きスペースの敷き物の上で伏せをした。

第一形態は省スペースなので、休めるスペースを確保できたようだ。

「パキュリ〜……」

さすがに疲れてるっぽいな……だが、ようやくこれでスレイもひと息つける。

俺は、背中を撫《な》でてやった。

「ゆっくり休め」

「パキュ〜ン……♪」

一方、ピギ丸は元気よくベッドの上に飛び乗った。

「ピギ〜♪　ポヨ〜ン！」

ポヨンポヨンと、上下に跳ねている。

「ピニュイ〜♪」

こっちはすっかり元気が戻ったようだ。

ひとまず、ピギ丸とスレイは俺と同じ部屋で過ごすことにした。エリカには、

『ねぇ……夜、邪魔じゃないの？』

と、いらぬ気を遣われた。俺とセラスを〝そういう関係〟と思ったらしい。

まあ、そう見えてもおかしくはない。

と、セラスが妙に改まって声をかけてきた。

「トーカ殿、就寝時のご相談をしたいのですが――」

俺は手で制止する仕草をし、セラスに歩み寄る。

肌が触れ合うか触れ合わないかの至近距離。彼女の耳に、自分の口を近づける。

「へ？　あ、あの――ッ!?」

「普通の声量で話す時は盗み聞きされてる前提で話してくれ。あの魔女は信用できそうだが、まだ俺たちは彼女をよく知らない。聞かれてもいい話なら、普段の声量で問題ないが」

声を潜め、吐息のかかる距離で俺に耳打ちするセラス。

「ぁ――かしこまりました」

「で、雰囲気からして……何か大事な話か？」

「え？　ええっと……そう、かもしれません」

「なら、それは後で話そう。いいか？」

「ぁ――はい」

セラスの耳が赤くなっている。……近づきすぎたか。

俺は身体《からだ》を離し、声量を戻した。

「……でもまあ、禁忌の魔女が人のよさそうな感じでよかったな」

セラスは上品に膝を揃《そろ》えると、ベッドの縁に腰かけた。

「そ、そうですね。もっとこう、荘厳で近寄りがたい方を想像していましたので」

「荘厳で近寄りがたい感じじゃなくて悪かったわね」

「ひぁーっ――」

セラスの両肩が、ビクッ、と跳ねる。

エリカが、部屋のドア枠に寄りかかっていた。

視角的に背中側だったので、セラスは気づかなかったらしい。

ちなみに俺の方は、姿を見せたエリカに声をかけようとしていたところだった。

弁解か、謝罪か――セラスが慌てて口を開く。

「エリカ殿、今のは決して――」

「セラスが言いたかったのは、親しみやすいってことだろ?」

「ふぅん、褒め言葉って言いたいのね?」

「だろ?」

同意を求めるとセラスは、コクコク、と頷いた。

「ええ、私が魔女殿をけなす理由などありませんから。ですが……」

セラスは立ち上がり、魔女に向き直った。膝をつき、頭を垂れる。

「気分を害されたのであれば、心より深く謝罪いたします」

エリカが目を細め、緩く腕を組む。

「セラス、きみ……〝生真面目すぎてつまらない〟とか、よく言われない？」

「！」

土足も土足だった。セラスが、首だけで俺の方を向く。

「トーカ殿」

哀《かな》しげな目が〝やっぱりそうなのでしょうか？〟と語っていた。

……案外、嘘《うそ》判定に引っかからず〝セラスと二人で話しているとすごく楽しい〟とでも男から言われようものなら、この姫騎士、意外とあっさり攻略できてしまうのではなかろうか……。

「おまえの生真面目さは長所って言っただろ？　セラスの長所は俺がちゃんと知ってる。今はそれで我慢してくれ」

「ぁ、その――――はい」

ちょっぴり嬉《うれ》しそうに、セラスは頷いた。俺は魔女に言う。

「ともあれ出向く手間が省けてよかった。あんたとは、もう少し話したかったんでな」

「だと思って、こうして訪ねてきてあげたのよ」

魔女が廊下の向こう側を見やる。その先には確か、イヴとリズのいる部屋がある。

「あの二人がいると話しづらいこともあるでしょ？　ま、こっちも話し足りなかったし？　それに……外の者との会話は久しぶりだから、エリカも意外と浮かれてるのかもしれないわ。ここに引きこもってはいるけど、根っからの人嫌いってわけでもないの」

「――エリカと呼んでも？」

「ご勝手にどうぞ。ちなみに、エリカっていうのは本当の名じゃないんだけど……ま、好きに呼んで」

セラスが、ちょっと怪訝《けげん》そうな顔をした。

エリカと名乗った際、嘘判定に引っかからなかったからだろう。

「妾《わらわ》もリズベットと同じで、本来はアナオロバエルという名しか持っていないわ。でもほら……長いし？　略すにしてもロクな候補もないから。で、アナオロバエルの方を姓にしちゃって、名の方を短めのエリカにしたのよ。過去の異界の勇者の記録から適当に引っ張ってきた名だけど……ほら、なんか響きがいいでしょ？　文句ある？」

エリカは〝エリカ〟を〝本当の名〟と認識している。

なるほど。こういうケースも、嘘判定にはならないのか。

「ああ、それと自分のことを時々〝妾〟と呼んじゃうのは〝エリカ〟と名乗る前の名残り。今はなるべく〝エリカ〟って言うようにしてるんだけど、たまに昔の〝妾〟の方が出ちゃうのよね。けどほら……〝妾〟って言い方、なんか古臭い感じするでしょ？」

「まあ――そうかもな」

外見の雰囲気的にはむしろ〝妾〟が合っている。別に悪くはないと思うが……まあ、ここで話がややこしくなっても厄介である。ここは、同意しておこう。

「一人称〝エリカ〟の方が若い感じしない？　するでしょ？　ね、セラスはどう？　どっちの一人称がいいと思う？」

けっこう前のめりに質問してきた。エリカにとっては重要事項なのか。

「え？　私は、その……どちらでも素敵だと感じますよ？」

「エリカ、そういうリスクを取らない逃げの回答は嫌い」

しゅんとするセラス。

「申し訳ありません……」

「俺がリスクのある言動をする分、セラスが堅実な言動でバランスを取ってくれてるんだよ」

「きみ、ちょっと恋人のこと庇《かば》いすぎ。見せつけてるわけ？」

「まあな」

セラスが「と、トーカど――」と何か言いかけた。エリカが肩を竦《すく》める。

「やっぱり、見せつけてるじゃないの」

にしても、エリカはなかなかおしゃべりな性格みたいだ。当人の言う通り会話に飢えているのかもしれないが……俺としては、好都合である。

会話の手数を増やせるなら、籠絡の可能性も広がる。

「しっかし、いざ相手にすると厄介極まりないわねー……」

エリカの視線が、セラスに注がれる。

「偽りの風音を見抜く精霊――おそらくは、シルフィグゼア」

セラスの使う風精霊の名。

「けど、アシュレイン一族が代々正式に契約を結んでる精霊じゃないわよね？」

セラスが神妙な面持ちになる。

「……ご存じ、でしたか」

ふーん。一族と正式に契約を結ぶ精霊とかが、いるのか。

「事情は知らないけど……セラス・アシュレインは、はぐれ精霊と契約を結んだ。ネーア聖国へ身を寄せたのは……はぐれ精霊と契約したことで、国を追放されたから？」

セラスは黙りこくった。エリカがかぶりを振る。どこか、自分を責めるみたいに。

「……踏み込みすぎね。ごめん、忘れて。ともかく……嘘を見破るそのシルフィグゼアがいる上に、きみでしょ？」

エリカが面倒そうに俺を見る。

「化かし合いをするには、こっちが不利すぎ」

「なら——腹を割って話せばいいさ」

実を言うと、エリカに隠すべき情報はほとんどない。

「エリカも同意。腹の探り合いをするには、きみたち面倒すぎるわ」

「じゃあ早速だが……あんたの信頼を得るには、何を話せばいい？」

「そうねぇ、まずは……禁呪が必要な理由。これを聞かないことには、始まらないわ」

と、エリカが胸の谷間から懐中時計を取り出した。

その時計を雑に俺の方へ放り投げる。俺は、それをキャッチした。

「きみたちもしばらくは休息が必要だろうから、話す時間はたっぷりある」

こっちの疲労度合いも見抜いているようだ。

俺は、部屋の大半を占拠する調度品に視線を転じた。

「その時間はまず、ここの掃除にあてたいところだがな」

「掃除なんてあとでいいでしょ。なんなら、エリカも手伝うし」

「フン、わかった」

時計を手に、俺は口端を歪《ゆが》めた。

「なら、話そう。俺たちが、ここへ至った経緯を」

話の途中で、エリカが話を止めた。

「話を止めて悪いけど——は？　ちょっと待って、冗談でしょ？」

エリカが額に指を添え、眉間にシワを寄せる。

「きみ、あの廃棄遺跡に落とされて生還したっていうの……？　え？　つまり……え？　待って？　それって……」

確認を取るようにして、エリカは重ねて問いを口にする。

「あの魂喰《たましいぐ》いを、倒したってこと？」

「まあな」

「まあな、って……」

「俺が勝てた理屈も、立てられるには立てられる」

廃棄遺跡の魔物たちのナメ切った態度。

あそこの魔物どもは完全に廃棄者をあなどっていた。

人間を、遊び道具として認識しているほどだった。

まあ実際、あそこの魔物は廃棄者を凌駕《りょうが》する力を持っていたわけだが——

「魂喰いはその最たる例だったんだろうな。あの遺跡の生還率がゼロってことはつまり……最上層にいた魂喰いは、一度として負けたことがなかった」

「だから、うっかり隙を見せてしまうほどの慢心があった？」

「俺はそう考えてる。そういう意味じゃ、俺は過去の廃棄者の積み重ねてきた敗北に救われたとも言えるな」

だからこそ、隙を作ることができた。

エリカは艶やかな唇を、細い指先で優美に撫《な》でた。

「理屈としては、通ってるけど……」

魂喰いを殺したのが、まだ信じがたいらしい。

エリカが近寄ってきて、顔を近づけてきた。

彼女は俺より背が低いので、見上げられる形になる。

「あの魂喰いを、きみがねぇ……」

紫紺の瞳に俺の顔が映り込んでいる。その瞳に映る今の〝俺〟は、とても邪悪には見えない。つまり――魂喰いを殺すほど、強くは見えないのだろう。

我ながら拍手を送りたくなる擬態だ。エリカの訝《いぶか》しがり方が、それを証明している。

「ところであんた、魂喰いの存在を知ってるんだな」

「ん？　まーね」

顔を離し、腰に手をやるエリカ。

「一時期、ヴィシスの近くにいたこともあるし」

なるほどな……魂喰いのことは、その時に知ったわけか。

「てことは、過去にアライオンにいたのか？」

「そ、色々あって滞在してた時期があるの。ま、深みにハマる前にとんずらしたんだけどね」

「優秀なダークエルフ……あの女神なら、味方に引き入れようとしたんじゃないか？」

「ええ、きみの予想通り誘われたわよ？　でも、断ったわ。それからしばらくは放浪してたんだけど……追手を撒《ま》くのも面倒になってきたから、ここに引きこもったの」

あの女神の放った追手だ。簡単に逃げられる相手ではあるまい。

しかもエリカは、この魔群帯の奥地まで到達している。

やはりエリカ自身にそれなりの戦闘能力はあると見ていい、か。

「ま、元々終《つい》の棲《す》み家《か》はここにしようと思ってたからね。時期が早まったってだけ」

エリカが胸を反らし、身体《からだ》をのばした。

「ん……話が逸《そ》れたわね。で、廃棄遺跡を出たあとは？」

俺は次に、黒竜騎士団の件を話した。

「………は？　じゃあ〝人類最強〟を殺《や》ったのって、きみだったの？　噂《うわさ》になってた呪術師集団じゃなくて？」

「その呪術師集団のことも、ついでに話しておく」

俺は次にアシントの件を話した。エリカが、ふんふん、と相槌《あいづち》を打つ。

「それで、アシントが忽然《こつぜん》と消えたって話になるわけね……」

前屈《まえかが》みになるエリカ。そして、上目遣い気味に下から俺を指差す。

「氷漬けにした死体砕きの話だけど、きみ、なかなか面白いこと考えるわね。エリカ、そういう発想は好き」

エリカの目には感心の色があったが、感心したのは俺も同じだった。

想像以上に使い魔の情報収集能力が高い。まるで、ニュースサイトや新聞だ。

世界のトピックが定期的に入ってくる感じ、か。

「――とまあ、そんな経緯で俺たちは魔群帯に足を踏み入れた」

そこまで話し終えた俺は、ハーブ水を口に含む。話の途中でゴーレムが運んできたものだ。……ここでも一応毒味をしてしまうあたり、つくづく自分は疑《うたぐ》り深いタチである。

「そうして魔群帯の魔物を撥《は》ね除《の》けて、きみたちはここへ辿《たど》り着いた……」

ぺろり、と人さし指に跳ねた水滴を舐《な》め取るエリカ。

「よくもまあ、その状態異常スキルとやらだけでここまで生き残ったものね」

「この世界の既存の状態異常付与の力と比べると、俺のスキルは枠外と呼べる性能を持ってるらしくてな」

「魔術式や詠唱呪文、それから勇者の力《スキル》は、大まかに五つの系統に分類されるわけだけど……」

エリカがベッドに腰をおろし、あぐらをかいた。

「どれでも必ず最下位に位置するのが、状態異常付与系統の力よ」

どこか教師めいた説明調で、指を立てるエリカ。

「一応エリカも可能性を探った時期があったけど、成功率、持続力、効力すべてにおいてやっぱり役立たずと言わざるをえなかった――つまり、ハズレの代表格」

それがこの世界における共通認識ね、とエリカは言い添えた。

「だから、ヴィシスがきみを役立たず認定したのも決して理屈に合わない話じゃない。ましてや、等級も最底辺で、女神の加護の数値もひどかったんでしょ？　なら、生贄《いけにえ》になるのも理解できるわね」

ずけずけ言う魔女だ――悪くない。

「で、きみとしては……自分を廃棄遺跡へ落としたヴィシスに復讐《ふくしゅう》したい、と」

「ああ、したいね。心底」

過去の廃棄者たちのことも、あるにはある。

が、このドス黒い感情のみなもとを辿れば結局――

「完全なる私怨だ」

大義名分もクソもない。

あのクソ女神が、気に入らない。

だから、何倍にもしてやり返す――叩《たた》き潰す。

「……面白いわ。今まで女神打倒を口にした連中はみんな、ご大層な大義名分を掲げるか、できもしないのを理解していながらその場限りの虚勢を張る程度だったけど……きみからは、意地でも復讐を果たすって意志が感じられる。そしてきみは高い身体能力を持ち、戦闘経験を埋める機転や精神力、何より強力な状態異常スキルを備えている……」

と、エリカの目つきが変化した。彼女の瞳に、暗雲が立ち込める。

「けれど、ヴィシスには――」

「【女神の解呪《ディスペルバブル》】がある」

エリカより先に俺はその忌々しい名を口にした。

状態異常スキルを完全無効化する女神の能力。

俺が初めて【麻痺性付与《パラライズ》】を放った時のこと――あの瞬間は、忘れない。

「ふうん、きみはもう知ってるのね。そう、あいつにきみの状態異常スキルは効かない」

アレをなんとかしない限り女神攻略は難しい。何か他の手段がいる。たとえば、

「だからこそ俺は――」

「禁呪を習得すべく、妾《わらわ》のもとへ足を運んだ」

「そういうことだ」

「……でも、まだ現存する呪文書が残っていたのには驚いたわ。禁呪の呪文書は、ヴィシスがすべて焼き払ったと思ってたから。しかも、三つひと揃《そろ》いで残ってるなんて」

大賢者が廃棄遺跡に持ち込んだ禁呪の呪文書。

下手をすると、現存する最後の呪文書なのかもしれない。

にしてもクソ女神が執念深く処分しているとなると……禁呪が女神の天敵である可能性が、ぐんと高まった。つまり、あの【女神の解呪《ディスペルバブル》】をもってしても防げない力……。

片膝を立てたエリカが、その膝に肘をのせた。

「おしなべて神族がそうなのかは知らないけど、ヴィシスは個体としての戦闘能力も桁外れに高い。ごくまれに人里へ人面種《じんめんしゅ》が出てくるそうだけど、あの女は傷一つなくすべて殺してるって話だし」

召喚されたばかりの頃、金眼《きんがん》のオオカミを焼き殺したあの火球。

十河《そごう》を気絶させた時の動き……。

女神自身の戦闘能力も高いと予測はしていたが——それほどか。

となると、セラスやイヴでも対女神の戦力としては厳しそうだ。

「魂喰いを洗脳したなんて話もあるんだから……ちょっと異常よ、あの女神は」

「……人面種を、洗脳？」

上体を折り、エリカが寝そべった。

やけに無防備な体勢だった。俺の位置からだと、かろうじて表情がうかがえる。

両手を腕枕にし、エリカは独り言のように呟《つぶや》いた。

「人面種の生まれる理由がもし妾の理論通りなら、絶対不可能とまでは言えない」

謎に包まれているという人面種の出生。

……実は、魔群帯に入る前から俺も頭の隅で考えていたことがある。

「あんたの予測だと、人面種の正体は——金眼の魔物が突然変異した姿、か？」

エリカの言を継ぐようにそう言うと、エリカは、跳ねるように上体を起こした。

「……びっくり。きみ、召喚されてまだ日が浅いのに、そこへ辿り着いたの？」

「今まで遭遇した人面種には、揃った個体がなかった」

金眼の魔物は同種族っぽいヤツを何匹か確認できたが、人面種は一匹として同種族と思《おぼ》しきヤツがいなかった。となると、まず生殖能力を持たない説が浮上する。

つまり人面種は、他の方法で生まれてくる。

「もし知ってたら、教えてくれ。過去、根源なる邪悪の軍勢に人面種はどのくらいいた？いたとしても……かなり少なかったんじゃないか？」

そう尋ねると、エリカが俺を指差した。

「そう、その通り。エリカはむしろ、最北地で生み落とされた魔物の中に、人面種は一匹もいないんじゃないかと思ってるの」

要するにエリカは、こう言っている。

〝根源なる邪悪は人面種を生み落とさない〟と。

とすれば、である。

「何かが突然変異して、生まれるわけだ」

おそらく——変異前の個体は、金眼の魔物。そして、

「金眼の魔物が突然変異する前提条件は——」

エリカの紫紺の瞳と俺の視線が、ぴたりと合う。

「「人間を、食らっていること」」

互いの声も、綺麗《きれい》に重なった。

再びベッドへ倒れ込むエリカ。今度は、かなり勢いよく倒れ込んだ。

そして……仰向《あおむ》けで寝そべった姿勢のまま、エリカが片膝を立てる。

「証拠はない——ないんだけど……それが、最も納得のいく理屈なのよ。それと、人面種になる確率は多分……」

「食った数が多いほどなりやすい、か？」

「エリカは、そう思う」

「ただ、他の金眼の魔物と比べて人面種は絶対数が少ない印象がある。なら……多量の人間を喰《く》ったとしても、変異する確率自体そもそもかなり低いとみてよさそう、か……」

エリカが、寝そべったまま頭だけ持ち上げた。

俺を見据え、すらりと長い脚を組み替える。

「ねぇそれ、何かで読んだの？」

「一応、俺自身が立てた仮説だ。今まで遭遇した人面種から得た情報をもとにした、な」

エリカが跳ね起き、再びベッドの上であぐらをかいた。

「トーカ……妾、けっこうきみ好きかも」

カチャンッ、と。

セラスが、手もとの銀杯を落とした。彼女は「も、申し訳ありません」と謝罪し、慌てて銀杯を拾った。エリカの〝好きかも〟に反応した感じだったが……まあ、今はいいか。

「……そいつは光栄だが、まだあんたに聞きたいことがある。あんたさっき、人面種の洗脳が絶対に不可能とも言えないとか口にしてたよな？　あれは、どういう――」

そこで、ハッとする。

……まさ、か。

エリカが片目をつむり、パチンッ、と指を鳴らす。

「その結論へ自ら辿り着く察しのよさは、好きよ……ええ、その通り」

「あの、クソ女神――」

つまり、

「洗脳した人間を、魂喰いのもとになった金眼の魔物に食わせまくったのか？」

洗脳し、忠誠を誓わせた人間――それらを、変異が起こるまで食わせ続けたのだ。

セラスが「ウッ」と口もとをおさえた。やり方におぞましさを覚えたのだろう。

そう、吐き気を催すほどの。

「だから魂喰《たましいぐ》いは、ヴィシスの言うことだけは聞いたんだと思う」

だからこそあんなベストな場所に……廃棄遺跡の出口に、配置できたわけか。

「エリカ……同じ方法で作った魂喰いクラスの隠し玉を、ヴィシスは他に持ってると思うか？」

「どうかしら……多分、魂喰いに至るまでに無数の失敗作が生まれてると思う。で、唯一成功したのが魂喰いだったんじゃない？　もし他に作れてたなら、過去の根源なる邪悪との戦いで持ち出してるはず」

一理ある。つまり、

「それほどまでに、突然変異の確率は低い」

命令を聞く人面種と化す確率も、同じく、限りなく低いと見ていいだろう。

「魂喰いは奇跡の産物だったんじゃない？　エリカは、そう読んでるけど」

「フン、神様のくせして奇跡に頼るしかねぇとはな。万能、ってわけでもねぇのか」

「神族についてはわかってないことも多いわ。ヴィシスも自分に関する情報は極力潰す方針みたいだし……ま、古代文献に出てくる神のように全知全能じゃないのは救いね。さて

――」

エリカが、話を切り上げる空気を出す。

「妾はこれから食事の準備をするわ。きみたちはここの掃除をするなり、休むなり、しばらくは好きにしてちょうだい」

セラスが控えめに挙手する。

「あ、お手伝いしましょうか？」

「けっこうよ。ゴーレムで足りてるわ」

エリカの経歴の一部、人面種の正体（これは仮説段階だが）、クソ女神に関する情報

……。

収穫はあった。エリカに不快と思われる発言もほぼなかったはずだ。

ベッドから腰を浮かせ、エリカが俺に歩み寄る。

「トーカって、情報を引き出すのがなかなか上手なのね。軽くしぼり取ってあげようと思ったけど、きみにペースを握られると、逆にこっちが餌食になりそう。それとね……話しながらあれこれ際どい仕草をまぜてみたけど、照れたり、動揺したり、よこしまな感情

を抱いた様子もなかった。年頃の男の子のわりに見上げた自制心と褒めたいところだけど……さすがに、ちょっと反応が薄すぎるんじゃない？」

「……あんたの仕草に関しては、意図的なのがわかってたからな」

向こうは向こうで会話しながら俺を試していた。ま、視線の動きで狙いはわかったが。

そっと、俺の左肩を指先でなぞるエリカ。

「滞在中にエリカの厚い信頼を得られるかは、きみ次第かもね？　その左肩の傷が治るまでは、時間をあげる」

疲労だけではない。左肩の傷のことも、きっちり見抜いている。

「けど、アレね……ひょっとするとヴィシスは――」

通りすぎざま、エリカが言った。

「敵に回すと最も厄介な相手を、廃棄してしまったのかもしれないわね」

エリカが出て行くのを見届けると、俺たちは、隣り合ってベッドの縁に座った。

それから声量を落とし、今後の方針を話し合う。

ほぼ再確認のような形になったが、とりあえずの方針は固まった。

しばらくここに滞在する――少なくとも、俺の傷が癒えるまでは。

「しかし、なんと言いますか……曖昧な条件でしたね」

「重視されてるのは……人となり、かもな」

「エリカ殿が見極めたがっているものが、ですか？」

「ああ」

信頼できるかどうか見極めたい。つまり、

「…………」

禁呪習得に必要なものは、おそらく――

「と、ところで、先ほど話しそびれた件なのですが」

黙り込んだ俺の顔色をうかがいながら、セラスが居住まいを正す。

「ん？　ああ、就寝時の相談か」

「覚えていてくださったのですね」

「で、何が気になるって？」

座ったまま、セラスは身体《からだ》の正面を俺の方へ向けた。

「寝具は、トーカ殿がお使いください」

……この申し出は、想像できていた。

「魔群帯を進む中でトーカ殿はかなりの疲労を溜《た》めたはず……傷のこともあります。例の補正値があるとしても……」

セラスはそこで言葉を切ると、白い両手で、俺の左右の手を取った。

「この傭兵団《ようへいだん》の最重要人物は、あなたです。そして――」

一瞬の躊躇《ためら》いのあと、セラスは、そのまま俺の手を自分の胸へ持っていった。

「私にとっても、トーカ殿は何より大事です。ですので……どうか」

真剣な表情。その声には真摯さだけでなく、強いるようなトーンもまじっていた。

俺がベッドを遠慮するのを予測していたのだろう。

彼女は彼女で俺の反応パターンを理解してきているらしい。

部屋を片づけたところでベッドは一つしかない。余っているベッドは……まあ、ないか。

もしあれば、あのエリカなら説明した時に触れているはず。

ゴーレムに頼めば簡易ベッドくらい作れそうなものだが……。

ただ、俺たちは定住するわけではない。一時的な滞在者のために無闇に家具を増やすつもりもない、ってことか。その気持ちはわかる。

「あの、トーカ殿……もし、この寝具をどうしても私に譲るつもりでしたら……」

睫毛《まつげ》を伏せると、セラスは内ももを控えめに擦り合わせた。

「この寝具を二人で一緒に使うという案も、一応……俎上《そじよう》にはのせられる、かと」

「その手もあるか」

その選択肢は思いついてなかった。というか、今まで排除していた。

「俺はそれでも、かまわないけどな」

「……よいので？」

「いや、セラスこそいいのか？」

伏せた視線を、さらに脇へやるセラス。

「もちろん――かまいません。提案した側がここで拒否するのも、おかしな話かと……」

不意に俺の正面へ顔を向けると、セラスは言い直した。

「その……私は、あくまで互いが最も休息を取れる手段を提案しただけです。ですので……私にふしだらな意図がないことだけは、ご理解を。……、――あ」

俺は、摑《つか》まれていた手をほどいた。

セラスの手が一瞬、離れた手を追うような仕草を取る。

「こいつは、そこそこ広いベッドだ」

俺は、てのひらでベッドの敷布を撫《な》でた。

「互いの距離もそこそこ取れるから、就寝中の不意の密着もそれなりに避けられるだろ……今後の旅でもこういう状況はあるかもしれない。だから、まあ……一つのベッドで寝るのに慣れておくのも悪くないかもな」

セラスは姿勢を戻すと、揃《そろ》えた膝の上に両手を置いた。

「ご、ご無理を言ってしまい申し訳ございません。そう言っていただけますと……私としても、助かります」

少しばかりの罪悪感が見て取れた。

ボフッ、と俺は上半身をベッドの上に倒す。

久しぶりに感じる柔らかな寝床の感触。エリカの体温の残滓《ざんし》が、ほのかに感じられた。

「俺を意識して眠れないようならいつも通り【スリープ】《眠性付与》をかける。俺に余計な危惧も抱かなくていい。エリカ曰《いわ》く〝年頃の男の子のわりに見上げた自制心〟らしいからな」

セラスは嘘《うそ》を見破れるが、その本人は抜群に嘘が上手《うま》いわけではない。

……セラスがこうしたいのなら、乗ってやるべきだろう。


ゴーレムが呼びに来た。無言で、手招きしている。

夕食の準備が整ったらしい。

ゴーレムについて行くと、大きめの卓のある部屋に通された。

イヴとリズは、すでに着席していた。

卓上には料理が並んでいる。根菜類、木の実、果物……。

「干し肉もまだ残ってるけど、エリカの酒のおつまみだからあげない」

木の実で妖艶な唇を押し広げながら、エリカが鋭い眼光を向けた。

ここだと食のバリエーションも限られるのだろう。ただ、まあ……俺たちには例の皮袋があるわけで。バリエーションという意味なら、何も困ったことはない。

食事はつつがなく進行した。

出会ってから初めてのエリカとの食事。

……何か大事な話が飛び出すかとも思ったが、特筆すべき話題は出なかった。

あえて言えば、終始したのは二つの話題。

食事に関するものと、イヴとリズに関するものだった。

その二つにしても踏み込んだ内容はなかった。

何が好きかとか、これがおいしいとか。リズにとってイヴはどんな存在か、とか。

そんな中、エリカが最も興味を示したのは魔法の皮袋の話だった。

で……今は使用可能な状態なので、流れで使ってみることに。

「な、なんだかドキドキするね……おねえちゃん」

「うむ。何が出てくるのかわからぬからこそ、あの不思議な皮袋には妙な期待をしてしまうのかもしれん」

何が出るかわからないクジ引きみたいなもんだしな。

「ふふ……リズもイヴも、あまり期待をかけすぎるとトーカ殿に変な重圧がかかってしまいますよ？」

面倒見のよい姉のようなことを言い、苦笑するセラス。

が、椅子から腰が微妙に浮いている……。

やはりというか……いちばん期待に胸を膨らませているのは、セラスだった。

今回転送されてきたのは——抹茶プリン。

計七個。壺《つぼ》を模した黒い容器で、ご親切にプラスチックのスプーン付き。

濃い緑色のプリンの上にふわっとホイップクリームがのっている。

……それなりに高いのっぽいぞ、これ。デザートには、ぴったりだが。

「え、何これおいしい」

最初のひと口の後、エリカはそう言って目を見開いた。

今は、指ですくったクリームを丹念に舐《な》めている。

「む、ぅ……渋みのある複雑な味わい……この渋みが白いニョロニョロの強い甘みと合わさると、絶妙な後味になるというのか」

そう唸《うな》るイヴの鼻下には、クリームがついていた。

「はむっ……んっ……んむ……お、おいしいですトーカ様っ……ありがとうございます」

リズも頬を緩ませ、嬉《うれ》しそうに食べている。

「はい、ピギ丸ちゃんも」

椅子の傍《そば》にいたピギ丸にスプーン一杯分を渡すリズ。

「ピニ〜♪　ピム、ピム、ピピ……ムム!?　ピッギ!?　プリーン♪」

リズはスレイにもわけてやった。舌で舐め取ったスレイが、嬉しそうに尻尾を振る。

「パキュ～ン♪　プリュ～ン♪」

ピギ丸もスレイも気に入ったらしい。

さて――セラスはというと、背筋をピンと伸ばし椅子に座っていた。

「おいしいのは同意しますが――はしゃぎすぎぬよう、気をつけねばなりませんね」

が、頬の緩みはまるで隠せていなかった。


水滴で髪を湿らせたセラスが、部屋へ入ってきた。

「浴場まであるとは、驚きました。まさか魔群帯の奥地で、あんな澄んだ湯に浸《つ》かれるとは……」

食事後、俺とセラスは部屋に戻って軽く掃除をした。

そうして一段落したところでエリカがやって来て、こう勧めた。

『埃《ほこり》っぽさ、不快じゃない？　ジワッとした嫌な汗もかいたでしょ？　だから湯浴《ゆあ》みしてくるといいわ。ほら、案内してあげる』

汗ばんだ身体を濡《ぬ》らした布でサッと拭く程度の予定だったが、それでさっぱりできるかはまあ微妙なところである。なので、その申し出はありがたかった。

ただし、風呂ばかりはさすがに二人一緒でとはいかない。

『トーカ殿からお入りください。騎士が王より先に湯をいただくなど、ありえません』

そう押し切られたので、俺が先に入った。

そんな感じで俺は身体の不快感を洗い流し、次に湯浴みに向かったセラスが戻ってくるのを部屋で待っていたわけである。

ちなみに、三階ほど下にある浴場は広かった。

半天然の温泉みたいなイメージだろうか？　湯は適度な温度で、心地よかった。

薄衣《うすぎぬ》のセラスが、布で髪を拭きながら、ベッドの縁にそっと腰を下ろす。

「ふぅ……髪も含めて全身を洗い流せると、やはり心地よさが格段に違います」

「湯浴みは好きみたいだな」

「そうですね……古い文献を漁《あさ》るのと同じくらいには、好きかもしれません。ふふ、どちらかを選べと言われたら、きっと迷ってしまいますね」

床に座っていた俺は『禁術大全』を閉じる。

俺が床に広げているものに目を留めて、セラスが尋ねた。

「何をしていらしたのですか？」

床に広げているのは、魔群帯で得た素材である。

「次のピギ丸の強化剤の材料がどのくらい揃ったかを、改めて確認してた」

セラスが寄ってきた。前屈《まえかが》みになり、俺の肩越しに背後から覗《のぞ》き込んでくる。

「首尾のほどは？」

「作るのには一種類足りない。前向きに考えれば、それさえ手に入れば次のピギ丸の強化が可能になる」

素材の傍らでプヨンプヨンしていたピギ丸が「プユリ～ン」と鳴いた。

セラスが素材の一つを指差す。

「その素材は……使えそうなのですか？」

セラスは『禁術大全』を読み込んでいるからか、ピンときたようだ。

しかしその人面種《じんめんしゅ》から手に入れた素材。

人面種は素材持ちとして『禁術大全』には載っていない。

「例の突然変異説が正しいなら、変異前の魔物の名残りとしてこの素材部位が人面種の部位として残っていた――そう考えられる」

「なるほど。それなら同じ魔物の素材として、問題なく利用できると……」

「そういうことだな。ま、とにもかくにも――」

指で『禁術大全』の表紙を、トンッ、と叩《たた》く。

「次の強化剤が完成すれば、さらに戦いの幅を広げられる」

女神潰し――そのすべてを、禁呪に委ねる気はない。

他の戦力も底上げしておく。

策は——二重三重に。常に相手の上を行くことを、考えなくてはならない。

と、背後から唾をのむ音がした。

音を出した本人も、その音の大きさに戸惑った感じが伝わってきた。

「トーカ殿」

「ん？」

背後を振り向くと、髪をかき上げるようなポーズのまま、セラスが視線を逸《そ》らす。

「そ——そろそろ、就寝いたしましょうか？」

「素材を片づけてから行く。先に入っててくれ」

「あ、私の方も少し……」

そう言って、自分の荷物のところへ行き屈《かが》み込むセラス。

何か、ゴソゴソ探っている。

彼女が取り出したのは、薄手の上着。

さすがに薄着すぎると感じたのだろう。セラスは、今の薄衣にそれを被《かぶ》せて着た。

素材をしまい終えた俺も寝る準備をしてベッドに行く。

魔素ランプのスイッチを切り、ベッド横に備えつけてある燭台《しよくだい》へ視線を送る。

「そっちも消してもらっていいか、セラス」

「あ、はい——、……フッ」

セラスがロウソクの火を吹き消すと、薄暗さが増した。

この部屋には大きな窓がついていて、窓からは月明かりが差し込んでいる。

が、ここは地下のはず。なのに外の空は、ちゃんと暗くなっている。

原理は不明だが、月まで用意されている。なんというか——SF映画みたいだ。

ピギ丸はベッドの下に潜り込んでいた。スレイは、伏せをしたまま眠っている。

俺とセラスは、並んで横たわる。……三人ギリギリいけそうな広さのベッド。

意識していれば、互いの肌の触れ合いにまでは至るまい。

セラスは背を向けている。呼吸の感じからして、まだ寝入ってはいないようだが。

「トーカ殿……まだ起きていますか？」

「ああ」

「いよいよ、禁呪の秘密に迫れそうですね」

廃棄遺跡、黒竜騎士団、アシント、金棲魔群帯《こんせいまぐんたい》、禁忌の魔女……。

長かったような、あっという間だったような。

「ここまで辿《たど》り着けたのは、セラスのおかげもある」

「光栄です」

天井に視線をやる。

「何か、俺に聞きたいことがあるんじゃないか？」

「――――ッ」

俺は、セラスの次の言葉を待った。ほどなくして、彼女が緊張した声で尋ねる。

「復讐《ふくしゅう》の旅を終えたら、トーカ殿はどうなさるのですか？」

「……復讐を終えたら、か。そういや、あまり考えたことはなかったな……手段があるなら、元いた世界に一回戻りたいところなんだが」

「例の叔父さまと叔母さまに、お会いしたいのですね？」

「ああ」

ひと言でもいい。お礼を言いたい。これまで受けた、すべての恩に対して。

「そう言うセラスこそどうなんだ？　今、セラス・アシュレインは世間じゃ死んだことになってるみたいだが」

「そうですね……私もあまり考えていませんでした。世間の認識通り、ある意味私は一度死んだようなものですし……」

「例の姫さまにまた会いたいとか、ないのか？」

ネーア聖国の姫から渡されたという首飾り。

セラスはそれを換金せず、ずっと大事に持っていた。

「……トーカ殿と違い、ちゃんと別れは済ませましたから」

「その姫さまはセラスにとって、俺にとっての叔父さんたちみたいな存在なのかもな」

ふふ、と薄く微笑《ほほえ》むセラス。

「ええ、そうかもしれません……」

「一人で逃亡生活をしてた頃は、確かヨナトって国から出てる船で別の大陸に渡る予定だったんだよな？」

「はい。ただ、今は……」

しなやかに、俺の方へ身体《からだ》を向けるセラス。

「あなたという王のあるところが、私の居場所ですから」

真っ直《す》ぐに俺を見て、セラスは言った。

「この身はもう、あなたに捧《ささ》げました」

セラスの眼差《まなざ》しには、熱っぽいものが灯《とも》っていた。彼女の身体にはまだ湯浴みの火照りが残っている……。桜色が薄《うす》らと滲《にじ》む瑞々《みずみず》しい白肌。上質な絹めいたその金髪は、ベッドの上に垂れ、波打っていた。特徴的なその長い耳には、色味の変化が見られる。

「ぁ……、――申し訳ありません、つい……」

再びセラスは背を向けた。伝わってくるのは、緊張と興奮だった。

「【スリープ《眠性付与》】をかけるけど……いいか？」

言って、てのひらを彼女に近づける。と、セラスの手が俺の手を搦《から》め取った。

伝わってきたのは、拒否の意思。

「そ、の――今日は【スリープ】なしで……お願い、したいのです」

「……わかった。眠れないようだったら、遠慮なく言え」

そうして俺たちはまた並んで仰向《あおむ》けになった。十分くらい経《た》った頃、

「……父以外の異性とこんな風に寝床を共にしたのは、生まれて初めてでして」

「俺も初めてだ」

「その割には、落ち着いていらっしゃいます……」

セラスは珍しくちょっと膨れていた。

何を思っているかはわかる――俺の反応が、薄すぎるのだ。

「セラスは……好感を持てる人格の持ち主だし、綺麗《きれい》だし、異性としても魅力的だ。そこは、自信を持っていい」

俺は、正直に言った。

「この世界で今のところ俺がいちばん好きな異性は、セラスだと思う」

「――――ッ、…………」

セラスが、息を呑《の》んだのがわかった。

彼女は身体の向きを変えると、横たわった姿勢で、正面から俺と視線を合わせた。

「嘘《うそ》じゃないのは、わかるだろ」

「その……、――はい」

「あと、なんていうかな……異性とこういう状況になっても冷静さを保てるのは、多分おまえに限った話じゃない。エリカも言ってただろ。俺は年頃の男の割に反応が薄い、みたいなこと」

「……ええ、言っておりました」

「原因に心当たりはあるんだ。だから、時期がきたら……いずれ話すよ」

……クソ親どもの話はあまりしたくないが、セラスになら話していいかもしれない。

セラスが、目もとを緩ませる。

「はい……お待ち、しています。あの、トーカ殿」

「ん？」

「私もいずれ、打ち明けたい話が」

あの洞窟での一件だろうか。

「わかった。いずれ、な」

「……はい、いずれ」

「…………」

「…………」

ふと、セラスが俺の胸の辺りに顔を寄せてきた。彼女の身体もそれに引きずられるようにして、寄り添うように距離を縮めてくる。

心臓の鼓動が聞こえてきそうな、とでも表現すればいいのか。薄暗がりでも、セラスの顔が過度に紅潮しているのがわかる。触れ合ったその小さな肩は、強張《こわば》っていた。

「ぁ、私また——す、すみませんっ」

吐息まじりの消え入りそうな声で、セラスが謝った。

「つい、勢いでっ……」

さすがの俺も、今の発言には少々面食らった。

——勢いで、か。

行動した後、自覚が追いついたらしい。

あの洞窟での一件といい、こういう時、勢い任せで行動に移す癖があるようだ。

「と、トーカ殿っ……もう、耐えられそうにありませんっ……あのっ——【スリープ】を、お願いできませんかっ……？」

セラスの目が、ぐるぐるマークになっていた。眉の形も困ったようにへタっている。

……まるで、混乱の状態異常にでもかかってるみたいだ。

「任せておけ」

俺は息をつき、てのひらをかざして【スリープ】をかけた。

「——、すぅ……」

スキルが発動すると、セラスは不自然なほど（実際、不自然なのだが）スッと眠りに落

ちた。

俺は、セラスの体位を少し変えてやる。敷布も、かけ直してやった。

まだかすかに上気してはいるが、先ほどとは打って変わって穏やかな寝顔。

頬杖《ほおづえ》をついてセラスの寝顔を眺めながら、俺は言った。

どことなく、語りかけるような調子で。

「……変なヤツだよな、おまえ」

それから自分も寝る位置を直し、再び仰向けになる。

スキルの効果が切れるまでセラスはもう起きない。

何を言っても、何をしても。

「ピギ丸」

俺はベッド下のピギ丸に声をかけた。

「ピ？」

「これから俺も寝る。何か奇妙なことがあれば、知らせてくれ」

「ピギ……ッ！」

〝了解であります！〟みたいな鳴き声で、返事がきた。

気遣ってか、声量まで落としている。

「おまえ、ほんと器用すぎるよな……」

苦笑気味にそう言い、俺は静かに目を閉じた。

◇【十河綾香】◇

十河綾香《そごうあやか》は、アライオンの軍と共に西へ向かっていた。

アライオンを発《た》った勇者たちの目的地はマグナルの王都シナド。

綾香は馬に乗って移動している。が、多くの勇者たちは馬車で移動していた。現代日本で乗馬経験を持つ高校生はそう多くない。だから、騎乗者が少ないのも無理はない。

練習の時期も設けられたが、短期間で問題なく乗れるようになったのは数名のみ。

十河綾香、桐原拓斗《きりはらたくと》、安智弘《やすともひろ》、桐原グループから男女一名ずつ、周防《すおう》カヤ子《こ》くらいである。

乗りこなせなかった小山田翔吾《おやまだしょうご》は今、馬車で独りブツブツ悪態をついている。

「せめて上級勇者と薄色勇者クンたちの馬車は格差つきで分けて欲しかったわー。平等精神とか勝ち組側からすればクソ邪魔な考えっスわー。冷えるわー」

ちなみに、何人かの勇者はこの行軍に加わっていない。

高雄《たかお》姉妹は対東侵軍《たいとうしんぐん》に編入されている。二人にはニャンタン・キキーパットとアライオン騎兵隊が同行した。現在その対東侵軍――東軍は、主にアライオンとマグナルの軍で形成されている。ここには、マグナルの白狼《はくろう》騎士団も編入された。

戦場浅葱《いくさばあさぎ》とそのグループは対西侵軍《たいせいしんぐん》――西軍に編入となった。彼女たちには剣虎団《けんこだん》も同行している。浅葱たちは西軍と合流するため、先日早馬で発った。だから今、ここにはいない。

過日、マグナルの西にある都市が大魔帝軍《たいまていぐん》の侵攻を受けた。都市は完膚なきまでに蹂躙《じゅうりん》されたという。犠牲者の中にはかつての元白狼騎士団長もいたそうだ。が、

『聖女率いる殲滅聖勢《せんめつせいせい》が駆けつけ、今は押し返しているそうです』

浅葱たちが出発して数日後、軍魔鳩《ぐんまきゅう》が女神にその情報をもたらした。軍魔鳩とは、いわゆる伝書鳩《でんしょばと》のようなものである。主に魔術師ギルドから供給される特別な鳩とのこと。

そして、対南侵軍《たいなんしんぐん》――南軍には、残った勇者たちが編入された。

綾香は馬上から、背後を振り返った。

(これが、戦争をする軍……やっぱりいつ見てもすごい……)

列をなす兵士たち。なだらかな勾配に、黒山の列が広がっている……。

鎧《よろい》や装具が触れ合い不揃《ふぞろ》いな音を奏でている。

緊張と退屈のない交ぜになった独特と呼べる空気感が、漂っていた。

――まだこの光景に慣れない。

もう感覚はこっちの世界に馴染《なじ》んだと思っていたが、今回はあの非現実感がぶり返していた。映画の中に入り込んだみたいな、あの感覚である。

行軍の中、指揮をとる女神は豪奢《ごうしゃ》な神輿《みこし》に乗っていた。

高価そうな天蓋つきの神輿。が、あの神輿にいるのは影武者である。

本物の女神はフードを被《かぶ》って馬に乗っていた。一応、不意の襲撃に備えているそうだ。

（戦争、か……）

魔物との戦いには慣れてきた——と思う。

が、慣れてきたこと自体を少し怖いとも感じる。

綾香は、険しい表情で平原の彼方《かなた》を見据えた。

（いえ、戦うのは仲間を守るため……殺すのを好んでるわけじゃない。そう、私は守るために……殺——）

「大丈夫？」

声をかけてきたのは、周防カヤ子。彼女は、綾香の隣に馬をつけていた。

乗馬経験はないと言っていたが、カヤ子は器用な子で、短い期間で見事に乗りこなしている。正直、彼女なら桐原や浅葱のグループでやっていけそうな気もするのだが。

「あ……周防さん。うん、大丈夫……気にかけてくれて、ありがとう」

「最近、様子が変」

「え？　私が？」

「最近、根を詰めすぎてる感じがする」

「……そう、かもね。いえ、そうだと思う。だけど、強くならないといけないから……みんなの、ために」

カヤ子の表情にかすかな影が差す。

「悔しい」

「え？」

「私たちがいるから大丈夫——とは、言えないから。十河さんと、私を含めた他の子だと、ステータス差がありすぎる」

「そんなこと……みんなよくやってくれてるわ。ただ、やっぱりクラスメイトが死んだのがショックだったみたいだから……そこはちょっと、心配ね」

先日、金棲魔群帯《こんせいまぐんたい》で男子生徒が二人死んだ。

綾香グループの生徒にはショックが大きかったようだ。当然だろう……ついこの前まで同じ教室で机を並べていたクラスメイトが、死んでしまったのだから。

カヤ子が言った。

「三森《みもり》君の時とは、違う」

「……うん」

三森灯河《とうか》の時は死体すら残らなかった。だから、現実感に欠けていた。

しかし今回は、明確な死の形を突きつけられたのだ。

(でもきっと、あれが普通の反応なのよ……桐原君や浅葱さんたちの薄すぎる反応の方が、普通じゃない。だけど……）

　自分は、どうだろう？

　ショックは受けたが、意識はもうほぼ今回の戦いに切り替わっている。

　案外……自分は、薄情な人間なのかもしれない。

　十河さん、とカヤ子が呼びかけた。

「聖《ひじり》さんや桐原さんと比べると、十河さんはＳ級勇者として成長が遅れてるって話を聞いた。やっぱり、私たちが足を引っ張――」

「周防さん」

　諌《いさ》める調子で、綾香は遮った。

「みんなは何も心配しなくていいし、気にする必要もない。みんなは――２‐Ｃの仲間は、必ず私が守るから」

「でしたら、そろそろ固有スキルを覚えていただけると嬉《うれ》しいのですが……あの、まだ無理そうですか……？」

　カヤ子とは逆側――綾香の右横に、女神の馬が轡《くつわ》を並べていた。

　カヤ子の目に薄《うっす》ら怯《おび》えが走った。綾香グループの勇者は特に女神への苦手意識が強い。

今となっては、綾香も例外ではないが。

「……すみません。努力は、しているつもりなんですが」

「あの……〝しているつもり〟ではなくて、して欲しいんです。世の中、間違った努力をしても意味がないのは子どもでも知っていますし……」

苦笑し、懇願ポーズを取る女神。

「本当に……お願いできませんか？　このままでは、S級認定したアライオンの面目も立ちません。これは感情の動きだけでがんばった気になっているソゴウさん一人の問題ではなく、国の沽券《こけん》にかかわりますから……真剣に、困ります……」

謝るしか、できない。

「すみま、せ――」

と、

「正しい努力かの判定は置いておいて、最善の努力はできてると思うがねぇ」

謝罪しかけた時、男の声が割り込んできた。

「あら？　ベインさん？」

首を捻《ひね》る女神。

「どうしたのでしょう……？　一体、何があったのでしょう？　会話にそんな割り込み方をされたら心底、困ってしまいます。どういう判断なのでしょう？　睡眠不足ですか？」

声の主は、ベインウルフだった。いつの間にか彼は綾香の横に馬をつけていた。

その位置にいたカヤ子はやや後ろに下がっている。黙って隣を譲ったのだろう。

「そこにいるスオウちゃんも含めて、ソゴウちゃんの隊は着実に成長してるよ。ソゴウちゃん自身も、今あるスキルを使って強くなる戦い方を模索してきた。特にここ最近は、見てる方が心配になるくらい死にもの狂いで努力をしてたよ。ウルザ最強と呼ばれる竜殺し《ドラゴンスレイヤー》の私見としては、今の彼女でも十分な戦力になると思うがね」

「ん〜、ベインさんはどうもソゴウさんに甘い気がするんです。これはちょっと……怪しんでしまいますよ、ね？」

「そりゃ気にはかけるさ。教え子だしな」

「あ、あの……平然と嘘《うそ》をつくの本当にやめてください……ソゴウさん美人ですし……着痩せしてますけど、お胸も下品なくらい豊満ですし……日頃の態度も男に媚《こ》びすぎですし……その、男性が下心を抱かないはずはないので……」

（そんな……）

身体的特徴はともかく、媚びているなど心外だった。いわれなき中傷である。が、

（それが、安君が言っていたみたいな……私の無自覚さなの……？）

「ベインさんは、ソゴウさんに性的な見返りを期待していますよね？　その、すみません……あるようにしか、見えなくて」

「やれやれ、まいったね……けど、ゲスの勘繰りってもんだぜそいつは。なんというか、女神さまらしくない」

「ひどい……大変、ひどい中傷を受けました……本当に、ひどい……あまりに、ひどすぎて……」

「で——何を、苛立《いらだ》ってる？」

ベインウルフの声の調子が変わった。女神の笑顔は、固まったまま。

「はい？　急に、なんですか？　ええっと、おっしゃってる意味がよく……」

「大魔帝が現れてからというもの、ずいぶん余裕がないじゃないか」

剣呑《けんのん》な言動だが、敵対的な言い方ではなかった。

彼の人柄のためだろうか？　女神も、敵意の有無を測りかねている感じである。

「印象だと、どうもソゴウちゃんだけが原因ってわけでもなさそうだがね。心配事があるなら、おれでよければ相談に乗るぜ？」

「……あら。ベインさんお優しいのですね。とても、優しい」

「あんたはこの大陸の未来を背負う総大将だ。どっしり構えていてくれなきゃ、大勢の人間に悪い影響が出ちまう」

「…………ん～、余裕がない風に見えました？」

ベインウルフが小指ほどの細い棒を口端に咥《くわ》える。

ドト棒というのだったか。綾香《あやか》たちの世界でいうタバコのようなものだという。

「少なくともおれには、そう映ったがね」

指先で手綱を小刻みに叩《たた》く女神。

「ん～……」

何か、考えているのか。あるいはなんらかの感情を、鎮めようとしているのか。

「――わかりました。親切心で激励したつもりだったのですが、誤解して受け取られてしまったようです。そこは反省すべきですね。すみませんソゴウさん、あなたのためを思っての発言だったのですが……許してくださいますよね？　優しさだけは、S級ですし……」

「いえ、その……許すも何も……」

綾香は言い淀《よど》む。頭を掻《か》きながら、ベインウルフは苦笑いした。

「どうしてこういつもひと言多いかね、この女神さまは」

「い、生き方まで指図するんですか……本当に、すごいです……、――あ、用事を思い出しました」

女神の馬が綾香から離れた。気づくと、周囲の兵士が綾香たちから距離を取っている。

綾香たちを中心に、円状の空きスペースができていた。

「それでは」

女神はそう言って馬首を巡らせると、綾香たちを取り囲む兵士の列の間を縫って、姿を消した。

「……ま、あの女神さまのお小言は気にしないこった」

「あの、ベインさんは……稽古をつける師として誰も名乗りをあげなかった中、どうして私たちに手を差し伸べてくれたんですか？」

「今後の怠惰な生活を守るために、仕方なく」

「……あの」

言い方から、冗談なのはすぐわかった。ニヤけて鼻を鳴らすベインウルフ。

「冗談の伝わる相手だと助かるね。うちの魔戦王《ませんおう》も、もう少し冗談が伝わるといいんだが」

ベインウルフが、少しだけ軽薄な表情を改める。

「とはいえ……実際のところ手を差し伸べたのにそう大した理由はないんだよ。ただ……強くなれば生存率は上がる。ソゴウちゃんにしろ、ヤスにしろね」

普段は飄々《ひょうひょう》としているベインウルフ。が、今の彼には奇妙な頼もしさを覚えた。

「強くなることで生き残る確率が上がるなら、それに越したこたぁねぇさ」

ドト棒を指で摘《つ》まみ、ベインウルフがカヤ子《こ》を振り返る。

「そうだな、じゃあ……ソゴウちゃんたちがこの戦いで生き残ったら、お酒の酌でもしてもらおうかな」

前を向いたベインウルフが、ドト棒を指で弾《はじ》き飛ばす。

「あと、これは余計なおせっかいを承知で言うがね……ソゴウちゃんは、もっと誰かに頼ることを覚えた方がいい。自分だけで抱え込まずに、な」

「……はい。ありがとうございます、ベインさん」

皮肉っぽく笑んだあと、げっそりするベインウルフ。

「にしても、10歳以上も離れた若者に偉ぶって説教垂れるたぁ……おれも年取ったもんだ。昔は絶対そんな大人にはならねぇと息巻いてたもんだが……あー……ほんと、年は取りたくねぇな……」

久しぶりに、心が和らいだ感覚があった。少し余裕も戻ってきた気がする。

だから、

「ベインさん」

「ん？」

綾香は、心を鬼にした。

「励ましてくれたことには、お礼を言います。けど――」

表情を引き締め、ビシッと言う。

「さっきドト棒をポイ捨てしたのは、どうかと思います」

さっきのはタバコのポイ捨てに似た印象があった。咎《とが》めずには、いられない。

「お、おぉ……怒るとこんな感じか、ソゴウちゃん」

自慢げに胸を反らす綾香。

「これでも、中学でクラス委員をやってた頃は〝鬼十河《そごう》〟と呼ばれていましたから」

綾香の口もとには、久方ぶりの笑みが浮かんでいた。

その視界の端には、少しホッとした様子のカヤ子の顔が映り込んでいる。

「そういえばベインさん……女神さまが苛立っているって、本当ですか?」

綾香は、ふと気になって尋ねてみた。

拾ってきたドト棒を胸ポケットにしまい、ベインウルフが答える。

「そこそこつき合いの長い四恭《しきょう》 聖《せい》のアギトも〝最近はやけに嫌な絡み方をしてくる〟とかぼやいてたからなぁ。だからまあ、決しておれの印象だけの話じゃなさそうだ」

「やっぱり、大魔帝《たいまてい》が本格的に動き出したからでしょうか?」

「――おれの考えじゃ、少し違う」

言って、二本目のドト棒を咥えるベインウルフ。綾香が厳しい視線を注ぐと、彼は苦い笑みを浮かべて「こ、今度は捨てないから……」と言い訳っぽく呟《つぶや》き、そして続けた。

「ヴィシスが苛立っている理由……おれは、黒竜騎士団の壊滅が発端じゃないかと見てる」

「例の……最強と呼ばれていた騎士団ですよね？」

「うん。対大魔帝の戦力として、内心、ヴィシスが黒竜騎士団に寄せていた期待は大きかったんだろう。特にシビト・ガートランドは、あの女神をもってして〝理外の存在〟と言わしめたほどだったからな」

　この大陸の強者たちが〝強者〟と呼ばれる所以《ゆえん》。大抵の者には、その説明をつけられるという。異界の勇者ですら女神の加護という理由をつけられる。

が、シビト・ガートランドは違ったらしい。

「〝人類最強〟の強さは過去の歴史を含めても異質すぎた。そりゃあ女神も期待を寄せざるをえない。だが……」

「ついこの間、殺されてしまったんですよね？」

「そう。だから、女神さまも色々と算段が狂ったんじゃないかな……というか、シビトが生きていたら――」

　ベインウルフは、そこで声量を落とした。

「適当なところで、ヴィシスはもう少し勇者の数を削るつもりだったのかもしれない」

「――、……え？」

「根源なる邪悪の次に女神が恐れるものは……なんだと思う？」

「め、女神さまが他に恐れるものなんてあるんですか？」

「強くなりすぎた異界の勇者による、反逆」

「あ——」

「根源なる邪悪を滅ぼしたあと、女神に弓を引いた勇者の記録も残っている。そんな経験から、ヴィシスが適当なところで勇者の〝選別〟をしておきたいと思っていても、不思議じゃない」

(選別……)

「が、大魔帝を倒す前に勇者の数を減らすのも危険なわけだ。大魔帝の強さがまだ未知数だからね……あとあと減らさなきゃよかったと後悔しても、もう遅い」

綾香はピンときた。

「だけど、もしその〝人類最強〟が生きていたら——」

「女神に不要と判断された勇者が、すでに何人か処分されていたかもしれない」

綾香の背筋に悪寒が走る。他人事《ひとごと》ではない。女神の自分への心証がよくないのは十分承知している。そして——S級でありながら、いまだに固有スキルを使えない。

小山田《おやまだ》翔吾《しょうご》には〝S級詐欺イインチョ〟などと揶揄《やゆ》される始末だ。

(処分対象は、私だったかもしれない……)

女神の当たりがきつい理由も、それならば納得がいく。

(私は、本来ならすでに切り捨てていたはずの勇者だから……？　それで……私を見ていると苛立ってしまう、ということ……？）

　もしかしたら、自分も廃棄されていたのかもしれない。たとえば、

（あの時の、三森《みもり》君みたいに……）

　ベインウルフは、続ける。

「けど、シビトが死んじまったから、意に沿わない勇者の力にも頼らざるを得なくなった。ま……シビトが生きてれば、強くなりすぎた勇者の処分を任せたのかもな。対勇者なら、邪王素《じやおうそ》の負荷もないわけだし」

　大魔帝を倒したあとのこと――そんなこと、考えてもいなかった。

　普通に、そのまま元の世界に戻れるのだと思っていた。

　いや……約束通りなら、そうなるはずなのだ。なってもらわなければ、困る。

　と、そこでベインウルフの表情に不可解の色がまじった。

「で、そのシビトを含む黒竜騎士団の主力を壊滅させたってのが、アシントとかいう呪術師集団らしいんだが――依然、行方知れずって話だ。ま、ヴィシスとしては不安の種を背後に残してる感覚だろうね……自らが〝理外の存在〟と呼んだシビトを、呪術とかいうわけのわからん力であっさり殺されちまったんだからな……気になってないわけがない」

　ふん、と鼻を鳴らし、ベインウルフが綾香を見る。

「だからまあ……一部の勇者は間接的に、シビトたちを殺したアシントに救われたのかも

しれないね」

「呪術師集団……アシント……」

自らに染み渡らせるように、綾香は呟く。

シビトという人のことは知らない。面識もない。

(でも、ベインさんや女神さまがそこまで特別視するほど強い人だった……)

その〝人類最強〟を倒した呪術師集団。そして、

(呪術……)

一体、どんな恐ろしい力なのだろうか？

「にしても、そのアシントって連中は本当に謎だな。聞けば、最後に目撃されたモンロイ周辺から綺麗《きれい》さっぱり痕跡が消えているらしい。仮にもし魔群帯に入っているにしても……そこへ至るまでの目撃情報が不気味なくらい皆無に等しいって話だ。……異常といえば、異常な集団だよ」

ドト棒を咥《くわ》え直すベインウルフ。

「一段高いところからすべてを掌握しておきたい女神さまにとっちゃ、アシントは嫌な懸念材料だろう。事実、勇者の扱いや今後の計画に影響が出てるに違いない。言ってしまえば、ぽっと出の不気味な集団に計画をかきまわされてるわけだからね……ま、そう考えれば——」

どこか納得したように、ベインウルフはフッと口の端を歪《ゆが》めた。

「苛立《いらだ》つ気持ちも、わからなくはないか」

伝令がやって来た。女神から、ベインウルフに呼び出しがかかったそうだ。

ベインウルフは渋い笑みを口端に浮かべると、無造作な髪を掻《か》いた。

「ソゴウちゃんにいらんことを吹き込むんじゃないかと危惧されてるのかもなぁ。やれやれ……」

が、拒否する正当な理由もない。

ベインウルフは「じゃ、またな」と言って綾香《あやか》の傍《そば》を離れた。ほどなくして、
ベインウルフと入れ替わるように、女神が戻ってきた。女神は、綾香に微笑《ほほえ》みかけた。

「用事が、済みました」

「男性に媚《こ》びているとああいう時に守ってもらえるので、とってもお得ですね。すごい処世術です。ですが、男性を誘惑するだけでなく……固有スキルも早く覚えてくださいね？」

女神が、ハッとして口に手をやった。

「あ、これはいけませんね……気をつけないと。普段通りに振る舞っているだけで、なぜか余裕がないと見られてしまうのでした……ソゴウさんのせいで……」

その時、

「ヴィシス様っ」

伝令が女神の隣に馬をつけた。神輿《みこし》の方ではなく、本物の女神の隣にである。

「軍魔鳩《ぐんまきゅう》が、こちらの伝書を」

「はい、ご苦労様です」

細い筒状に丸まった紙を開き、目を通す女神。

通し終えると、彼女はその紙を伝令に返した。

「周りの方々へ聞こえるように、内容を読み上げていただけますか？」

「はっ！か、かしこまりましたっ」

伝令が内容を読み上げ始める。すると、内容が明らかになるにつれ兵士たちから、

「おぉ……っ！」

と、声が上がり始めた。

軍魔鳩が伝えたのは、東軍の戦果であった。

内容は、以下のようなものである。

マグナル東部の最前線であるアイラ砦《とりで》より、白狼《はくろう》騎士団が打って出た。

騎士団長ソギュード・シグムス自らが率いたそうだ。

勇者の高雄《たかお》姉妹もそこに同行した。

そして東軍初の交戦となった、その一戦は——完全なる大勝利に終わった。

その一戦で少なくとも2000にのぼる魔物を殺したと推測される。

現在、敵は進軍を止めているとのこと。

〝黒狼《こくろう》〟ソギュード・シグムスもさることながら、

「『タカオ姉妹……特にS級勇者のヒジリ・タカオが上げた戦果には目を瞠《みは》るものがあり
……その場にいた者によれば、あのソギュード・シグムスにも見劣りせぬ活躍だった、と
まで語るほどで……』」

読み上げる伝令の瞳に希望の光が宿り始める。

〝異界の勇者は、やはり救世主なのだ〟

そんな心の声が伝わってくるようだった。

——勝てる。

行軍中、列をなす兵士たちには緊張と退屈が漂っていた。

ただ、この軍にはもう一つの暗い感情がずっとたゆたっていたのだ。

恐怖である。

先日西部で起きた蹂躙劇《じゅうりんげき》は少なからぬ兵たちを動揺させた。

しかし今回の勝利の報は、そのわだかまっていた恐怖を軍列の外へ外へと押しやって
いった。恐怖と入れ替わるように、彼らに戦意がみなぎっていく。

「やれる……やれるぞ！　西でも、聖女率いる殲滅聖勢《せんめつせいせい》が大魔帝軍を押し返してるって話
じゃないか！」

勝報の及ぼした高揚感は、みるみる伝播《でんぱ》していった。

「敵の数がやたらすげぇって話を聞いてよ……正直、ちょっとばかりビビってたんだよな……」「邪王素の負荷とやらも、不安だったし……」「けど、十分戦えてるじゃねぇか……西軍に至っては、今は勇者なしで善戦してんだろ？　ってことは……おれたちでも、いけるんだよ！」「しかもこの南軍には女神さまを筆頭に四《し》恭聖《きょうせい》と竜殺し《ドラゴンスレイヤー》までいる！　知名度じゃ白狼騎士団や殲滅聖勢にだって、負けてねぇ！」「い、異界の勇者もすごいよ！　召喚されてまだ半年も経《た》ってないんだろ？　なのに、あの黒狼に劣らない活躍とか……やっぱり、異界の勇者は救世主なんだ！」

自然、兵士たちの視線は勇者たちに集まっていく。特にその視線は、聖《ひじり》と同じS級の桐《きり》原《はら》と綾香に多く集まっていた。兵士らの瞳には溢《あふ》れんばかりの期待が込められている。

綾香は、馬上で面を伏せた。

（この期待に、応えられるといいんだけど……）

「ふふふ、さすがは黒狼ですね。戦争において最も重要な要素の一つ……それは、兵の士気です。聖女もそれを承知していたからこそ、早めの反撃に打って出たのでしょう」

兵士たちの高揚ぶりを眺めながら、女神は述べる。

「アーガイルとシシバパの惨劇は、各国の兵士たちに少なからぬ動揺と恐怖を及ぼしたようですからね」

綾香は感心した。

（そっか……勝利の報を他の軍へ早めに伝えることで、不安になっていた兵士の士気を回復させたんだ……）

ゆえに、こちらから打って出た。

攻められて守り切った、ではない。

こちらから攻めて倒した、である。

その差は大きく思える。しかも、ネームバリューを持つ人間が出撃している。

〝自分たちには勝利をもたらす存在がついている〟

勝利をもたらす象徴。その存在自体が人々に勇気を与える。

たった二つの勝利の報によって、彼らは負けムードを払拭したのだ。

（〝勇者〟って言葉には、そういう意味もあるのかもしれない……希望を失いそうな人たちに、勇気を与える者って意味が）

そう考えると、勇者という言葉も悪くないように思える。

「……ヴィシス」

「あら、なんでしょう？」

女神の横に馬を並べて声をかけたのは、桐原。

「この戦、オレにふさわしい舞台はちゃんと用意されているんだろうな？　見通しの甘さは、許されねーぞ……」

「キリハラさんは奥の手ですから。簡単に披露しては、もったいないかと思いまして」

「そうならざるをえねーのはわかるが、おまえはごまかしに長《た》けた女神だ。もし、このままあっさり東と西だけで大勢が決したら……いい加減、女神失格の烙印《らくいん》しかねーぞ」

「え？　なんですって？」

「目を逸《そ》らし耳を塞ぐのは弱者のやることだぜ。現実から、逃げてんじゃねーぞ……」

「ふふふ、キリハラさんは辛辣ですね。つまり……ヒジリさんに一歩先んじられた気分なのですね？」

馬上でふてぶてしく揺られる桐原が、前を向いたまま言う。

「当然、と思わざるをえねーな……聖が最強の勇者と誤認されちまうほどこの世界にとっての不幸もねーだろ……言うなれば、王の誤認だぜ……」

桐原は、首を軽く傾《かし》げた。

コキッ
「誰が真の王の器か、オレはこの戦で全土に知らしめる必要がある。宿命ってやつだな……」

「キリハラさんは、王になりたいのですか？」

「なりたいわけじゃねーが、嫌でもそうなっちまうだろ。力を示す環境さえあればオレは王にならざるをえない。要するに……」

　息をつく桐原。

「オレの中のキリハラ《王性》が、王座からの逃げを許さない」

「王となり一国を治めたい、と？」

「……なくもない。このオレにふさわしい相手に種を残してやって、こっちの世界に優秀な子孫を残すのも悪くねーかもな……ふさわしい相手が、どれだけいるかだが……」

「クラスメイトさんではだめなのですか？」

「聖や綾香あたりなら、そういう相手と限定すればマシな部類かもしれねーが……元の世界までついてくると、邪魔で仕方がない。……例のネーアの姫騎士は、死んだんだったな？」

「はいそのようです」

「ちっ……となると残るはヨナトの女王や聖女ってとこか。他にマシそうなのは、ニャンタンだが……アレは血統に疑問がな。薄汚ねぇ生まれだとキリハラ《王性》が濁る……」

「白狼騎士団のアートライト姉妹あたりも美人な上に才媛と有名ですけどねー。貴族の娘ですし」

「オレにその気が湧けばいずれ会ってやってもいい。だがその前に王の器を見せつけねーとな……どう見てもオレは、口だけで結果の伴わないザコとは違う」

髪を後ろへ撫《な》でつける桐原。

「召喚された勇者の中でもオレのレベルについてこられているやつはいない。オレのレベルは今279……次点の聖にすら50以上の差をつけている。わかるか？　伸びが鈍くなってるにもかかわらず50差……これは、S級の中にも序列が存在する事実を証明している。つまるところ——」

桐原は右手を手綱から離し、前方へ突き出す。まるで、何かを誇示するように。

「誰一人として、こ、の、キ、リ、ハ、ラ、を、越、え、ら、れ、る、や、つ、は、い、な、い、と、い、う、こ、と、だ」

小山田《おやまだ》が馬車から半身を乗り出した。話を聞いていたようだ。

「つーかよ、大魔帝《たいまてい》とか拓斗《たくと》一人でぶっ殺せんじゃね!?　つーかつーか、見せかけ株価ストップ安とか、S級詐欺イインチョとか、頭おかしい系双子姉妹とか、この異世界勇者ストーリーに必要でしたかーっ!?　そこんとこ！　女神さまに！　聞いてみたい！」

手綱を握り直し、桐原が振り向く。

「あいつらが身のほどを自覚するのも一つの成長物語だろ、翔吾《しょうご》。それにオレ以外のザコがいねーとオレとの差が伝わんねーからな……だからクラス〝全員〟の召喚は必要だった。元の世界に戻ったらクラス内の序列も決定的になる。もう、好きにはさせせねー……」

「ぶっちゃけ高雄ズとか浅葱《あさぎ》とかうざかったかんなーっ！　いるだけでクラスのバランス崩れるってかさーっ！　正直ああいう半端に序列高い空気出してる連中も困るわーっ！

放置してると死んだ三森《みもり》ちゃんみたいなクソザコ勘違いモブも生まれるしよー！」

と、

「三森のブザマすぎる死にざまは、最序盤で死ぬ典型的モブそのものだった……あれがモブの役割であり、末路よな……」

今まで黙っていた安《やす》が、歪《ゆが》んだ笑みを浮かべて言った。

「三森は偽物であり、僕こそが本物だった。つまりお互い本来あるべき姿に着地しただけ……僕の本質は主人公で、三森の本質はモブだったたのだ」

「あー!?　なんだまーた調子こいてんのか安てめぇ!?　マジお寒い方向性にキャラ変わりすぎだろ！」

「——本物を備えた者への嫉妬、か。誠に心地よい。まあ、小山田にはせいぜい噛《か》ませキャラの桐原の腰巾着がお似合いだ。馬にも乗れんしな」

「ぶっ殺す！」

「くはは。四恭聖の長女にいつもやり込められている分際でよく吠《ほ》える……くははは！無様すぎる！　無様無様！」

「…………あー、マジ殺すわ」

「安に絡むのはやめとけって言ってるだろ、翔吾」

桐原が制止する。

「けど拓斗よぉー？　そろそろマジで身の程わからせねーとだろ。ネットもＳＮＳもねぇから、ブザマ動画晒《さら》しもできねーし」

「小物が身の丈以上の力を手に入れると、ああなっちまうんだよ……成金みたいなもんだ。だが、所詮はピエロ……長続きしねーよ。いずれ近いうち、安は朽ちる……」

「……ぶはっ！　だとよー？　わかったかな、見せかけ株価クン？」

「くはは、ついに桐原まで吠え始めたか。くくく……よほど、この黒炎《こくえん》の勇者が恐ろしいと見える……心地よい、心地よい……」

「つくづく救えねぇな、安智弘《ともひろ》……」

そんな光景を眺めていた女神は、両手を合わせて微笑《ほほえ》んでいる。

「皆さん、上昇志向が強くて素晴らしいですね」


マグナルの王都へ向かう綾香《あやか》たちの軍は、途中で休息を取ることになっていた。

休憩地点は、魔防《まぼう》の白城《はくじょう》という場所だそうだ。

――と、その城まであと数日の道のりまできた時のことである。

定期的にやって来る軍魔鳩《ぐんまきゅう》が一通の伝書を運んできた。

伝令が、女神に伝書を渡す。女神は、いつものように目を通した。

女神の顔色が変わった。

「何かあったのかな？」

話しかけたのは、四恭聖のアギト・アングーン。

「……東侵軍の魔物の数が、ここにきて急激に増えているそうです」

「急激に？　今まで、気づかれないように兵力を隠していたってこと？」

「いえ……この数の敵兵が移動していたなら、私たちの側がどこかで察知していたはずです」

「つまり……予兆なくいきなり現れた？」

「そうなりますね」

珍しく女神が険しい顔をしている。

「白狼《はくろう》騎士団が率いる最前線の東軍は、現在アイラ砦《とりで》を放棄し、ホルン砦まで後退しているようです。迅速に撤退を決めたので、損耗は小さいようですが……」

女神の声量は小さい。綾香の位置でようやく聞き取れる程度だった。

勝利の報と違い、今回の報はあまり大っぴらに伝えたい内容ではないのだろう。

「向こうには大規模な転移術のようなものがあるってこと？　それは……さすがに、勘弁して欲しいね」

「いえ……もしあるなら奇襲に使うでしょう。それこそ、撤退の時間など与えぬような使い方を」

「あ、そっか。言われてみれば、そうだね」

「ですから、これは転移術のような力ではないと思います。となると、この魔物の増え方はもう——」

女神は眉間にシワを寄せ、冷めた視線で伝書を静かに睨《にら》み据えた。

「その場で新たに生み出されているとしか思えません」

「え？　それって、つまり……」

「ええ。過去の情報から考えられる〝それ〟の特質上、そう考えるのが自然でしょう。意図は測りかねますが……これは、さすがに無視するわけにもいきません。しかし——なるほど、そうですか」

女神は真冬の断崖めいた乾いた冷気を纏《まと》うと、温かさの欠片《かけら》もない微笑を浮かべた。

「ここで出てきましたか、大魔帝」

2. CHANGE

目を覚ます。

「――――――」

部屋の明るさから〝朝〟だとわかる。

禁忌の魔女の管理する不思議な地下空間。

夜用の環境機能が備わっているならば、当然、朝用も備えているわけか。

「おはようございます」

顔を横へ向けると、そこにセラスが座っていた。

普段の私服姿に着替えを済ませている。彼女は、身体《からだ》を捻《ひね》った姿勢でベッドの端に腰掛けていた。支えとして片手をベッドにつき、上半身を俺の方へ向けている。

見る感じ、けっこうな時間その姿勢でいたようだが――

「俺が起きるのを待ってたのか」

「あなたの寝顔を眺めているのは、飽きませんから」

「……金のかからない暇つぶしだな」

軽口を叩《たた》きつつ、自分の左肩にそっと触れる。

……まだ奥の方に鈍い痛みが残ってる、か。

ステータス補正による治癒の促進を若干期待したが……。

さすがに、そこまで万能じゃねぇか。

これだと一日二日で完治とはいくまい。

この痛みが残っていると人面種《じんめんしゅ》相手でネックになりそうだ。

ま、禁呪の情報を得るという目的もまだ果たしていないんだ。

急《せ》く必要はないだろう。

左肩を庇《かば》いつつ、身を起こす。

「セラスはよく眠れたか？」

「ええ。トーカ殿も、ぐっすりでしたね」

「魔群帯に入ってから、ここまで長い睡眠は取れてなかったからな。久しぶりに、スッキリしてる」

自分の寝ていた辺りをセラスが手で撫で回している。

尋ねるべきか、迷っている感じだった。……ああ、そうか。

「これなら今後も、一緒に寝て大丈夫かもな」

セラスの手が止まる。ビンゴだったらしい。

頬に垂れた髪をかき上げ、セラスが視線を逸《そ》らす。

「は――はい。私も、問題ないかと。トーカ殿より1時間ほど早く起床しましたが、私も十分な睡眠を取れましたし。体調も、整っております」

……1時間近くただ俺の寝顔を眺めて過ごしたわけじゃないよな？

枕元の懐中時計で時刻を確認しつつ、聞く。

「俺の寝相の方は大丈夫だったか？　あと寝言とか、いびきとか」

「問題ありませんでしたよ？　それより……【スリープ】《眠性付与》をかけていただいたあとの私の方は……大丈夫、だったでしょうか？」

「おまえの寝相のよさには前から驚かされてるよ。寝返りも最小限って感じだしな」

セラスのいびきなど聞いた記憶はない。いつも静かに、規則正しい寝息を立てている。

寝言は多少あるが、気になるほどでもないしな。

胸を撫で下ろすセラス。

「ホッとしました」

「さて、それじゃあ……イヴたちの部屋に寄って二人と合流してから、昨日食事をした部屋に先に行っててくれるか？　俺も身支度をしたら、すぐに行く」

「かしこまりました」

セラスが出て行ったあと、俺はピギ丸を手招きした。

フヨフヨ近づいてくる。

「プユ～」

「俺たちが起きるまでに何か、変わったことは？」

「プユ」

否定の赤。そうか、とピギ丸を撫《な》でる。

「おまえがいてくれて助かるよ」

「プニ〜♪」

ピギ丸は一定の負荷がかかると機能停止気味になる。が、それさえなければ睡眠を必要としない。つまり一晩中この部屋を監視できる。警報付きの生きた監視カメラみたいなものだ。気兼ねなく安眠できたのは、ピギ丸の貢献も大きい。

それから手早く身支度を整えた俺は、ピギ丸とスレイを連れて、部屋を出た。

明確な滞在期間は定めていない。

そして、禁呪の情報についてはエリカの判断に依《よ》るところが大きい。

エリカ相手だと急かすのも逆効果になりかねない。なので、俺たちは彼女の決断を待つしかない。あとは、俺の傷の治り具合によって発《た》つ時期が決まる感じか。

ま、要するに——自由に使える時間がそこそこできた。

当然、この浮いた時間を無為に過ごす気はない。

朝食後、俺は早速セラスにある申し出をした。

「騎乗を教えて欲しい、ですか？」

「モンロイから出た後、機会があれば教えて欲しいって言ってただろ？　今なら、ちょうどその時間がある」

ついにこの時が来たか、とでも言いたげに微笑むセラス。

「――かしこまりました。トーカ殿が、そう望むのでしたら」

「助かる。スレイ、手伝ってもらってもいいか？」

「パキュ♪」

リズと戯れていたスレイも快く承諾してくれる。

「っと、傷の具合は大丈夫か？」

「パキュキューン♪」

前足を大きく上げ、快調さを主張するスレイ。無理をしている感じはない。

俺よりも大分治癒が早い。治癒の早さは種族的特性だろうか？

セラスの応急処置が的確だったのも、関係しているかもしれないが。

「第二形態で歩き回る程度なら、問題なさそうですね」

セラスもそう判断するなら、大丈夫だろう。

俺はついでとばかりに、イヴにも一つ申し出てみる。

「実は、イヴにはあとで近接戦の立ち回りを教えてもらおうと思ってるんだが」

口端についた食べかすを親指で撫で取ると、イヴは頷《うなず》いた。

「任せるがいい」

軽い立ち回りくらいは教えてもらっていたけど、じっくり教えてもらう機会はなかったからな。今がいい機会だろう。

食後のお茶を楽しんでいたエリカが、立ち上がる。

「一番下の階にある扉の先以外なら、好きに過ごしてくれてかまわないわ。ま……〝好きに〟といっても、失礼のない範囲でよ？」

エリカの背後ではゴーレムたちがせかせかと朝食の片づけにいそしんでいる。

「あ、それと、イヴとリズを少し借りてっていい？　イヴの出番は騎乗練習の後なんでしょ？」

「ん？　ああ、俺の方はかまわないが」

そうして、イヴたちはエリカと部屋を出て行った。

残された俺たちは棲《す》み家《か》の外へ出た。

改めて地下とは思えない空間である。風もふいているし、なぜか鳥まで飛んでいる。

違和感として存在しているのは、天と地を貫く巨木のみ。

「さて、まずは……」

魔素を送り込み、スレイを第二形態にする。

これが一般的な馬のイメージに最も近い。というか、ほぼそのままだ。

と、ゴーレムが何か抱えて家から出てきた。ゴーレムはそれを、セラスへ渡した。

「ありがとう、ございます」

戸惑いつつセラスが受け取ると、ゴーレムは無言で戻っていった。

……言語を理解しているかどうかはわからない。

ゴーレムが渡したのは、馬具だった。

「エリカの気遣い、か」

「古びてはいますが、ものはしっかりしていますね。一応私も簡易的な手製のものを用意したのですが、せっかくですし、こちらを使いましょう」

流れで、馬具の付け方も軽く教えてもらった。

スレイの第三形態に乗った時は馬具が必要なかった。あの時はスレイの身体の形状が変化し、絶妙に俺を固定してくれていたからだ。常にスレイの特殊な補助があった。

けれど今後は常時スレイが傍《そば》にいるとは限らない。

他の馬に乗る機会も、考慮しておくべきだろう。

「お上手です、トーカ殿」

無事、スレイへの馬具の装着を終える。

次に、セラスに手伝ってもらって鐙《あぶみ》に足を置いた。

……うん。乗り心地は、悪くない。

「では、私も失礼して――」

軽やかな身のこなしで俺の後ろに乗るセラス。

華麗に飛び乗る、なんて表現の似合う動作だった。

セラスは一つ深呼吸すると、背後から、その白い手を俺の両手に添えた。

「では、始めましょうか」

「頼む」

こうして俺は、実技を踏まえて、セラスからレクチャーを受けた。

手綱の操り方はこう、とか。落ち着かせるにはこうするとよいですよ、とか。

横腹を蹴って走らせるやり方もあるにはあります、とか。

騎乗の心得をマンツーマンで丁寧に教えてもらっていった。

人の上に立つ聖騎士団長だったからだろうか？　教え方が上手《うま》い。と、

「トーカ殿、一つ注意点が」

コツの一端を摑《つか》んだかもと感じた頃、セラスが身を寄せてきた。

彼女は声を潜め、耳もとで囁《ささや》き気味に言った。

「スレイ殿はあなたの意図を先読みして動いているきらいがあります。ですので他の馬の場合は、スレイ殿よりやや扱いづらいだろうという点は、頭の隅に入れておいてください」

……やっぱりそうか。上手くいきすぎてるとは、思っていた。

「まだ生まれて間もない仔馬《こうま》ですので、その……親と認識しているトーカ殿に気に入られようと、かなり気を遣って動いているのでしょう」

俺は、スレイのたてがみを撫でてやった。

「そうだよな」

「パキュ～ン♪」

「あんなすごい第三形態になれるから時々、忘れそうになるけど……まだ生まれたばっかりなんだよな、おまえ」


練習を終えてスレイの馬具を外していると、

「あれ？」

セラスが家の方を見た。視線を追うと、イヴとリズが歩いてきていた。

二人の背後にはエリカもいる。イヴとリズは、着替えていた。

「もらったのか？」

イヴが、うむ、と頷く。

「旅装ではくつろげぬだろうと、エリカが気を利かせてくれたのだ」

エリカが、押しつけるように言った。

「こっちの方が二人ともくつろげるでしょ？　何よ……文句でも？」

「ちょっと露出度が高くないか？」

「露出ってよりは、解放的と言って欲しいわね」

エリカの着ている服の別シリーズな感じだ。西洋装飾のチャイナドレスみたいな、というか。とはいえ……イヴもリズも、似合っていないとは言い難い。

「仕方ないでしょ？　着てた服は洗って干してる最中だし……それに、エリカは自分の気に入った服しか作らないの。で、エルフ族ってけっこう薄着を好む風潮があるわけ。とやかく言う人間もいるけど、知ったことじゃないし。ま、厳密に言うなら精霊関連の文化に行き着くわけだけど……」

……セラスにしても、薄着と言えるか。自分の服装に視線を落とすイヴとリズ。

「我は、気にならんがな」

「わたしもその、動きやすくなりましたし……」

エリカが俺を、ジーッと凝視してくる。

射抜くような視線。敵意というよりは〝どう？　どう？〟と同意を迫っている感じだ。笑みを浮かべない分、感情を読むのにひと手間かかる。

スレイの最後の馬具を外し終えた俺は、息をついた。

「強制されたならともなく、本人たちが受け入れてるんならいいんじゃないか？」

「物分かりのいい男は、好きよ？」

「…………」

「何よ？」

「あんた、せこせこ作ってた服を自分以外の誰かに着せてみたかったんだろ」

「……………………だめ？」

「いや、別に」

エリカがハッとした。

「――って、服の感想を聞くのが本題じゃないのよっ。イヴに一つ贈り物があるんだけど、きみたちにも見てもらおうと思って」

ふと、エリカの表情に影が差す。

「数を作る必要がなくなったのは、よかったのか悪かったのか……いえ、よかったわけがないわね」

ゆるゆると、首を振るエリカ。この反応はつまり……

「豹人族《ひょうじんぞく》のために用意していたものか？」

「……まあ、ね」

エリカはそう言ってから、銀色の腕輪をイヴに差し出した。

腕輪には丸い窪《くぼ》みがあって、それぞれに三つの黒い珠《たま》がはめ込まれている。珠の近くには1~3を示す数字が彫ってあった。

「ふむ、装飾品か?」

腕輪を検《あらた》めるイヴ。と、エリカが俺のわき腹を肘でつついてきた。

「トーカ、あの〝3〟の珠に魔素を注いでみてくれる? 魔素を生み出す力は、エリカよりもきみの方が強いだろうから」

「……わかった」

何かを強化する作用でも及ぼす魔法の道具だろうか?

「いくぞ、イヴ」

「う、うむ」

注入、開始。

「……エリカよ。腕輪の内側から、何やら細いモノが我の腕に侵入しているのだが」

「大丈夫、きみに害を与えるものじゃないから」

「……そなたを信じよう」

俺の腕から流れていく青白い光。それらが、次々と黒い半球に吸い込まれていく。

「けっこうな魔素量が必要みたいだな」

「効果を考えればそれくらいは、ね」

エリカは自信ありげである。

あの自信……効果はすでに、どこかで実証済みか。

つまりこれが初の試みではない。なら、安心できそうだ。と、

「う、ぬっ!?」

突然、イヴの身体《からだ》がクリーム色の光に包まれた。濃淡のある光が何かグニャグニャと動いている……。ほどなくして——光が、収まる。

「え？　おねえ、ちゃん？」

最初にそんな声を出したのは、リズだった。セラスも息を呑《の》む。

「イ、ヴ？」

「これ、は……」

放心気味に自分の両手を見つめるイヴ。

「無事、成功ね。これはエリカがエイディムたち……スピード族のためにこしらえた、特製の腕輪……」

変態したイヴを見据え、エリカは、腕輪の効果を口にした。

「これは、豹人族を人間の姿に変換するための腕輪よ」

リズの目がキラキラしていた。その小さな唇から、感嘆の息が漏れる。

「おねえちゃん、綺麗《きれい》……」

栗色《くりいろ》のふんわりした髪は、腰に届くほど長い。

翡翠《ひすい》めいた瞳の色はそのままで、鋭く一筆引いたような細眉はくっきりしている。

釣り目がちの目は勝気な印象を与えるものの、小生意気な印象は受けない。

元のどっしりとした性格のせいだろうか？

その佇《たたず》まいは普段の泰然としたイヴと綺麗にダブる。つまりよく観察すれば確かにイヴ・スピードだとわかる。見映えのする外見、と言っていいだろう。

元々イヴはすらっとした身体つきをしていた。均整も取れている。

顔立ちも、人間として見ればかなり整っていた。

だからまあ――美人と呼んで、いいのだろう。

うぅむ、と変化した自分の腕に触れるイヴ。

「毛のない人間の肌に触った経験はあるが、自分がなってみると奇妙な感じだ。落ち着かぬというか……人間が我らより服を着込みたがるのも、わからぬではない」

言いながら、イヴは頬にかかる髪に触れた。

柔らかそうな髪が綿毛のように、ふわりと揺れる。

「ふむ、髪に触れた時のこの感触は悪くないな。戦闘時には少々邪魔になりそうだが。しかし……」

首を背後へ巡らせ、臀部《でんぶ》を軽く持ち上げるイヴ。

「尻尾がないのは据わりが悪い。あるはずの感触がないのは、奇妙なものだ」

イヴはさらに変化した他の部位を検め始める。スレイがやや距離を取り、イヴの周りをウロウロしている。やがてスレイはイヴに近づくと、鼻を寄せてニオイを嗅ぎ始めた。

「キュゥゥ～……スン、スン……パキュ!? パキュ～ン♪」

「む？ ニオイで我だとわかるのか、スレイよ」

体臭はそのままか。

エリカが、俺の隣に立った。

「成功みたいね」

「らしいな」

両手を自分の胸へ持っていくエリカ。

「ったく、胸の大きさまで変わっちゃって……セラスどころか、このエリカといい勝負じゃないのよ」

「……あんた、さっき〝豹人族のために〟とか言ってたが」

「言ったけど？」

「少数派の豹人族はいずれ人間に滅ぼされるかもしれない。モンロイでのイヴの扱いを見れば亜人族の置かれている状況はわかる。だからあんたはアレを作って、豹人族を人間の世界で生きていけるようにしたかった……か？」

捻《ひね》った腰に手を当て、エリカがイヴを眺める。どこか、感傷的に。

「エイディムたち……イヴの親は強き善性の者だった。それゆえに彼らは人間に希望を抱きすぎていた。妾《わらわ》はそんな彼らが好きだった反面、その善良さを危惧していたの」

善人は食いものにされる。俺が、あいつら《実の親》から学んだ人生訓。

「イヴが善良なのは、親の影響か」

「でしょうね。エイディムたちは何も聞かず、妾に無償で宿泊場所と食事を提供してくれたわ。それも、一日や二日でなく」

「種族の差は関係なく、か」

それはまあ、恩義も感じるだろう。

「このタイミングであの腕輪を使わせたのは、俺が今朝、近接戦闘の特訓をイヴに申し出たからか？」

「人間の姿での武器の扱いに慣れておくいい機会でしょ？　豹人の時とは微妙に感覚のズレが生じるだろうし」

「着替えさせたのも、これを見越してか」

「今着てる服なら人間の姿になった時、自分の身体に起こった変化が見えやすい。尻尾が生えたり消えたりしても、あの服ならすぐわかるわ」

で、あの露出度か。……いや、待てよ？

「リズもか？」

「何が？」

「リズにも何か、あの服装である理由が？」

不機嫌そうな目で睨《にら》まれる。

「言ったわよね？　エリカの趣味で選んだ服にさせてもらう、って。イヴにしても何割かはエリカの趣味。文句ある？」

「……フン、言っただろ。当人がよければ俺はかまわないさ。ま、当人たちが騙《だま》されてる感があれば、止めるけどな」

エリカは「ふーん」と不服げな目線を俺へ注いでから、リズに尋ねた。

「ねえリズ、その服は嫌い？」

エリカの問いに、あせあせしながら答えるリズ。

「い──いえ、とんでもありませんっ……トーカ様やエリカ様から与えられた服でしたら、どんなものでも着たいですっ……」

騙されてる感。……若干、ないわけでもないが。

エリカは視線をイヴへ戻すと、首筋の横髪を後ろへ撫《な》でつけた。

「ま、ともあれ……あれなら、イヴ・スピードだとバレずに人間の国へ行けるでしょ？」

「──そうだな」

「……トーカ？」

エリカが何か引っかかった顔をした時、イヴが近づいてきて、話しかけた。

「エリカ……この変化なのだが、元には戻れるのか？　便利な力だとは思うが、一生このままというのは……」

「笑止。このエリカ・アナオロバエルが、そこを考慮していないと思う？」

イヴの顔に安堵《あんど》が灯《とも》る。エリカが指先で、イヴの首筋をなぞった。

「腕輪を作る時に不可欠だったのは、可逆性よ」

「カギャクセイ？」

首を傾《かし》げるイヴ。見慣れた仕草だが、人間状態だとけっこう印象が変わる。

「可逆性ってのは、簡単に言えば元の姿に戻れるってことだ」

俺が言い添えると、イヴは理解を示した。

「なるほど、そういう意味であったか」

エリカが「ありがと」と俺に礼を言い、続ける。

「私としては非可逆な変化じゃ意味がないのよ。だから〝1〟の珠に同じ量の魔素を込めれば、元の姿に戻れるように作ってある」

「一つ気になるんだが、いいか？　効果時間の制限は？」

「ないわ。改めて必要な量の魔素を込めない限り、元の姿には戻らない。……ま、その魔素量を捻り出すのが普通はまず難しいんだけど」

だが俺のMP量なら楽勝、と。

イヴが、ぐるぐる腕を回す。

「特に動きや筋肉量が落ちた感じはない……今までより髪や胸が戦闘の邪魔になるかもしれぬが、この程度ならば問題あるまい」

「ならこれ使う？　結べば、ちょっとはマシになるかもよ？」

エリカがそう言って、白いリボンを手にイヴの背後に立つ。イヴは「う、うむ」と承諾しつつ、ちょっと戸惑っていた。エリカはするすると手際よく髪を結んでいく。

エリカが結び終えると、イヴは両サイドの髪をポンポン触った。

「ふむ……新しく巨大な長い耳ができたような感覚だが、悪くはない」

ツインテール、か。

「思った以上に、似合ってるわね……」

エリカが、品定めするみたいに言った。視線をイヴに置いたまま、俺はエリカに聞く。

「元の姿の能力は、どのくらい維持できてる？」

「9割以上は維持できてるはず。その維持率も苦労した点ね。ま、若干能力が落ちるのは許容してちょうだい」

筋肉の状態を確かめながら、イヴが一つ頷《うなず》く。

「いや、十分だ。これで我も逃亡中の豹人《ひょうじん》という立場を気にせずトーカの役に立てる。礼を言う、エリカ」

「どういたしまして。あ、大量の魔素を必要とする点だけは気をつけてよね？」

「トーカが傍《そば》にいなければ気軽には使えぬ、か……ところでエリカよ、この〝2〟の珠《たま》はなんなのだ？」

「ああそれ？　副産物みたいなものだけど、試してみる？」

どこかエリカはもったいぶった態度だ。悪戯《いたずら》っぽい目つきをしている。

まあ……結局、イヴの意向もあって試してみることにしたのだが――

「じゃあ行くぞ、イヴ」

魔素を送り込むと、再びイヴが発光した。ほどなく光のグニャグニャが収まっていく。

「なるほど、こうなるわけか」

耳や尻尾、手脚の一部だけが豹人状態に戻っている。

どうやら〝2〟は、豹人と人間の割合が変わるらしい。

「う、うぅむ……これはどうなのだ、トーカよ？」

複雑そうなテンションで俺に意見を求めるイヴ。

「……今後〝2〟の出番はなさそうだな」

「……うむ、我も同意見だ」

意見が合ったからか、イヴはホッとした表情を浮かべた。

正直、俺にも〝2〟の使い道は思いつかない。しかしエリカは、

「あのさ……きみたちには、純粋に可愛《かわい》いと思う感性は備わってないわけ？」

不服そうに、腕組みしていた。そして、

「おねえちゃん、なんだか可愛い……」

「私も、悪くないと思いますが……」

リズとセラスには好感触らしかった。

「………」

子どもを相手にする時に怖がらせないかもという点では、いずれ役に立つのかもしれない。


それから数日、俺はセラスとイヴから軽く近接戦の手ほどきを受けた。セラスからは主に対剣と対弓矢の立ち回りを。イヴからは、その他の武器相手の立ち回りを教わった。

魔女の棲《す》み家《か》には多様な武器が揃《そろ》っていた。倉庫っぽい部屋があり、そこに雑然と武器などが積んである。ほとんどが魔群帯での拾い物とのことだ。

イヴのようにイチかバチかで逃げ込む者も多いという。で、逃亡者が力尽きて武器や道

具類だけが残る。定期的に、ゴーレムや使い魔が拾ってくるのだとか。

「もちろん、拾ってくるのは使えそうなものだけよ？　ここだって無限に広いわけじゃないし」

エリカはそう言うが、この棲み家は思った以上に広い。見せてもらった倉庫もかなりの収納力がありそうだった。さて、肝心の戦闘訓練の方だが……

「さしものトーカも、この分野ではまだ未熟と言わざるをえんな」

やはり一朝一夕で身につくものではない。乗馬よりも身につけることは多そうだ。

ただ、教える者の質が高いのは確かである。

聖騎士団長を務めた姫騎士に、モンロイ最強の血闘士《けっとうし》。

この二人からほぼつきっきりで戦闘技術を学べるのだ。贅沢《ぜいたく》と言えば贅沢だろう。

ちなみに最初、イヴは人間状態での動きに慣れない感じだった。

しかしそこはさすがイヴ・スピード。

半日ほどで、その動きはみるみる元の輝きを取り戻していった。そして、

「人間の姿で汗を流すのも、そう悪くはない」

今は人間状態の方もエンジョイしているようだ。

またその間、少しずつだが騎乗の方も練習を進めた。

「っと……こんな感じか、セラス？」

「ええ、お上手ですよ」

今ではもうセラスが指導員のごとく同乗せずともよくなっている。

「これで、騎乗方面で私が何かを教える機会は当分なさそうですかね……」

セラスは少し名残り惜しそうだった。俺は、スレイのたてがみを撫でながら言う。

「どうかな……スレイ以外の馬に乗る時は、またセラスの手を借りるかもしれない。こいつは手のかからない、できすぎた子だからな」

苦笑するセラス。

「少し手がかかるくらいの方が、やりがいはあるのかもしれませんね」

「姫騎士殿は、悪ガキの方がお好みか？」

「あまり手がかかりすぎるのは、自信がありませんが」

なんとなく、だが……セラスは悪ガキに弱そうなイメージがある。

「おまえは、手のかからない子ども相手の方が得意そうだな」

「いえ、厳しくすべき時はしっかりそう対応しますよ？　ネーアにいた頃も、ただ優しいだけの聖騎士団長では通っていませんでしたから。ただ、トーカ殿を厳しく叱る機会などありませんので……」

「まあ……イヴにしてもリズにしても、本気で叱られるようなことはしないしな……」

夕食時は、適度に魔法の皮袋を使ってみた。

エリカはそのたびに皮袋のカラクリを解こうとしていたが、

「異界の勇者のスキルと同じで、この世界の魔導具やら何やらに似た力を組み込むのはやっぱり無理そうね……」

ちょっぴり不満げに、眉を曇らせるばかりだった。

その一方で、転送される飲食物にはメロメロだった。特に年代物のブランデーはお気に召したらしい。それは、俺も名前くらいは知っている有名なコニャックだった。

ひと口飲んだエリカは、

「これ、宝物にするわ」

と、ご満悦な様子で頬ずりしていた（まあ、相変わらず笑顔はないが）。

俺はブランデーなど飲めないので、無駄にならずに済むのはいいことだ。しかしあの特徴的な形のボトル……イメージ的に、むしろこの異世界の方が似合っている気もする。

他の空き時間は、部屋の掃除や片づけをしたりして過ごしていた。

その日も、俺はセラスとイヴから近接戦の特訓を受けていた。

短剣での刃のいなし方を教えてもらっていたのだが、

「こうか？」

「違う、こうだ」

なかなか、難儀している。

「こう来たら、こう。この方向から来た力は、こう受け流すのだ」

背後に立っているイヴが俺の腕を握って、動かす。

マンツーマンで、手取り足取り教えてもらっている状態だ。

「……頭で理解できても、その通りに動くのはけっこう難しいな」

「短剣は狭い場所での戦闘やその携帯性が強みだが、その分刃の面積は狭い。広い場所で刃の長い武器を相手取ると反射神経や動体視力、それなりの技術が必要となる。あとは、反復練習による慣れもだな。まあ、懐に飛び込んでさえしまえば短剣の方が有利なのだが」

「武器ごとの特性を理解するのは大事、だな」

「その通りだ。ふふ……しかし、そなたは素直な生徒だ」

イヴが腕組みし、感心した笑みを浮かべる。

「なかなか上手《うま》くいかずとも投げ出さず着実に前へ進もうとする。忍耐強い、と言えばよいか」

「ま、我慢を強いられるのはそこそこ得意なんでな……」

「とはいえ我慢ばかりもよくない。そなたは我らの負担を減らすため自らに忍耐と無茶を課すような男だ。しかし誰しも我慢の裏で気づかぬ負荷が積み重なっているもの……やはり、どこかで息抜きはせねばなるまい」

「息抜きの重要性はよく理解してるつもりなんだが……目的を達成するまではあまり気楽にって感じにもなれなくてな」

「息抜きをないがしろにしては、目的を果たすための気力も最後までもたぬのではないか？」

「一理、なくはないけどな」

「よかろう」

イヴはそう言って、俺に座るよう促した。特訓に使っている場所にはベンチに近い木製の椅子が置いてあって、俺はそこに座る。

と、イヴが俺の前にひざまずく。そして、両手で俺の太ももに触れた。

何か確かめるように、ぎゅっぎゅっ、と力を入れている。

「痛くはないか？」

「……痛いってほどじゃないが」

「特訓に熱心なのはよいが、最近いささか熱を入れ過ぎているからな。多少ほぐしておいた方がよかろう」

「これが息抜きか？」

「ふふ、たまにはよかろう——っと、セラス。そなたも手伝ってくれぬか？」

休憩を終え飲み水を運んできていたセラスに、イヴが声をかけた。

「まさかトーカ殿、足を痛めたのですか？」

「案ずるな。特訓で疲れたトーカの筋肉をほぐしてやろうと思ってな。そなたは、腕やら何やらをほぐしてやるがよい」

「――わかりました」

銀杯の載った盆をベンチに置き、セラスが俺の隣に座る。

「私は……腕をお揉《も》みすればよろしいのでしょうか？」

「うむ、それがよかろう。下半身は、我に任せるがよい」

こうして俺は、セラスとイヴに腕やら脚を揉みほぐしてもらった。のだが、

「さあ飲むがよい、トーカ」

「いや、両手が使えないわけじゃないし……水を飲むくらい自分でやれる」

「そう遠慮するな。トーカには世話になっている……特に、この魔群帯ではな。我としても何か恩に報いたいところなのだ」

「それで、これか」

イヴは眉を八の字にすると、無念そうに睫毛《まつげ》を伏せた。

「我は不器用ゆえ、あまりよい案も思いつかなくてな」

言って、顔を上げるイヴ。その顔には笑みが浮かんでいた。

「それとも……我より、セラスに飲ませてもらう方がよいか？」

言って、イヴがセラスに意味深な視線を飛ばす。視線を受けたセラスは、

「いえまあ……もしトーカ殿が望むのでしたら、もちろん私はかまいませんが」

髪をかき上げながら、ちょっと照れくさそうに視線を逸《そ》らした。

「…………」

筋肉をほぐしてもらっていた状況が、気づけば、謎の至れり尽くせり空間に発展していた。

ちなみにリズはスレイとピギ丸を伴って散歩に行っている。

当然、散歩は危険性のない範囲に限っているが。

さて——休憩（？）を適度に切り上げ、俺は近接戦の特訓を再開した。

セラスとイヴから、交互に戦い方を教わる。

二人とも教え方がいい。

少しずつ自分の戦い方が洗練されていくのが、肌感覚でわかる。

しかし——恩に報いる？

……ったく。

短剣の持ち替え方を教わりながら、細く呆《あき》れの息を吐く。

さっきみたいなことをせずとも、この特訓の相手だけで十分報いてるだろうに。

特訓を終えた俺はひと足先に家へ戻った。

セラスとイヴはあのまま二人で訓練を続けるそうだ。と、

「トーカ、元気ぃ？」

ご機嫌な様子のエリカが、長椅子からたおやかに身を起こした。

部屋が微妙に酒臭い。長椅子の端には、銀杯とボトルが置いてあった。

てかあのボトル……俺がやったブランデーか。けっこう飲んだな。

というかブランデーって、かなり度数が強いんじゃなかったか？

「その酒、気に入ったらしいな」

「これ美味《おい》しすぎる……なんなのこのお酒？　ぶらんでぇだっけ？」

愛《いと》おしそうに目を閉じ、エリカがボトルの表面に優しく頬ずりする。

「ひと口だけと思ったんだけど……気づけばもうひと口、あとひと口となっちゃって。エリカにしては珍しく、ちょっと酔っぱらっちゃったかも……」

ちょっとどころじゃないだろ。

「うぅ～ん……自分の部屋で寝る……」

両手を支えに長椅子から臀部《でんぶ》を浮かせ、エリカが立ち上がった。

が、足もとがかなり怪しい。やれやれ気分で、エリカに肩を貸す。

「美味《うま》いからって、飲みすぎはよくねぇぞ」

正直、過度な酔っぱらいは好きじゃない。実の親を思い出すからだ。

がくっ、と首を垂れるエリカ。

「不覚」

相当回ってるなこれ。多分、普段の酒と同じ勢いで飲んだんだな……。

仕方ない。

「部屋まで連れてってやるよ。えっと、あんたの部屋……どっちだった？」

無言のまま、エリカは腕を上げて指で方向だけ示した。

「……了解」

ま、度数が高いのくらいは知ってたくせに注意を怠った俺にも責任はあるか。

ゴーレムに頼もうかと思ったが、ここの家のはエリカが命令しないとまともに動かない。

なので肩を貸したまま連れて行った。

部屋は全体的に紫色のトーンで、掃除は行き届いていた。

豪華とは言い難い装飾だが、天蓋つきのベッドがある。

あそこに寝かせておけばいいだろう。そう思ってベッドに寝かせようとした時、

「あう」

エリカが足をもつれさせ、俺の方へ倒れてきた。俺の方も普段なら余裕で支えられたの

だが……訓練後の疲労のせいか、上手く支えきれず――

「で、こうなるか……」

俺は仰向《あおむ》けに倒れ、エリカは、その上に覆いかぶさっていた。

またがるというか、しがみつくというか――そんな体勢に見えるかもしれない。

エリカは俺の胸に顔を突っ伏している。段々と、その顔が持ち上がっていく。

「ごめん」

頬を赤らめとろんとした目でひと言、魔女は謝罪を口にした。

「次回からは、少しずつ飲めよ」

「そーする……悪いけど、寝かせてくれる?」

エリカを持ち上げ、ベッドに寝かせる。

「ふぅ……ありがと」

「水が欲しいか?」

「……じゃ、一杯だけ」

「わかった。すぐ持ってくる」

「トーカ」

部屋から出て行きかけた時、仰向けに寝たままのエリカが呼び止めた。

「ん?」

エリカは、横へ突き出した腕の親指を立てていた。

「意図アリだとしても……その優しさ、エリカ的に好感度高いわ」

「結果としちゃ、ブランデーに感謝すべきかもな」

「今ので……減点」

「フン、別にいいさ。今回のは別に、好感度を稼ごうとしてやったことじゃない」

それにしても、と部屋を出て思った。

酔いが回っていても、本当に笑わない魔女だ。

◇【セラス・アシュレイン】◇

「――というわけで、トーカには迷惑かけちゃったわね」

ここはエリカの家の中にある浴場。

最初はセラス、イヴ、リズの三人で入っていたのだが、途中からエリカが入ってきた。

浴場は広々としていて、四人くらいであれば十分余裕があった。エリカは先ほど両手で顔を洗いながら「来客なんて想定してないから、ほんとはもっと狭くていいんだけどね」と言っていたが。

さて、今のエリカの言である。どうもトーカの例の皮袋から送られてきた酒を飲み過ぎてしまい、トーカの手を借りてベッドまで運んでもらったのだとか。

人間姿のイヴが、ふぅむ、と唸《うな》る。

「我とセラスが訓練をしている間に、そんなことがあったのか」

「妾《わらわ》としたことが、不覚だったわ……普段はお酒を飲んでも、飲まれることなんてありえないんだけどねー……」

長い脚で水の表面をぱしゃぱしゃしながら、エリカがぼやく。

ちなみにここの水は適度にぬるいため、心地がいい。

つい長居しそうになってしまう快適さだ。

「それでどう？　イヴは、もう人間の身体《からだ》には慣れた？」

　エリカが問うと、イヴは手のひらで水を掬《すく》った。

「肌がこうすべすべしているとな……まだ違和感が拭えん。尻尾がないのも、まだ慣れない感じがしてな」

「戦闘の方は？」

「そちらは馴染《なじ》んできたかもしれぬ。大分、実感が出てきた。その実感を得られるのも、剣を交えるのを手伝ってくれているセラスのおかげであろう」

「イヴのお役に立てたのなら、私も光栄です」

「それにしても……」

　エリカが肩まで湯に浸《つ》かり、湯を囲む円形の縁に肘をのせた。

「きみたちってば、揃《そろ》いも揃って健気《けなげ》というか……エリカが男だったら、放っておかないわね。見た目だって、抜群なわけだし」

「我は、美人というのがいまいちピンと来ないのだが」

「美人でしょ。胸だって、エリカやセラスより立派になっちゃって」

　胸を両手で持ち上げるイヴ。

「胸が立派であればあるほど戦闘能力は下がるであろう。人間の男が大きな胸を好むというのは、まあ知ってはいるが」

「ふふ……美人だよ、今のおねえちゃんも」

イヴは微笑《ほほえ》み、隣に座るリズの頭に手を置いた。

「ふむ、リズがそう言うのであれば間違いないのであろう。ただ……トーカと過ごしていると、異性にとって魅力的な容姿だと言われてもいまいち実感が湧かぬのでな」

エリカが、浴場の入り口を見やる。

「ま……それはそうかもね。朴念仁、って感じではないんだけど」

セラスからすると、まだ子どもなリズはともかく、エリカもイヴもとても魅力溢《あふ》れる女に思える。

エリカに至っては、トーカとの距離感はむしろ自分より近く思えるほどだ。それも関係あるのだろうか？　トーカがエリカと人面種《じんめんしゅ》談義をしている時など、エリカが『トーカ……妾、けっこうきみ好きかも』と口にした時、思わず動揺して手もとの銀杯を取り落としてしまった。

（とはいえ、トーカ殿は私のものではありません。誰を好きになったとしても、それは私がどうこう言えるものではない……当然です……）

セラスは座ったまま、水の中で両膝を抱いた。

（ただ、それでも……私がトーカ殿に想《おも》いを抱くこと自体は、許されてもいいはず……）

セラスが湯浴《ゆあ》みから部屋へ戻ると、トーカはすでに眠りについていた。
もうそれなりに時刻も深い。
しかも今日は二人がかりで延々と近接戦闘の訓練を続けた。
さすがのトーカも疲れたのであろう。
裏を返せば、それだけ真剣に近接戦の特訓に挑んでいるのだ。
あれほど強力な状態異常スキルを、持っているのに。
決して努力を怠らない。
セラスは敷布に手をかけ、眠るトーカに微笑みかけた。
「乗馬も、上達してきましたしね」
労《いたわ》るように小声で言い、セラスはトーカの隣にそっと滑り込んだ。
今、トーカは無防備な顔を晒《さら》している。
やはりこうしている時だけは、表情が年相応に見える。
普段のトーカは……無理の産物なのだろうか。
もしそうだとすれば、
「どうか、ご安心ください。きっと私が、支えてみせます」
胸の中に温かい感覚が広がっていくのを感じながら、セラスは微笑みをもって呟《つぶや》いた。

（トーカ、殿……）

そこでセラスは、ハッとした。

自分の額に手をやって、項垂《うなだ》れ気味に息をつく。

（いけない）

寝顔を見つめていたら、また流れで唇を重ねたくなってしまった。

どうもこのところ、状況によっては自分の気持ちを抑えきれなくなることがある。

なので、

（さっさと寝ましょう……）

叱咤《しった》まじりに自分へそう言い聞かせるとセラスは身体を横たえ、そっと目を閉じた。

◇【三森灯河】◇

一週間ほどが過ぎた頃——

「きみ、それぱっかり読んでるわよね？」

と、エリカが背後から『禁術大全』を覗《のぞ》き込んできた。

その時、俺は自室で一人日課の読書をしていた。

セラスは外でイヴと手合わせしている。日々剣を振っていないとやはり勘が鈍るらしい。

リズも、スレイと一緒に二人についていった。

なので、俺とエリカ以外でこの部屋にいるのは傍らでプニプニしているピギ丸だけだ。

「廃棄遺跡で見つけたっていう例の図鑑？」

俺の肩に両手をかけ、身を乗り出し、さらに覗き込んでくるエリカ。

「図鑑と言えば、まあそうか……ああ、暇ができるとパラパラ捲《めく》ってるんだ」

「昔の廃棄勇者が持ってたのよね？　エリカも見ていい？　いいわよね？」

振り向かず、本を閉じ、エリカの方に「ほら」と差し出す。

「あら、いいの？」

「今はあんたを信頼してるからな」

ついでにこの『禁術大全』の〝程度〟も知りたい。

大賢者の考案した禁術道具。禁忌の魔女から見てどの程度の代物なのか。

「じゃ、遠慮なく読ませてもらうわね？」

身を引いたエリカを肩越しに見る。彼女は床であぐらをかき、無言で視線を走らせている。流れるように長い指を動かし、ページを捲っていた。

「——驚いた。これ、その死んだ勇者が廃棄遺跡へ持ち込んでいなかったら……この世界の色んなことが変わっていたかもしれないわね……」

身体の向きを変え、エリカに向かい合う。彼女はまだ真剣に紙面と格闘していた。

しばらくその様子を眺めていると、エリカが視線を上げた。

「ねぇトーカ……これを持ってた廃棄勇者の名前って、わかったりする？」

「大賢者アングリン・バースラッド。またの名を、暗黒の勇者だとさ」

「その名前、知ってるわ……会ったことはないけど。確か根源なる邪悪を倒したあと、しばらくこっちの世界に滞在してから、仲間たちと元の世界に戻ったことになってたはずだけど……そう、廃棄遺跡に落とされてたのね……」

エリカとは無関係だったようだ。

「って、きみ……廃棄遺跡の話をした時、その大賢者の亡骸《なきがら》を見つけた話、しなかったわよね？」

「大賢者があんたと変な因縁を持つ相手だったりしたら困るからな。あの時は俺も、まだあんたが女神側の人間じゃないって確信し切れてなかった。下手に名前を出した結果、あんたに隙をつかれて『禁術大全』を始末されても困る」

開いたままの本で、口もとを隠すエリカ。刺すようなジト目で俺を見る。

「きみは敵に回したくないわね、ほんと」

再びエリカは、紙面に視線を落とした。と、

「え？　は？　何、これ？」

あの血文字に気づいたらしい。文字を読んだ彼女は、すぐ察した顔をした。

「そう……大賢者とその仲間でも魂喰《たましいぐ》いには勝てなかったのね」

「ベストコンディションでもなかっただろうしな……あのクソ女神なら、本来の力を出せないようにしてから放り込んだはずだ」

まだ右も左もわからなかった最底辺勇者の俺ならいざ知らず……。

根源なる邪悪を倒した勇者ともなれば、万全の状態で廃棄はしなかったはずだ。

「あのふざけたクソ女神なら、そういうところは抜かりねぇだろ」

「……魂喰いを殺したきみを廃棄した時点で、抜かりまくってると思うけど」

紫紺の瞳が、俺の傍らのスライムを捉える。

「でもなるほど、そういうことか……そのスライムが他のスライムと違うのは、この『禁術大全』の知識を使ったから……」

食い入るように魔物強化剤のページに見入るエリカ。

「……多分、大賢者が繰り返し実験を行えたのは勇者のスキルがあったからなのね。実験時に解毒的な効果を持つスキルを用いたから、実験に使った魔物をほとんど犠牲にしなかったんだと思う。ていうか、この端っこの走り書きとか貴重すぎでしょ……」

「あんたから見てもすごいもんなのか？」

「ここに記されてる内容は、妾《わらわ》が踏み込めなかった領域に踏み込んだものが多いのよ……だからこれは、おそらく勇者の固有能力ありきの実験……」

言い方から推察する限り、当時ではかなりオーバーテクノロジー気味な知識だったのだろう。大賢者が〝禁術〟としたのも頷《うなず》ける。人類にはまだ早すぎる、みたいな心情だったのかもしれない。まあ最も恐れたのは――この知識が、女神に渡ることだっただろう。

しばらく一人でブツブツ言っていたエリカが、首を伸ばしてベッドの上を見た。

「ところで、そこに広げてあるのはなんなの？」

俺もベッドの上へ視線をやる。

「禁術製の道具類を作るための素材だよ。声変石《せいへんせき》と拡声石《かくせいせき》はもう完成してる。他にも少しだけ素材が揃ってるのはあるが……今最優先したいのは、ピギ丸の魔物強化剤かな……」

「ふーん」

エリカは立ち上がると、ベッドの縁に腰をおろした。それから脚を組み、前屈《まえかが》み気味に素材を観察し始める。俺も立ち上がって、彼女の傍《そば》に立った。

「第二実験にあたる魔物の強化剤に必要な素材が、あと一つだけ足りなくてな」

「ねぇ、トーカ」

エリカが上体を起こして身を寄せてきた。

彼女は手もとの『禁術大全』を開くと、指で簡易イラストの部分を指差す。

「あと一つ足りない素材って、これ？」

「……そうだ。何か心当たりでも？」

この感じ。素材を持つ魔物の生息地なんかを、知っているのかもしれない。

「あるわよ？」

「？」

「いや、だから――」

トントン、と。紙面のイラスト部分を、指先で軽快に叩《たた》くエリカ。

「この素材だったら、この家にあるってば」

魔女の棲《す》み家《か》には開かずの扉がある。

家主から開けるなと言い渡されている扉だ。

俺は今、エリカに連れられてその扉の前に来ていた。

「入っていいのか？」

「ま、そのくらいには妾の信頼を得たってことかしら」

「だとさ、ピギ丸」

「ピニュー」

ピギ丸もついてきている。

「さ、行くわよ」

扉の向こうは下へ続くトンネルになっていた。さらに地下へとのびているようだ。

俺たちは梯子《はしご》で下へ向かった。下に辿《たど》り着くと、エリカが軽やかに地を踏む。

俺も、梯子から降りた。

「これは……魔女の研究室、ってとこか」

エリカの仕事場みたいなものだろう。広さは——学校の理科室くらいはあるか。

いかにも実験に使いそうな器具類が机やら棚に並んでいる。

コポコポ泡を立てる定番な謎の液体も見えた。

……室温が上と比べて高い。耐えられないほどではないが、じんわり汗が滲《にじ》んでくる。

他の部屋へ続くとおぼしき扉もいくつか確認できる。

と、エリカが部屋の右手側にあるドアを指差した。

「こっちよ」

ドアを開けるエリカ。部屋に入ると、棚がズラリと並んでいた。

お手製の棚と思われる。各段にはビンが並んでいた。魔物のものと思われる部位がビン詰めになっている……。いわゆるホルマリン漬けを連想させるが。

「けっこう手間をかけて保存してるんだな」

「この部屋のせいでちょっと室温が高いけどね」

「保存ってのは普通、室温を低くするイメージだが」

「この部屋のはそれなりの高さを保たないといけないのよ。ふぅ……あっつ」

エリカがあごを拭う。涼しげな衣装だが、その褐色肌は汗ばんでいた。

なるほど。暑い部屋で作業するからあの格好、って理由もあるのかもな。

「プユリ～……」

ピギ丸も、ちょっとバテそうになっている。萎《しぼ》んだお餅みたいだ。

「ちょっと待っててねー……」

つま先立ちで背伸びをしながら順々に棚を確認していくエリカ。

どこに何があるかをすべて把握しているわけではないらしい。

「ここまで手間をかけて保存してるってことは、貴重な部位なんじゃないのか？」

「当然でしょ」

「で、提供する条件は？」

「別に？　ないわよ？」

「……無条件でくれるっていうのか」

「ぶらんでぇに、お礼言っときなさい」

……あれのおかげだったのか。想像以上の効果を生んでくれたようだ。

いやまあ、元から無条件で譲ってくれる気だったのかもしれないが。

と、エリカが一つの棚の前で立ち止まった。

「ふぅ……」

ため息をつき、エリカが腕を組む。棚の上をジッと見つめている。

「──トーカ、肩貸して」

肩車を要請されたので要求通り従う。……思ったより、軽い。

「これでいいか？」

「ありがと。汗ばんでて悪いけど、そこはお互いさまだから我慢して」

「我慢するのは、慣れてる」

エリカが棚の縁に手をかけ、覗き込む。

「我慢しすぎはよくないけどね……適度な抜きどころは自分で用意しておきなさい──っと、あったあった」

目的のものを見つけたらしいので、膝をつき、エリカを降ろす。

彼女の手には、人間の頭ほどのサイズのビンが収まっていた。

「はい、これでしょ？」

差し出されたビンの中身を、確認する。

「ああ……これで、間違いない」

「せっかくだしここで作っちゃえば？　器具類なら貸してあげるわよ？　その強化剤、エリカも興味あるし」

そんなひと言もあって、そのまま強化剤を作る流れとなった。

確かにここなら、器具類が充実している。うってつけだ。

俺は一度部屋へ戻り、他の素材を取ってきた。

「じゃ、始めるか」

エリカも手伝ってくれたので、強化剤作りはあっさり終わった。

と、エリカが親指で一つのドアを指し示す。

「強化剤をピギ丸に投与するなら、あっちの部屋を使いましょ？　ここ、ちょっと暑いし」

エリカによると、広くて壁も頑丈な部屋とのこと。主に威力が高い系の魔導具の効果を検証するのに使うらしい。

断る理由もない。エリカの後に続き、俺はその部屋に足を踏み入れる。

涼しい。暑い日にクーラーの効いた店に入った時の、あの感覚に似てる。

「さて、やるか。……準備はいいか、ピギ丸？」

「ピニュ〜ッ！　ピギッ！　ピギッ！　ピギッ！」

突起を左右交互に出たり引っ込めたりさせるピギ丸。なんだか、正拳突きみたいにも見えてくるが……ピギ丸なりに気合いを入れているのかもしれない。

今回も、手順に従って魔物強化剤を使用した。

この実験がスライムに及ぼした効果……。

素材と一緒に持ってきた『禁術大全』によれば——

「ピギ……？　ピ……ピピ？」

ピギ丸が、淡く発光し始める。そのままピギ丸は、サイズを増していく。

「ピギギ……ッ!?　ピッギィイイイ——ッ！」

ドンッ！

エリカが、天井近くまで膨れ上がった〝それ〟を見上げた。

「……とんでもないものを開発したわね、大賢者」

ピギ丸は——巨大化していた。

この部屋の天井はけっこう高いが、それでも天井近くまで届いている……。

「ピギ丸」

「ピッ！」

巨大化しても、鳴き声の方は愛らしいままらしい。

「元の大きさに戻ってみてくれ」

「ピム？……ピッ！　ピムムム……ピユ～……」

風船が萎むみたいに、みるみるピギ丸が縮んでいく。最後は、何事もなかったかのように元のサイズに戻った。そう、単純に言えば今回の強化剤の効果は〝巨大化〟。

ただし——単純に言えば、だ。

ふぅん、と感心顔のエリカ。

「巨大化させることで密度を高める、って発想なのね」

「個人的には今回の強化でけっこうな戦力の底上げができたと踏んでる。強化の内容自体は、シンプルと言えばシンプルなんだがな」

しかしシンプルな分、活《い》かし方に幅が出せる。

「この力をどう使うかは……すでに、頭の中で組み上がってるみたいね？」

エリカが、見透かしたような目で俺を見る。俺は屈《かが》んで、ピギ丸に手を添えた。

「思い通りにいくかは、今後の検証次第だけどな」

すべてのデータが『禁術大全』に記されているわけではない。

何ができて、何ができないのか。

どこまで、やれるのか。まずそれを確かめなくてはならない。

しかしまあ、とりあえず――

「これで戦い方の幅が広がるのは、間違いない」

検証は後に回し、俺たちは一旦上へ引き揚げることにした。エリカがバテ顔で、

「喉渇いた」

と、戻りたがったためだ。なら俺だけ残って検証すると提案してみたのだが、

「このフロアは、エリカ同伴でしか入室を認めません」

そう突っぱねられてしまった。まあ、ここで頑《かたく》なになる理由もない。

おとなしく俺はエリカと上に戻った。

そして、俺だけそのままこの家のテラスっぽい場所へ向かった。巨木の穴から外へせり出しているスペース。手すりまであるので、見た目的にはもうテラスと言っていいだろう。

俺はピギ丸を肩にのせ、手すりに寄りかかる。

「ん？　まだやってたのか」

少し遠くで、まだセラスとイヴが剣で打ち合っていた。リズはというと……寝ているようだ。脱力した様子で、伏せたスレイに寄りかかっている。

ここからでも、穏やかな顔で寝ているのがわかった。

　と、二人分の銀杯を手にエリカがやって来た。

「そういえばトーカ、傷の具合はどう？」

「ああ、よくなってきてる。あと数日もすれば、戦いに支障もなくなるだろ」

　俺の視線を追うエリカ。

「イヴもリズも、馴染《なじ》んできたみたいね」

「特にリズはいい傾向だ。ここに来るまでにあった緊張感や恐怖心が、かなり和らいでる」

「いい子よね」

「ああ」

　と、エリカが手すりに背を預けた。

「いいわ」

「ん？」

「あの子の面倒は、このエリカが責任持って見てあげる」

「……助かる」

　リズの望みは静かに暮らすことだ。復讐《ふくしゅう》目的の旅じゃない。

　俺は、エリカから差し出された銀杯を受け取った。

「で、傷の具合を聞いたってことは……ここをいつ頃発《た》つかの目処《めど》をつけにきたんだろ？」

「やっぱり腹が立つほどきみって鋭いわね。……ええ、そうよ」

と、エリカが銀杯の表面に映り込む俺を見つめた。

それから彼女は指の腹で杯の表面をなぞって、ねぇ、と言った。

「もしエリカが禁呪の情報を与えなかったら……そのあと、どうするつもり？」

「その時は──」

決まってる。

「禁呪以外の方法を探し出して、あのふざけた女神を叩《たた》き潰すだけだ」

「………」


二日が過ぎた。

傷の具合もかなりよくなった。

セラスの手当ても効いたのだろう。治りも予想より早い。

まあ、本来の目的を果たすには治りが遅い方がよかったのかもしれないが。

その日の夕食の席では、すっかりここの生活に馴染んだ空気で食事が進んでいた。

そして卓上の料理が八割ほど消えた頃、エリカが──

「そうそう、使い魔で得た情報なんだけどね……」

と、世間話でもするみたいに口を開いた。

「少し前に大魔帝《たいまてい》の軍勢が本格的な南進を開始したそうよ。現段階ですでに過去と比べてかなり厳しい戦いになる見込みっぽいわね。迎え撃つ神聖連合《しんせいれんごう》側も相当の備えで臨むみたい。早速、異界の勇者も各軍に組み込まれたみたい」

高雄《たかお》姉妹と鹿島小鳩《かしまこばと》……。

2-C関連の最近の情報は、イヴが遭遇したその三人くらいしか持っていない。

その情報にしても伝聞でしかなく、直接顔を合わせたわけではない。

「五竜士《ごりゅうし》を失ってゴタゴタしてたバクオスは、新たに〝三竜士〟と名づけた将たちが率いる軍を送り込んだそうよ。黒竜騎士団の主力を失ったバクオスとしては、今回の一戦でヴィシスに自分たちの有用性を示したいところなんじゃないかしら？　つまり今回の一戦は、各国にとって功績を上げるチャンスでもある、と」

「……そうですか、バクオスが」

バクオスはセラスのいた国に侵略した国だ。思うところがあるのは当然だろう。

「それと……今回、形式的ながら神聖連合に復帰を果たした国があるみたい」

口もとを布で拭きながら、エリカが言う。

「今回の戦、ネーア聖国の第一王女カトレア・シュトラミウスの率いる軍が参加するそうよ」

背筋を伸ばした姿勢のセラスが、そっとスプーンを置いた。

その口もとには微笑が浮かんでいる。

「あのお方も、ただでは転びませんね……」

セラスに視線を置くエリカ。

「しかもこの一戦の功績いかんによっては、バクオスから国を取り戻せるかもしれないって話なんだとか」

イヴが腕組みをして唸《うな》る。

「国を……？　五竜士を失ったバクオスがいくら弱っているとはいえ、そこまで話が上手《うま》く運ぶものか？」

「運ばせたのは多分、クソ女神だろ」

俺が指摘すると、エリカは頬杖《ほおづえ》をついた。

「……正解。カトレア姫にそれを約束したのが、ヴィシスみたいね。この戦でバクオス以上の働きをすれば、ネーア聖国の領土からバクオス軍をすべて引き揚げさせる……その上で、ネーアに再び神聖連合への正式な加入を認める——そう約束したそうよ」

「神聖連合への正式な再加入ってのは、要するに——」

「そう、女神のお墨付きでバクオス帝国からの独立を認めるってこと」

ふむ、とイヴが得心する。

「女神の命令であればバクオスも逆らえない、か」

「それを知ったバクオスは東、南、西の各軍に大量の派兵を行ったらしいわ」

……クソ女神の野郎、えげつねぇやり方をしやがる。

〝功績いかんによっては独立を認める〟

一見、温情に満ちた約束に見えるかもしれない。が、実際には両国を煽《あお》っている。

ネーアには〝バクオス以上の働き〟と条件をつけた。こうなるとバクオスは必死になって兵を送り込むだろう。五竜士の喪失以降、そもそも存在感を失っているのだ。

バクオスとしては、ここでなんとか存在感を示したい。

が、この一戦で占領下のネーアに劣る働きに終われば、帝国の威信もクソもない。

今後の存在感の失墜は、免れない。

一方のネーアも苦しい。本気で功績をあげにくるバクオスが競争相手となるのだ。

こちらも死にもの狂いで功績を追う必要がある。

そして……女神にとっては、どう転んでもオイシイ。

二つの国がケツを叩かれて〝高い士気〟で戦うのだから。

「しかしエリカよ、この魔群帯にいながらよくそのような情報が得られたものだな」

イヴが不思議そうに言った。

「今や大陸中に広まっている情報みたいよ？　特にネーア聖国では知らぬ者はいないって

感じ。ていうか、カトレア姫が率先して広めてるみたいだから……ま、広めることでヴィシスが約束を破るのを防ぐ抑止力にしたい——そんな意図も、あるのかもね」

民にとっても〝女神との約束〟なら信頼できる。なら広まるほど士気も上がる、か。

「バクオス兵はネーアの領土で横暴を働いていたから、ネーアの民も追い出せるなら追い出したいんでしょうね」

逆に言えば、そこを女神につけ込まれたとも言える。

ギシッ、とイヴが椅子の背もたれに深く寄りかかった。

「ふむ……だが、その戦でバクオス帝国以上の成果を上げるのもなかなか難しいのではないか？」

「——いえ、そうとも限らないかと」

黙って聞いていたセラスが口を挟んだ。

「姫さまが自ら決断し出兵しているのなら、勝算がまったくない話でもないと踏んでいるのでしょう。それに……あの方なら、勝算が微塵《みじん》もないのであればその約束を広く周知したりはしないはずです」

セラスの言葉には確信めいた響きがあった。

エリカが銀杯に手をのばしかけて、やめる。

「……セラスは、ネーアの元聖騎士団長だったわよね？　だからこの話は耳に入れておくべきかと思ったんだけど、その……逆に、無神経だったかしら？」

微苦笑するセラス。

「いいえ、そんなことはありません。私はすでに死んだとされている身……今は、我が王たるトーカ殿の目的達成のために力を注ぐことが最優先です。姫さまともきちんと別れは済ませてきました。それに――」

セラスは胸に手を添え、微笑《ほほえ》みを濃くした。

「姫さまとネーア聖騎士団なら、必ずやネーアをバクオスの手から取り戻してくれる……私は、そう信じております」

エリカが、指の腹で銀杯の表面を撫《な》でた。

「元聖騎士団長セラス・アシュレインは、誰もあずかり知らぬところで〝人類最強〟率いる黒竜騎士団の主力を壊滅させたんだから……働きとしては十分すぎると言える、か」

苦笑するセラス。

「彼らを壊滅させたのはトーカ殿です。私ではありません。ただ、そうですね……今は、シビト・ガートランドと実際に相対した者として――」

胸に添えた手を、セラスは握り込んだ。

「今後あの〝人類最強〟が、姫さまの前に壁として立ちはだからないことに……安堵《あんど》を覚えざるをえません」

◇【セラス・アシュレイン】◇

夜も深くなる頃。

セラス・アシュレインは寝台の縁に腰をおろし、祈りを込めた。

握り締めているのは別れの日にカトレア姫から手渡された首飾り。

(姫さま、ご武運を)

「やっぱり心配か?」

すでに横になっていたトーカが、セラスの後ろ姿に声をかけた。

「ええ。心配していないと言えば、嘘《うそ》になります」

苦笑するセラス。

「ですが姫さまには聖騎士団もついていますから。彼女たちならきっと、姫さまを守ってくれるはずです」

「信頼してるんだな」

「姫さまには、姫さまの道が……私には私の道があります。今は、お互いの道を信じて進むのみです」

「……別れは済ませたんだよな?」

「ええ。もしあの時、互いに別れの言葉を交わしていなければ……ここまで心穏やかではいられなかったかもしれませんが」

セラスはすっくと立ち上がり、ドアの方へ向かった。

「すみません、お手洗いへ」

「いちいち断らなくていい」

「ふふ、そうでしたね」

苦笑を残し、セラスは部屋を出た。


セラスは廊下を少し行ったところで立ち止まると、そっと、胸に手をやった。

「――――――ッ」

(姫、さま……ッ)

締めつけられるような強烈な感覚が、胸の内に渦巻いている。

そう――心穏やかでいられようはずなど、なかった。

胸にあてたその手には、あの日、カトレアから手渡された首飾りが収まっている。

別れはきちんと済ませた。トーカには、そう伝えてある。

が、あの時はすぐそこにバクオス兵――しかも、あの五竜士が迫っていたのだ。

別れを惜しむ時間など、さしてあろうはずもなく――

自分を逃がそうとするカトレアと交わした、最後の言葉。

『これまで過ごした日々とその思い出さえかけがえのないものなら、それで十分ではありませんこと？　では、ごきげんよう』

自分が、死地に残る側だというのに。あんなにも堂々とした微笑みで、彼女は、セラスにそう言った。が、セラスの方は——

（思うように、別れの言葉を言えなかった）

カトレア自らが率いるネーア軍の参戦。

エリカの口からそれを聞いた時、内心ではひどく動揺した。

挙兵を求められる程度は予想の範囲内といえる。が、まさか国を取り戻す一戦になっていようとは予想だにしなかった。

確かに勝算がなくはないのだろう。多分、自分のカトレア評は間違ってはいない。

ただ、セラスが伝えたカトレア評は半分だけである。

（あの方は〝ここしかない〟という時に思い切った賭けへ出る豪胆さも備えている。ましてや姫さまは……必要と判じれば、自らの身すら賭けに投じることも厭《いと》わぬお方……）

今回の戦、果たしてカトレアは無事に済むであろうか？

ネーアをバクオスの手から取り戻す。

（あの日……）

この戦は、ネーアにとって千載一遇の好機でもある。

(逆にこの機を逃せば、次にいつそんな機会が訪れるか知れない)

ここしかない——カトレアは、そう思ったのではないか？

カトレアとは実の姉妹のように共に育った。

だからだろうか。彼女の考え、決意が、手に取るようにわかる気がした。

(ですが、私は馳《は》せ参じることができません。だからどうか……どうか、ご無事で……ッ)

今の自分はトーカ・ミモリに剣を捧《ささ》げた騎士。蠅王《はえおう》ノ戦団の副長を任せられている身だ。

自分は自分の務めを果たす。

(そう……)

トーカに勘づかれるのも、避けねばならない。彼は驚くほど勘がいい。

(だから——)

今後は彼にいらぬ気遣いをさせぬためにも、より気を引き締めて隠し通さなくてはならない。

誓ったのだ——この身を、捧げると。

この身は彼が目的を果たすために使わねばならない。

この戸惑いも、この焦燥も——この、気持ちも。

すべて胸の奥に、しまっておかねばならない。

（……感情に負けてしまい、一度は過ちを犯しもしましたが）

が、あの時だけ。

（そう、私の気持ちなど……トーカ殿の旅が終わった時に伝えればいい。それまでは彼の忠実な騎士として……剣として――）

己を、殺す。

仕えるとはそういうことだ。彼の目的の夾雑物《きょうざつぶつ》になってはいけない。

せめて、彼が女神に復讐《ふくしゅう》を果たすまでは――

（女神……）

ネーア独立の話は、女神側から持ち掛けられたのだろうか？

（もし、女神が姫さまをたぶらかしたのだとして……その結果、姫さまの身に何かあったなら――）

きっと生涯、自分は女神を許せないだろう。

もう一度、セラスは深く祈りを捧げた。

「………」

トーカが目的を達成した時、もしお互いが幸運にも無事であったなら……

（その時は――）

会いに、行こう――姫さまに。

己《おの》が胸にそう誓うと、さらに力強く、セラスはその首飾りを握り締めたのだった。

「セラス」

（え……？）

心臓が、跳ねた。首を巡らすと、いつの間にか背後の少し離れたところに――

「……トーカ、殿？」

トーカが、立っていた。

「いかがなされたのですか？」

「おまえの様子が、気になってな」

セラスは心を落ち着かせた。頭の中で、言葉を組み立てていく。

「私の様子、ですか？　確かにネーアの話を聞いて、少しばかり動揺してしまいました。ですが……」

こっそりと、ごく自然に、胸に抱いていた首飾りをしまう。

「もう、大丈夫です」

努めて穏やかに、セラスは言った。

「こたびの戦の結果がどうあれ、姫さまなら必ずやネーアをいつかその手に取り戻すでしょう。それに……幾度も申したはずです。今の私はあなたの騎士――この身はすでに、一度死んだ身なのです。もう過去を振り返ることはありません。今……私のこの力は、あなただけのためにあります」

「俺だけのため、か——それは、本当か？」

嘘を、見透かされた。セラスはそれに気づいた。

——ドク、ンッ——

「も……申し訳、ございません。さすがに、かつてこの身を寄せていたネーア聖国の話とあって……少々、感情が過去に引きずられてしまったことは認めます。ですが、ご安心を……私は——」

「いい加減に、しろ」

「え、あの……トーカ、殿……？」

トーカが近づいてくるのが足音の距離でわかった。

苛立《いらだ》ちを覚えているのも、わかった。

彼の言葉に嘘はない——トーカは、本気で苛立っている。

苛立ち。

それは、彼からセラスへ初めて向けられた感情でもあった。

——心臓の鼓動が、速まる。

トーカがすぐ背後で、立ち止まる。

「だから――」

セラスは、心の準備も覚束ぬまま、目をつむった。

「…………ッ」

「――何を泣いてるんだよ、おまえは」

「……、――え？」

今、セラスは気づいた。

滲《にじ》む視界で床を見れば、たくさんの水滴が落ちている……。

いつ、から？

いつの間にこんなにも自分は――涙を流して、いたのだろう？

声は、震えていなかったはず……。

震えは、消していたはず……。

ポンッ、と。

トーカの手が、セラスの頭に置かれた。

「――ぁ」

「悪いが、嘘を見破るのはおまえの専売特許じゃない」

「トーカ、ど……の？」

「なあ、セラス」

「は、はい――」

震える声で、相槌《あいづち》気味に応える。

「やっぱりおまえ、変なヤツだな」

「え？」

「さっきみたいな感じで人に苛立った経験は、叔母さん相手でもなかった」

（叔母、さま……？）

「こんな風な気持ちになったのは……正直、生まれて初めてだった」

苛立ったとは、言っているが。

トーカの声からはもう完全に、苛立ちは消えていた。

代わりに、その声には優しさがあった。

そして、若干の困惑。

彼自身も、自分の感情に驚いている感じがあった。

「それでな、セラス」

「は、はい……」

「いい加減おまえは、わがままの一つくらい言え」

「──、……え？」

「一度だけ俺がなんでも言うことを聞くって話とかも……おまえ、すっかり忘れてるだろ」

「あ、あの……トーカ殿？　今、なんと……」

「本当は、助けに行きたいんだろ？　姫さまの力になるために……だけどおまえは、助けに行きたいと言わない。いや──言えない」

「──ッ」

だめ、だ。

これは、だめだ。

「い、いえっ……私は──」

「夕食の時はエリカとかもいたから、指摘しないでおいてやったけどな……バレバレだ」

「ぇ──」

「セラスにとって〝姫さま〟がどれだけ大事な存在なのかは、今までのおまえを見てれば余裕でわかる。おまえさ……よく叔父さんたちの話をする時、俺が普段と違う顔をするって言ってるけど……」

トーカはどこか自分に重ねるようにして、言った。

「〝姫さま〟の話をする時……おまえ、自分がどんな顔してるか知ってるか？」

「私の、顔……ですか？」

「おまえにあんな顔をさせる〝姫さま〟が、あんな条件を抱えて生き残るかどうかもわからない戦場に出るとなったら……気持ちを乱すなって方が、無理な話だろ」

「そ、それはっ……」

「おまえが俺の〝剣〟であることを強く意識して、色々な感情を抑えた上で仕えてくれてるのには感謝してる。けど、本当に大切な人に向ける感情まで抑えつけるのは――違うだろ」

顔をくしゃくしゃにしながら、セラスは、どうにか言葉を紡ごうとする。

どうにか、持ち直そうと試みる。

「――トーカ殿、私は姫さまとは……もう……きちんと別れを、済ませたのです……」

「違うな」

「え？」

「本当に納得のいく別れを済ませてるなら、もっとすっきりした顔をしておけ。ま……セラスの演技は、まだまだだってことだ」

歯を、食いしばる。

せめて――涙だけでも止めようと、嗚咽《おえつ》を、こらえる。
疑問が溢《あふ》れて、止まらない。
どう、して――どうして、この人は。こんなにも自分を、
見てくれて、いるのだろう。

「納得のいく別れを済ませられない辛《つら》さは、俺もよく分かってるつもりだ」

納得のいく別れ。

セラスはハッと、息をのむ。

――ああ、そうか。

い、い、
そうだった。

彼にとっての〝大切な人たち〟。

彼はその人たちと、まだ納得のいく別れを済ませられていない。

「誓い通り俺の〝剣〟としてこの先も尽くしたいと思うなら……それは、それでいい。けど、それは……納得のいく形で姫さまにお別れを言ってからでも、遅くはない」

「ですが……」

「食後にエリカからアレコレ聞き出した。カトレア姫の編入された南軍は、まだ本格的な

戦いには入ってないらしい」

「！」

「当初は均等に動いてたそうだが……いま南方へ侵攻中の大魔帝軍《たいまていぐん》は、他の東や西の軍と比べると主力同士がぶつかるまでにまだまだ時間のかかる距離にいるって話だ。それに……今回の戦には傭兵《ようへい》もたくさん参加してると聞いた。なら、傭兵にまぎれて南軍にもぐり込む手が使える」

「トーカ殿……本当、に……？　本当に、大魔帝の軍勢と戦う戦場へ……、――いえ、で、ですが……ここは、魔群帯の奥深くで……」

「俺たちは魔群帯に入って、ここの魔物どもを突破してここまで来たんだぜ？　だったら……」

トーカは今、背後にいる。

だというのにセラスの脳裏には、彼のあの凶笑が、鮮明に浮かんでいた。

「出ていくこともできなきゃ、おかしいって話だろうが」

「私は……そ、の――、……………………」

「はっきり言ってやる、セラス。おまえはな……」

トーカがセラスの肩に、手を置いた。

「嘘《うそ》を見破るのは得意だが、嘘をつくのは下手なんだよ」

「私、は……」

「おまえは自分を騙《だま》し切れるほど、自分を殺せない」

フン、とトーカは鼻を鳴らした。

「俺に隠し切れると思った時点で、おまえの負けだ」

「――――――」

つかえていたものが取れたような感覚が――セラスの身体《からだ》を、駆け抜ける。

……もう隠しても、意味はなさそうだ。

今の彼の前では何も隠せそうにない。

おそらく心のままに、なんでも答えてしまうだろう。

「おまえは姫さまの力になりたい。そしてせめて、ちゃんとしたお別れをしたい。それが、おまえの望みだな？」

嗚咽と共に溢れてくる、滂沱《ぼうだ》の涙。それを、左右のてのひらで必死に拭う。

けれどその量は、増える一方でしかなかった。

拭っても、拭っても。

激しく揺れ動く感情と共に、とめどなく、溢れてくる。

「はいっ……はい、トーカ殿……ッ、――――」

肩に置かれた手に、少しだけ力がこもった。

「それでいい」

トーカが肩から手を離し、横を通り過ぎる。

「行くぞ」

そしてセラスの前へ出ると――彼は、背中越しに言った。


「戦争の準備だ」


もはや止め方を忘れた涙を流し続けながら、精一杯の笑みを浮かべて、セラスは、彼の背に応えた。

「はい――はい、トーカ殿《我が主》っ……」

「それに、だ」

トーカが、首を巡らせた。しかし彼はセラスの方へ振り返ることはなく、洞窟の深奥めいたその闇色の目は、横手の壁へ向けられた。

「状況が上手《うま》いこと嚙《か》み合えばの話には、なるが……」

彼の温かみを排したその漆黒の瞳は――ここではないどこか遠くを、昏《くら》く見据えた。

「この機会に少し、潰しておきたい連中もいる」

◇【三森灯河】◇

「——で、傭兵として神聖連合《しんせいれんごう》の南軍に紛れ込むって?」

話を聞いたエリカは、呆《あき》れ顔《がお》だった。

あの後、俺とセラスはすぐエリカの部屋を訪ねた。事情を話すと、止められはしなかったものの、正気は疑われた。

「エリカに止める権利はないけど……ねぇ、正気?」

「北方の魔群帯を抜ければ南軍との合流は可能だろ?」

「ん～、南軍に参加する各国の軍はマグナルの王都シナドを目指しているみたいだから、シナドで傭兵を募るのは十分ありうるわ。今のネーア軍の移動速度とシナドとの距離を考えれば、確かに、ここから北方魔群帯を抜ければ間に合うかもしれないけど……」

セラスの顔に希望の火が灯《とも》る。安堵《あんど》を浮かべ、俺に目配せしてきた。

「わかってる? それは、抜けられればの話よ?」

暖色系のランプの灯《あか》りがエリカの横顔を照らしている。エリカの表情は難渋を示していた。彼女の表情が陰って映るのはおそらく、光の角度のせいだけではない。

「……つまり、問題は時間じゃないってことか。なら、何が問題なんだ?」

「北の魔群帯を抜ける、ってのが問題なのっ」

ベッドの上であぐらをかき、エリカが人さし指を立てる。

「きみたちはウルザから来た。つまり、通過してきたのは南の魔群帯」

エリカが何を言いたいのか。おそらく、

「北と南で、魔物の強さが違う？」

「正解。北には、凶悪なのが集まってる」

セラスの顔にあった安堵に、揺らぎがまじった。

「理由は諸説あるけど、エリカは単純に根源なる邪悪の発生源に最も近い地域だからじゃないかって考えてる。で、力のある魔物が自分より弱い魔物を縄張りから排除していった結果、今みたいな分布になったんじゃないかしら？　推論だけどね」

「あの、エリカ殿……東、あるいは西方面から回り道という手は——」

「それだと十中八九きみたちの到着前に主戦力同士がぶつかる。つまり、間に合わない」

「……ッ」

「北の魔群帯を抜ける以外で、期日までに南軍と合流する手は？」

俺が問いを投げると、エリカは肩をすくめた。

「エリカには、思いつかないわ」

「だったら、北の魔群帯を通って南軍と合流するしかねぇな」

無念さを抑えるように、セラスが唇を噛んだ。

「トーカ殿、しかしあまりにそれは危険――」

「おまえの気持ちさえ変わらないなら、方針に変更はない。障害が魔物なら――すべて、排除するだけだ」

「トーカの状態異常スキルがあれば、あながち無理な話でもないかもよ？」

エリカが言った。

「話を聞く限りトーカは対集団戦もこなせる。あの魂喰《たましいぐ》いも倒してるわけだし……戦いに慎重さは必要だけど、敵を過大評価しすぎるとそれはそれで好機を逃しかねない。北方魔群帯の魔物を怖がりすぎるのも、確かによくないかも」

と、エリカが立ち上がって棚の引き出しを開けた。中には丸めた筒状の羊皮紙が詰まっている。うち一つを手に取ると、エリカはそれをテーブルの上に広げた。

「これは、使い魔の目で集めた情報を基に作った、北方魔群帯の地図よ」

三人で覗《のぞ》き込む。

……魔群帯の地図作成は不可能と聞いてたが、禁忌の魔女はそれを可能にしたのか。

俺は、地図の一部を指差す。

「この線は？」

「通り道として使えそうなルート。大型の魔物が群れで移動した地域の中には、地形が均《なら》されて、移動しやすくなってるところがあるのよ」

「わざわざ、そんなルートを描き記してるってことは……いずれ、ここから出ることも考えてるのか？」

視線を上げて問うと、エリカが視線を返してきた。

「離れられるとしても、100年近く先の話になるでしょうけどね」

「まるで、100年近くはここを離れられないような口ぶりだな」

セラスが何か勘づいた顔をする。

というより……ぼんやりとあった予想が、確信に近づいた感じ。

「エリカ殿は、なんらかの精霊と契約を……？」

「――まあね」

卓に両手をついたまま、エリカは肯定でそう答えた。

「ここに来る途中、セラスは湖の底に溜《た》まった魔素を見た？」

「え、ええ」

「あの魔素を生み出しているのが、この聖霊樹に宿るルノウレドって精霊なんだけど……場に居つく精霊でね。で、ここを人間や魔物たちの手から守る代わりに、エリカは、ルノウレドの生み出した魔素を研究や実験に使わせてもらってるの」

エルフは魔素を操るのが苦手な種族だと聞いた。生み出す量も貯蔵量も人間に劣る。

一方、魔導具などの実験には多量の魔素が必要となる。

ゆえに禁忌の魔女は〝ここ〟を選んだ、と。

「妾《わらわ》もダークエルフにしては魔素関連の資質に恵まれてる方だけど……さすがにこのエリカ・アナオロバエルの設計した魔導具の実験となると、やっぱり足りなすぎるのよね」

「魔素を生み出す唯一無二の精霊……その伝説を古い文献で読んだことはありますが、実在したとは……」

「すっごく恥ずかしがり屋だからルノウレドはずっと気配を消してるんだけど……さすがはハイエルフね。薄々は存在を感じてたんでしょ？」

「霊素があまりに希薄でしたので……かつてここにいた精霊の名残りか、何かかと」

「エリカ」

会話に割り込み、俺は一つ確認を取る。

「あんたはここを離れるつもりがないだけか？　それとも、ここを離れられないのか？」

一拍置き、エリカが答える。

「後者よ」

なるほど、とセラスが理解の表情を見せる。

「エリカ殿はこの一帯に〝留《とど》まり続ける〟契約を結んでいる……その代わりに、ルノウレドの力を行使できるのですね？」

「そういうこと。だから悪いけど、きみたちには同行できないの」

「お気になさらないでください、エリカ殿。行きやすい道を記した地図を見せていただけただけでも、ありがたいことです」

エリカの様子を観察する。少し、気まずそうな表情をしていた。

この後、俺たちは軽くルートを検討した。

そして、検討が一段落した時だった。エリカが地図を差し出してきた。

「この地図は、あげる」

「いいのか？」

「好きに使ってちょうだい。ただし見ての通りこの地図も完璧じゃない。過信は禁物よ」

エリカは水差しの水を銀杯に注ぐと、それを飲み干した。口もとを拭い、言う。

「明日の朝までに、こっちで支援できそうなことがないか考えておくわ。だから、詳しい話は明日改めてしましょう」

あくる日の早朝、俺はエリカの部屋を訪ねた。
が、不在だった。となると――あの研究室だろうか？
移動し、例の扉から梯子《はしご》を伝って下りる。下り切ると、
ガチャッ、カチャッ、ドサッ……

何やら物音が聞こえてきた。音の方へ視線を向ける。

……あの部屋からか。

ドアを開けると、そこは広い部屋だった。ピギ丸の強化を試したあの部屋よりもでかい。

気温は研究室と違って涼しかった。ただ、部屋自体は広々としているものの……。

広さを損なうほど、物が多い。魔群帯の拾得物を詰め込んだガラクタ倉庫だろうか？

肝心のエリカはというと、雑多な物の積まれた山に上半身を突っ込んでいた。

何か捜しているらしい。こちらに臀部《でんぶ》を見せたまま、エリカが朝の挨拶をしてくる。

「おはよ」

「朝昼晩と風景や環境が変わるのは、時間感覚を失わないためか？」

「わかってるじゃないの――で、なんの用？」

「ちょっと二人で話がしたくてな。セラスは今【眠性付与《スリープ》】で眠らせてる」

ずり、ずり、ずり……

後ずさりする猫みたいに後退し、エリカが出てきた。

「話って、何？」

「まず、いやに協力的になった理由について」

「……悪かったわよ」

エリカの口から飛び出したのは――謝罪の言葉。

なんの話か、すぐ察したようだ。

「南軍と合流する話を俺たちから聞いたあとやけに協力的になったのは、罪悪感からか？」

両手を上げ、降参ポーズを取るエリカ。

「……ネーア聖国の姫君の話をしたのは迂闊《うかつ》だったわ。今は幸せそうにきみと旅をしているから、てっきり過去とは決別してるものかと」

姫の話をした時、エリカは無神経だったかもと反省の色を示していた。

「セラスの反応が想像と違ったか」

「だって……あんな顔されたら、誰にだってあの子の想《おも》いの強さは伝わるわ。あの子は隠してるつもりだったみたいだけど、全然隠し切れてないし」

セラスの演技は、エリカにも見破られていた。

「だからエリカも悪かったと思って、こうして寝ずに……」

「わかってる。それに……セラスも、すべてが終わってから知るより何倍もマシだったはずだ。要するに……俺は、礼を言いにきたんだよ。あんたがセラスにネーアの姫さまの話をしてくれたのは、結果的によかったと思ってる。俺たちを一切止めようとしなかったのは、少し意外だったが」

「雰囲気で止めても無駄なのがわかったからね。北方魔群帯を抜ける難しさは一応義務だと思って説明したけど」

エリカが、上半身のホコリを払う。

「とまあ……そんなわけで昨夜言った通り、エリカとしてはできるだけきみたちの支援はするつもりだから」

それからエリカは一息つくと、親指で部屋の奥を示した。

「見せたいものがあるんだけど、いい？」

この部屋にはもう一つ奥へ続く扉がある。エリカはその両開きの扉を左右の手で押して開いた。彼女に続き、俺も部屋へ足を踏み入れる。

部屋の中央に鎮座していたのは、

「これは……馬車、か？」

「というより、戦車と呼ぶべきかしらね」

戦車といっても、砲身やキャタピラのついているアレではない。

いわゆるチャリオットと呼ばれる戦闘用の馬車みたいな方のヤツだ。が、客車的な部分があるので〝馬車〟と言われても納得はできる。一方、エリカが〝戦車〟と言ったのも頷《うなず》ける。黒い車体が、明らかに外敵の存在を意識した造りになっているためだ。

「これはエリカが魔群帯を通ってここへ来る時に使った〝魔戦車《ませんしゃ》〟……ルノウレドとの契約が切れた後、また使うかもと思って取っておいたんだけどね……」

「ひょっとして、これを俺たちに譲ってくれるって？」

「ここで〝いいでしょ!? いいでしょ!? ねぇトーカ、この戦車うらやましい!?〟って、ただの自己満足で見せびらかしてどうするのよ……」

間に挟まれた小芝居は、必要だったのだろうか。しかし、これは……

「…………」

そこそこでかい車体――つまり、目立つ。

これだと移動中に魔物から見つかりやすくなる。目立たぬよう移動するのには向いていない。が、エリカがそこに気づいていないはずはない。ということは、

「この戦車、何か特別な力でも?」

「認識阻害よ」

「つまり……この戦車とその周囲が、認識されなくなるってことか?」

「解釈としては、それで間違ってないわ」

再度、俺は戦車に目を向けた。

「……なるほど、効果としては破格だな」

「ただし、この魔戦車に残された力はあと三分の一くらいよ。ここへ来る時、三分の二は使っちゃったから」

「補充はできない、と」

「古代の秘術を用いた魔導具は、同一の力が存在しないのが特徴でね。だから、同じ力を

持った魔導具は作れない。いえ……作り方どころか、補充のやり方すら、このアナオロバエルをもってしても解明できないの。悔しいけどね」

いわゆるロストテクノロジー的なものか。

「残ってる力は、すべて使っちまっていいのか？」

「いいわよ。エリカは、他の脱出方法を考えるから」

戦車に近寄るエリカ。

「問題は……この魔戦車をここまで引いてきた魔法生物が、ここへ辿《たど》り着いた時点で使い物にならなくなったのよね。そしてアレをこしらえるには、膨大な年月がかかる」

つまり、

「スレイ次第、か」

「あの不思議な魔獣の第三形態なら、いけると思うんだけど……」

エリカには先日、スレイの第三形態を披露した。しかし結局、スレイの詳細な情報はわからなかった。ただ、禁忌の魔女が舌を巻くほどの魔獣なのは確からしい。

「いずれにせよ、北方魔群帯の約半分を魔物から見つからず進めるのは魅力的でしょ？」

おおまかな計算だが、北方魔群帯の約半分を魔物と遭遇せず通行できる。

これは間違いなく魅力的だと言える。

半分行った時点で乗り捨ててもいいわけだしな。

ただ、この魔戦車……いやに攻撃的なフォルムをしている。

射出槍《そう》みたいな部位も確認できる。エリカによると、認識阻害以外にもいくつか攻撃能力が備わっているとのこと。乗り捨てるかは、その攻撃能力の有用性次第かもしれない。

「この魔戦車以外にも、エリカお手製の魔導具も特別にオマケでつけてあげる。ただし実験用の試作品ばかりだから耐久度は低いわ。使用に関しては、回数制限がある前提で考えて」

「さっきあの山で捜してたのは、その魔導具か」

あんな雑に積まれていたから、ガラクタかと思った。

「ま、戦力になるならなんでも歓迎だ。ところで」

「何？」

「この戦車、地上まで運べるのか？」

「笑止。エリカ・アナオロバエルよ？　運ぶのもゴーレムがやるわ。安心なさい。あ、それと……傭兵《ようへい》として潜り込む際、きみたち〝蝿王《はえおう》ノ戦団〟を名乗るのよね？」

「？　ああ」

「ちょっと、待ってて」

言い置いて、部屋を出ていくエリカ。

ほどなく、彼女は一体のゴーレムを引きつれて戻ってきた。

彼女たちの腕には黒い衣類らしきものが抱えられている。

エリカが、うち一つを広げてみせた。

「せっかくだし、これで大物感出していっちゃえば？」

お披露目されたそのローブは、いかにもというか……蝿王やその配下におあつらえ向きの雰囲気を発していた。俺用とやらのローブは、大賢者のローブと比べると特に悪の親玉みたいな感じがある。しかし、マスクの方との相性は悪くなさそうだ。

あくまで〝悪の親玉っぽい〟という要素において、だが。

「魔群帯の拾いものか？」

「元々はね。それをエリカなりに仕立て直してみたの。ほんとはここを発《た》つ時に渡そうかと思ってたんだけど……どう？　かっこよくない？」

語気がいささか興奮気味だった。心なしか瞳もキラキラしている。鼻息も荒めだった。

相変わらず笑みこそないが、嬉《うれ》しそうに見える。

イヴやリズの服の件といい、元々衣服を仕立てたりとかが好きなのだろう。

「ま、趣味は悪くないいな」

エリカが裏地を見せてくる。なんというか、通販番組さながらのプッシュ感だった。

「見た目だけじゃないわよ？　実用性もバッチリ兼ね備えてるの。黒獅子《くろじし》グモの糸を編み込んであるから、耐久性や耐火性も優れてるわ。すごいでしょ？」

得意げに説明を披露するエリカ。セラスやイヴ用の外套《がいとう》もひと手間かかってるそうだ。

俺は、痛みのほぼ取れた肩の傷口に触れた。

……ああいう防具があれば、こういう負傷も防げるかもしれない。

それに、とローブと他の外套を見比べる。

この統一感のある出《い》で立《た》ち。

いよいよこれで〝蠅王ノ戦団〟らしくなった、とも言える。

わかった、と俺は手を差し出す。

「エリカ・アナオロバエル手製の防具……〝蠅王ノ戦団〟として、ありがたく使わせてもらおう」

3．勇者たちの戦い

風景が流れていく。

暗い樹林帯は、どこまでも続いているように見えた。

陽光を拒否する木々の間を駆ける一台の黒い戦車。悪魔めいた角を持つ黒の巨馬が、快音を響かせ、太い蹄《ひづめ》で大地を蹴りながら進んでいる。

「スレイの方は……問題なさそうだな」

戦車の屋根に設《しつら》えられている足場。

俺は、そこに立ってスレイの様子をチェックしていた。

スレイがこの戦車を引けるかは一抹ながら不安があった。しかし蓋を開けてみれば、軽々と引いている。負った傷もすっかり完治しているみたいだ。

戦車の屋根部分は広めの足場になっている。低めだが落下防止（？）の柵もついている。

三人いても窮屈な感じはない。この足場に陣取って迎撃という戦法も取れそうだ。

「本当に、ついてきてよかったのか？」

腰をおろし、隣に座る彼女に問いかける。と、彼女はジッと前を見据えたまま答えた。

「出立前に言った通りだ。我の気は、変わらぬ」

そう答えたのは、イヴ・スピード。今回の救援作戦には彼女も同行している。

当初、セラスはイヴの同行を考えていなかった。

『これは私の事情で行うことです。それに……イヴとリズはもう安心して暮らせる場所に辿り着いたのですから、もう戦う必要はありません』

俺とイヴが交わした約束は二つ。

〝イヴが禁忌の魔女の居場所を俺に教える〟

〝俺が力を貸し、イヴとリズをそこまで連れて行く〟

この二つはすでに果たされている。

イヴの願いはリズと平穏に暮らすこと。だから今回、同行する必要もなかった。

が、イヴはこう言った。

『我は魔法の地図でトーカをここへ導いた。仮にこれでトーカへの恩返しは果たしたとしよう。しかし、我はまだセラスへの恩を返していない。我やトーカが戦っている時、いつもリズを見てくれていたのがセラスだ。ゆえに、我らはリズの守りに割く意識を減らして戦えたのだ』

最後にイヴは、堂々と、こう締めくくった。

『スピード族の誇りにかけて、セラス・アシュレインへの恩は返さねばならぬ。そして――それが今なのだ、セラスよ』

イヴの声には揺るぎない意志が宿っていた。これにはセラスも拒否とはいかなかったらしい。俺も、魔群帯でのセラスの貢献度は理解していた。

今、そのセラスは車内で休んでいる。見張りは交代制にしてある。

前を向いていたイヴの目が、俺を捉える
「この北方魔群帯を抜けるなら、そなたも我がいた方がよいと考えていたであろう？」

「……まあな」

イヴの持つ目や耳のもたらす恩恵はでかい。特に、こういう危険地帯を抜ける時には。

「ただ、リズの気持ちを考えるとな……正直、同行を頼むかどうかは俺も迷ってた」

「ふふ……実はリズと二人で話し合っていたのだ。今後トーカやセラスが我の力を必要としたらどうするか、とな」

リズは、こう言っていたという。

『わたしは、おねえちゃんと二人で幸せに暮らすのが夢だった……でも、おねえちゃんがトーカ様とセラス様が幸せになるためのお手伝いをしたいなら、わたしは応援するよ？わたしは……自分たちだけが幸せになればいいとは思えない。トーカ様とセラス様にも、幸せになって欲しいから。それに、わたしたちの幸せはトーカ様とセラス様がいなかったらなかったものでしょ？　だから……わたしは大丈夫だよ、おねえちゃん』

ふっ、と低く笑むイヴ。

「リズは〝一つだけ悔しいのは、自分が守ってもらう側だからついていけないことだ〟と言っていた」

俺は、舌打ちした。

「……健気《けなげ》すぎるんだよ、リズは」

物分かりもよすぎる。

リズはまだ子どもだ。普通なら、ぐずってイヴを引きとめてもよさそうなものだ。

「我もリズも大切に思う者の存在の大きさは知っている。その者の力になれぬ悔しさもな
……ここで力を貸さねば、我は一生後悔するであろう」

今回の救援作戦を立てた経緯は、出立前にイヴにも話した。

「それにトーカ、リズの心配の負担が減ったのはあの魔導具の存在も大きい」

俺は、懐に手を入れる。

「これか」

転移石《てんいせき》。

鮮やかな紫色の宝石。その宝石の中に、さらに小さな宝石がたくさん入っている。

各宝石には極小の複雑な術式が彫り込まれていた。

エリカによれば、これも古代の秘術を用いた魔導具だそうだ。

〝一度だけ、決められた場所へ効果範囲内の人や物を送り込める〟

魔術師ギルドの秘宝庫に入るレベルの貴重品とのことである。

エリカは、転移石についてこう話していた。

『三回分持ってたんだけど、二回分は使っちゃったのよね。最後の一回分は、ここを出た後で何かあったらここへ緊急避難するために取っておいたんだけど……リズを見てたら、これの存在を黙ってるわけにもいかなくてね。はぁ、エリカってばお人好《ひとよ》しすぎ……』

転移石は二対でワンセット。

まず片方を発動させ、その場に術式を定着させる。で、もう片方を発動させると、その術式を定着させた場に転送される仕組みである。定着用の転移石はあの棲《す》み家《か》の一角に使用されていた。つまりこの転移石があれば、最悪イヴだけはあの棲み家へ送り返せる。

「我としては、リズを安心させる以上の役目をその石には期待しておらぬがな」

「言っただろ、イヴ」

俺は、言い含めるニュアンスで言った。

「おまえが危なそうだと判断したら、この転移石は俺の独断で使う」

「ふっ……では、深手を負わぬよう気をつけねばな」

俺は冗談っぽく、フンッ、と鼻を鳴らす。

「ああ、そうしてくれ」

とはいえ、全員あの棲み家に帰れればそれに越したことはない。

ちなみに、今のイヴは豹人《ひょうじん》状態に戻っている。人間状態だとやや能力が落ちるためだ。

今は姿を隠す必要もない。北方魔群帯を抜けるまでは豹人状態でいいだろう。

「それにしても……そなたとアライオンの女神に、それほどの因縁があったとはな」

俺と女神の因縁をイヴが知ったのは、エリカのところへ来てからだった。

元々イヴとリズは、魔女の棲み家までのつき合いの予定だった。なので俺としては知る必要はないと思っていた。しかし……結局、成り行きで明かすことになってしまった。

「もし出立の時点で禁呪を使えるようになっていたら……今回の救援作戦の後、トーカはそのままアライオンの女神に挑むつもりだったのか？」

「使えるようになってたら、な。けど……エリカは禁呪の呪文書の文字は読めない。だから禁呪が使えるようになるのは、まだ先の話になりそうだ」

そもそも呪文書を見せた時点で、エリカが呪文書を読めないのは予想できた。

俺は、エリカの視線を観察してそう予想した。

呪文書を見せた時、エリカは広げて確認した。

ぱっと見、あの呪文書に書いてあるのが〝文章〟なのは俺にもわかる。

そして文章として読めるなら、視線は必ず〝文章を読む動き〟をするはず。しかし、エリカの目は興味深そうに見てこそいたが、そういう動きをしてなかったのだ。

あれは〝読む〟というより、本物か偽物かを判断する感じだった。

つまりあれが禁呪の呪文書だと判断する情報は持っているが、文字自体を読めるわけじゃないのかもしれない――その時、そう考えた。

　呪文書とは通常〝読む〟ものだ。読めなければ本来の役割は果たせない。だから、

「エリカはおそらくあの呪文書を読める誰かを知っていて……そして、あいつが時間をかけて俺の人間性を見極めたがったのは、俺をそいつに会わせて大丈夫かを確かめたかったんじゃないか、と俺は考えた。で、棲み家を出る前、本人に確認を取ってみた。そしたら――」

「予想が、当たっていたのか」

「ああ」

　そんなわけで、今回の救援作戦に合わせて禁呪を習得とはいかなかった。

　なので、俺の正体が向こうに割れるのはまだ避けるべきだ。

　今回はそのように動く必要がある。

「ふむ、しかしエリカは信用できたら情報を渡すと言っていたが……結局のところ、どうなのだろうな？」

　俺は再び、懐に手を入れた。

「どうやら――信用は、得たらしい」

　借り受けた〝それ〟は、服の裏地に縫い付けてある。

「とある場所の話をされた。そこに禁字族《きんじぞく》と呼ばれる亜人種がいるらしい。そしてその場

所へ入るための〝鍵〟を、エリカは俺に貸し与えてくれた」

イヴが反応し、耳を立てた。

「その場所とは、まさか――」

「エリカは〝最果ての国〟とか言ってたが……知ってるのか？」

「う、うむ。しかし、あくまで伝説上の国かと思っていたのだが……」

「よそ者が〝門〟とやらを通るには、この大陸に二人しかいない神獣族ってのが必要らしい。ただ、エリカはそれとは別に、昔、当時のその国の王から門を通るための〝鍵〟を譲り受けたそうだ」

「うぅむ、そうであったか。であれば、エリカが貸し与えるべきか慎重になるのも頷《うなず》けるというもの……」

「根本的に……エリカは、善意に溢《あふ》れたヤツなんだよな」

しばらく一緒に過ごしてみてわかった。

この世界への厭世感《えんせいかん》は持っているのかもしれない。が、まだ他者を信じるのを諦めてはいない。そんな、気がする。

俺たちを受け入れたのも――あるいは、まだ誰かを信じてみたかったからなのかもしれない。

「…………」

だから――エリカも、甘い。
イヴやリズよりは邪悪に対する冷徹な視点を持っている。
が、どこかでやはり非情に徹し切れない面がある。
信じたいと、願ってしまうのだろう。
人は誰しもが善性を持っている、と。
けれど、世の中には救えないクズが存在する。
善意の面を被《かぶ》った邪悪など、そこら中に蔓延《はびこ》っている。
結局エリカは、俺を信用して〝鍵〟を貸し与えた。
甘い。
甘すぎる。
だからこそ――俺は、エリカに好感を持った。
そう。その甘さがあるからこそ、俺は好ましく感じるのだと思う。
セラスにしろ、イヴにしろ、リズにしろ。
皆、純粋な善意を持っている。
〝純粋な善意〟
それは、叔父夫婦が持っていた素晴らしい美点。
俺がそれを否定できるはずなどない。

そして、純粋な善意を持てる者は守られるべきだ。

少なくとも俺はそう信じている。

が、世の中には解毒に至らない猛毒も存在する。

善意を食いものにする邪悪が、確かに存在するのだ。

ならば――毒をもって、毒を制す。

邪悪が邪悪を、喰《く》らえばいい。そう、
邪悪の始末は可能な限り、すべて同じ邪悪の側《この俺》がつければいい。

戦車が暗き森を、突き進む。

「ま……」

自然と、笑みがこぼれる。

「クズどもを叩《たた》き潰すのは、俺も気分がいいしな」

俺の内にあるこの嗜虐《しぎゃくせい》性は、認めざるをえまい。

「む？　叩き潰す……？　トーカよ、一体なんの話――」

「イヴ」

「う、うむ」

イヴが少し脇を締め、身を正す。薄く陰る虚空を見据え、俺は言った。

「今回の救援作戦、俺はおまえらの生存を最優先で動く。だからこの転移石……どんな使い方をしても、恨むなよ」

こうして禁忌の魔女から譲り受けた魔戦車《ませんしゃ》は、スレイのための適度な休息を挟みつつ、予定していた北方魔群帯の約半分を駆け抜けた。

「スレイの移動速度と魔戦車の認識阻害のおかげで、予定よりかなり早く到着できそうだな……」

俺は地図を懐にしまい、屋根部分の足場に膝をついた。

左右には、黒の衣装を身に着けた二人の仲間がいる。

セラス・アシュレイン。

イヴ・スピード。

俺の肩には、スライムの相棒がのっている。

戦車を引いているのは、凶なる大角を持つ黒馬の魔獣。

やや遠くの斜め前方で草木が膨らむように盛り上がり、爆《は》ぜた。

「ぎィぃシぃェぇエあアあァぁァあアあアあアあア――――っ！」

飛び出してきたのは、ビッグサイズの金眼《きんがん》の魔物。

――戦車の特殊能力の認識阻害は、使い切った。

ここからは、北方魔群帯の魔物との戦いが始まる。

セラスが巻き上げ済みのクロスボウを斜め前方へ向けた。イヴが、長い鎖にトゲつきの鉄球をあつらえた武器を手にする。いずれも、魔女の棲み家から持ち出した武器である。

指示通りスレイは動きを止めず、駆け続ける。

「そのまま駆け抜けろ、スレイ。安心しろ、立ちはだかる障害はすべて排除する」

襲ってくるなら、容赦はしない。

射程距離を測りつつ、右腕を、前へ突き出す。

「それじゃあ——」

セラスとイヴが、構えを取った。

「始めると、しようか」

◇【十河綾香】◇

大魔帝《たいまてい》、東に現る。

報を受けた女神は眉を曇らせていた。小山田《おやまだ》が馬車の後部から身を乗り出す。

「おいおいおい女神ちゃーん!?　なんかラスボス出てきてんじゃーん!?　これピンチなんじゃね!?　終わる!?　東の連中、ここで終わっちゃうんスかぁぁあああ!?」

安《やす》は鞍上《あんじょう》で腕組みしている。

「ふむ、これは聖《ひじり》と樹《いっき》が噛《か》ませ犬化する流れと見るべきか。配役的に考えれば、あの双子の役割はこんなものであろう」

綾香《あやか》は唾をのんだ。

(敵の総大将が、出てきたんだ……)

「この世で最も不幸なことの一つは、本当に力のある人間がその力を出し切れねーことだ。ここでこのオレを活《い》かせなかった采配ミスが、いずれ響くのかもな……」

女神の隣に馬をつける桐原《きりはら》が、当てつけのように言った。

「オレほど不遇な勇者もいない。逆に、聖は贔屓《ひいき》レベルで活躍の場が与えられてる。ヴィシス、このオレが何を心配せざるをえねーかわかるか?」

「考えごとをしていますので、少し黙っていていただけますか?」

「それは——大魔帝が予想以上に雑魚で、このまま聖に倒されちまうことだ」

女神の言葉をスルーし、桐原が懸念を口にした。

「十河《そごう》が脱落した今、トップ争いは実質このオレと聖に絞られた。それはいいが……つまらねー聖優遇でこのまま決着されてもな。興ざめの極みと言わざるをえない」

舌打ちし、ため息を吐《つ》く桐原。

「弱者は恐ろしいほど頭が悪い……格の違いを実感させてやるには、わかりやすい結果を突きつけるしかない。だが強者がその結果を出す場すら与えられねーのは、詐欺に等しすぎる」

女神は馬上で前のめりになって手で口を覆っていた。

黙考が続いたのち、ふむ、と女神が何か決意する。

「でしたら——東へ向かいましょうか、キリハラさん」

髪を撫《な》でつける桐原。当然だ、と言わんばかりの顔をしている。

「時すでに遅しじゃないことを、祈るしかねーな……」

アギトが女神に馬を寄せる。

「キミも行くのかい、ヴィシス？」

「大魔帝に踊らされている感も否めませんが、何も手を講じないわけにもいきませんからねぇ。タカオ姉妹や白狼《はくろう》騎士団がいるとはいえ、大魔帝となれば話が違ってきます」

「今から行って間に合うと思う？」

「魔導馬《まどうば》を、使いましょう」

アライオンを発《た》つ前、綾香は魔導馬の説明を受けた。女神と魔術師ギルドの英知を結集して作られた特別な馬だそうだ。魔導馬は、通常の早馬よりも格段に速く移動できる。ただし貴重なので数は少ない。この戦でも各軍に数頭しか配備されていないらしい。

「東軍に合流するのは、私とキリハラさんだけにしましょう」

「僕らや他の勇者は、この南軍に残すのかい？」

「南東で待機していたウルザ軍も、増援として東へ向かっています」

西、南、東の三軍以外にも、マグナル領には二つの軍が展開している。

南東のウルザ軍と、南西のミラ軍である。

この二つの軍は戦況に合わせて増援として動く予定となっていた。

「大魔帝自身のこの動きも罠《わな》かもしれない――ヴィシスは、そう考えてるんだね？」

「敵の西侵軍と南侵軍の動きも不穏ですから、南軍もこのまま戦力は残しておくべきでしょう。ですが先ほど述べた通り、東に現れた大魔帝も無視はできません」

女神は笑みを湛《たた》えている。が、目は笑っていない。

至急、魔導馬を用意するよう女神が指示を出した。

女神は次にアライオン軍の将たちへ指示を飛ばしていく。さすがというか、的確かつ迅速にこなしていた。そんな中、小山田や安が自分たちも連れて行けと少しごねた。が、あっさり女神に説き伏せられてしまった。

各方面への指示が一段落した頃、アギトが女神に尋ねた。

「あれ？　アヤカ・ソゴウは連れていかないのかい？　過去の事例通りなら、根源なる邪悪の討伐には最高等級の勇者の力が不可欠なんじゃない？」

「今回はS級勇者が三人もいますから。それに、この時点で固有スキルを習得していないという異例のS級勇者に貴重な魔導馬を消費するのも、ちょっと……厳しいかと。おそらく、特殊ツリーが固有スキルにあたるスキルだったのでしょうね。残念です」

頬に手をあて、大仰にため息をつく女神。

「私の独断ですが……この一戦が落ち着いたら、ソゴウさんはB級へ格下げしましょう」

女神は、切なげに俯《うつむ》いた。

「水晶も間違った判定をすることがあるのですね……まあ、他の二人と差がありすぎると周りも混乱します。仕方のない処置ですね。認定した私も潔く認めましょう。ソゴウさんのS級判定は間違いだった、と。判断を任された者は時にその間違いを認め、謝罪する勇気を持たなくてはなりません。あの、ソゴウさんもそれで問題ありませんよね？　あるはずはないのですが……」

綾香は、感情を込めずに答えた。

「はい」

「無駄に反論しないのは素晴らしいです。あの……ソゴウさん、今までたくさんの厳しい言葉をかけて大変申し訳ありませんでした。ですがそれも、すべてS級勇者のあなたに期待をかけていたからなのです。しかしB級相当と分かった今、あなたにはもう何も言いません。これからはあなたの成長の機会を奪ったかもしれない薄色の勇者さんたちと、腐らず、がんばって生きてください。親切心から再三警鐘を鳴らしてきましたが……やはり世の中いくらがんばろうと、結果が出なくては無意味ですね。なんと、いいますか――」

女神は哀《かな》しげに微笑《ほほえ》んだ。どこか、突き放すように。

「今まで本当に、お疲れさまでした」

兵士が魔導馬の準備ができたと伝えにきた。

女神は馬を返し、魔導馬の用意された幕舎へ向かった。桐原も馬首を巡らせて方向変換する。彼は綾香を一瞥《いちべつ》すると、吐き捨てるように言った。

「オレの不遇は見過ごせねーが、異世界も悪いことばかりじゃねーらしい。少しずつだが本物と偽物の違いが鮮明になってきた感がある……元の世界じゃその曖昧さにうんざりしてたが、やはり、強者と弱者の線引きは明確じゃねーとな……」

静かに鋭気をみなぎらせ、東の空を眺める桐原。

「ここで聖なんかに殺されたら……正気を疑うしかねーぞ、大魔帝」

ブツブツ独りごちながら、桐原が刀の柄《つか》に手を置く。

「真のキリハラ《王道》を雑魚どもに見せつけるなら、おまえほどの適役はいない……大魔帝を殺すのはこのオレ以外ありえない――ありえては、ならない」


女神と桐原が去ったあと、小山田が両手をバンバン打ち鳴らした。

「ぶっひゃっひゃっ！　てか、綾香マジ!?　B級に格下げ!?　ぶはっ！　今期最大の転劇きたぁぁあああ！　これもうアレだわ！　綾香センパイ、色仕掛けとかエロさで勝負するしかねーんじゃね!?　ネツい！　この展開は、ネツすぎるぅぅううう！」

「……翔吾《しょうご》さ、拓斗《たくと》のことなんだけど」

「あ？」

小山田に声をかけたのは室田絵里衣《むろたえりい》。

桐原グループの女子では一番目立っているギャル風の女子である。

以前、四肢を切断した魔物を桐原が他の魔物を呼び寄せる餌として使ったことがあった。

その時『ちょっと、や、やりすぎじゃね？』と引いていた女子だ。

「拓斗さ、こっちの世界に来てからなんか変じゃね？」

「はぁ？　そーかぁ？」

「つーか、あんなしゃべるやつだっけ？　元の世界にいた時は口数少なくてクールってゆーか……決める時だけさらっと発言するとこが、イケてたってゆーか……」

「かもしんねーけど、ここは違う世界なんだし、生き残るにも変化が必要なんじゃね？　こうなったらもう封印されてた本性とか出すしかないっしょ！　みたいな？」

「いや、封印とか知らねーけどさ……安もなんかキモいくらい調子乗ってるし。浅葱《あさぎ》もこっち来てから、びみょーに不気味っつーか……」

綾香も違和感はあった。確かに、異世界に来てから様子の変わった生徒が何人かいる。

小山田はさっき〝本性〟と言った。

勇者召喚には、隠された本性を引き出す力でも働いていたのだろうか？

「何か思い詰めてるみたいだけど、大丈夫かい？」

ベインウルフが綾香の横に馬をつけていた。彼は、女神の去った方角を見やった。

「毎度ながら女神さまのお小言はきっついねぇ。まー、おれは結果がすべてって考え方はあんまし好きじゃないがね」

ベインウルフがドト棒を取り出し、咥《くわ》える。

「結果はどうあれ何かを一生懸命やったなら、それは褒められていいはずさ」

肩をすくめるベインウルフ。

「ほら、おれは生来の怠け者で通ってるだろ？　そんな人間から見ると、一生懸命取り組むことの難しさがよーくわかるわけさ。まー……だから一生懸命やってきたソゴウちゃんもそのグループも、ちゃんと褒められていい」

綾香は、口辺に薄く笑みを浮かべた。

「ベインさんは、長い目で見守ってくれるタイプですね」

「おれはせかせか結果を求められない方が楽に感じる性分だしね……。しかしまあ、肩を持つわけじゃないが、今の女神さまにゃ長い時間をかけて成長を見守ってる余裕はないんだろ」

「気遣ってくれて、ありがとうございます」

馬上で背筋をのばし、綾香は前を向く。

「でも、私は大丈夫です。しんどくないわけじゃないですけど、女神さまのあしらい方も少しわかってきました。私が反論しなければ、そのうちお小言も終わりますから」

ベインウルフが、おっ、という顔をした。

「固有スキルに恵まれなかったのは、確かに悔しいです。だけど私だってまったく無力ってわけじゃない。レベルだって上がったし、技術も磨いてきました。そう、私はきっと……」

手綱を握ったまま、後ろを振り返る。少し後ろをついてくる周防《すおう》カヤ子《こ》。馬車の中で心配そうにこっちを見ている綾香グループの勇者たち……。

「誰も守れないほど、無力でもない」

綾香《あやか》の視線を追うベインウルフ。

「前向きなのは、いいことだ」

「私は女神さまに褒められるためにがんばってきたんじゃありません。みんなと元の世界へ戻るために……みんなを守るために、がんばってきたんです。それに女神さまの言葉通りなら、この一戦が終わるまでは……」

綾香は冗談っぽく続けた。

「私はまだ、S級勇者ですから」


一時、アライオン軍は魔防《まぼう》の白城《はくじょう》へ立ち寄った。

目的は補給である。さらに、ここでバクオス軍、ネーア軍と合流した。

補給が終わり次第、三つの軍はここを発つ。

規模こそ大きくないが魔防の白城には城下町が存在する。

普段はそれほど活気がないものの、今日ばかりは賑《にぎ》わっていた。

城下町の外に広がる各国の陣営でもひとときの穏やかな時間が流れている。

なだらかな丘に建つ白き城にも、いつもより多く明かりが灯《とも》っていた。

この城は定期的に国の代表たちが集う場としても名を知られている。

すぐ南には魔群帯が広がっているが、今では魔物もほとんど出てこない。

昔は定期的に森から魔物が出てきたらしいが、

「この城は長きに亘《わた》り金棲魔群帯《こんせいまぐんたい》の魔物からマグナルを守ってきました。異界の勇者が城主としてとどまった時代もあります。危機の際には、女神様がそのお力で魔物どもを駆逐してくださいました。そう……ここはマグナルだけでなく、この大陸においても大変重要な場所なのでございます」

現在この城をあずかるハイト辺境伯が、そう説明した。

ギーラ・ハイトは口ヒゲを蓄えた恰幅《かっぷく》のよい初老の男だった。

勇血《ゆうけつ》の一族で、かつてここの城主だった異界の勇者の子孫なのだそうだ。

歴史の語《かた》り部《べ》さながらに、ギーラの言葉が躍る。

「魔群帯が危険地帯として名高いのはご存じかと思います。しかし、今やこの城の周辺こそ魔物たちにとっての危険地帯……事実、魔物どもは滅多にこの近辺には姿を現さなくなりました。加えて地理やら何やらに恵まれていますので、神聖連合《しんせいれんごう》の各国代表が集まるのにも適しており……我が城は魔物の脅威に備える城というだけでなく、各国代表を迎え入れる栄誉ある城としての地位すらも確立しているのです」

集狼《しゆうろう》の間《ま》に集った顔ぶれをギーラは得意げに見渡した。彼にとってこの城は大きな誇りなのであろう。さて——最近も各国代表が顔を突き合わせたという集狼の間だが、本日はまた別の顔ぶれが集まっていた。

南軍を離れた女神からアライオン軍を任されたポラリー公爵。

バクオス軍、バッハ・ミングース。

同軍、ワルター・アイスバイン。

同軍、ガス・ドルンフェッド。

このバッハ、ワルター、ガスの三名は〝三竜士《さんりゅうし》〟だそうだ。

かつて最強の名を恣《ほしいまま》にした五竜士《ごりゅうし》の後継者とのことである。

不服げに、バッハが卓上の杯を脇へのけた。

「このたびの戦、女神殿の近くで新生黒竜騎士団の力を示せる絶好の機会と思っていたのだが……危急の事態とはいえ南軍を離れてしまったとは。期待外れもよいところですな」

責めるようなバッハの視線に、ポラリー公爵は唇を尖《とが》らせた。

「五竜士を失った黒竜騎士団にどれほどの価値があるか私には測りかねますが……今や五竜士と共に各国への影響力も失ってしまい、必死なのは承知しておりますがね？」

バッハは青筋を立てると、卓に両手を突き、腰を浮かせた。

「失礼ですぞポラリー公！　ぐっ……この三竜士、必ずやこたびの戦で五竜士以上の働きをご覧に入れてみせましょうぞ！」

ポラリー公爵は、白けた態度でご自慢のヒゲをいじった。

「五竜士以上とは、これまた大きく出ましたな」

「何を貴様……ッ！　女神に指揮権を委ねられた者と思い、下手に出ていれば……ッ！」

「まあまあ、お二人とも——」

仲裁に入ったのはアギト・アングーン。ここには四恭聖《しきょうせい》も顔を揃《そろ》えている。

行き場のない握りこぶしを震わせながら、バッハは着席した。

「ヨナトの四きょうだいか。ふん、若造がしゃしゃり出おって」

場が収まったのを見て、城主のギーラが胸をなで下ろしている。

細面で切れ長の目を持つ三竜士のワルターが、視線を滑らせた。

その鋭い視線が、壁際に並ぶ若き三人の男女を捉える。

「若造といえば、あどけなさの抜けておらぬそこの勇者たちは本当に戦えるのか？」

ここにはS級とA級の勇者だけが呼ばれていた。綾香、小山田《おやまだ》、安《やす》の三名。

小山田が挑発的に、てのひらへこぶしを打ちつける。

「あ〜？　なんか舐《な》めたこと吹いてるイキりがいんなぁ〜？　喧嘩《けんか》売ってんのか？　あんま舐めてっと、ぶっ殺——ぐぎぎぎぎぃぃっ!?」

隣に立っていたアビスが、肩を組むと見せかけ、小山田の首を絞めた。

「こいつはアタシよりよえーよ。本当にやべぇ勇者は、東に集合するみてーだな」

「はな、せっ……この……デカ、パ、イ……女が……っ」

「おー、横チチが当たってイイ思いしてんじゃんかオヤマダー？　ん～？　聞こえねーぞ？　おら、腹から声出せっ！」

「ぐ、ふぅっ!?」

アビスにみぞおちを殴られ、腹を抱えてくずおれる小山田。

「げ、ふっ!?　て、めぇ……マジで、そのうち殺す！」

「おーおーやってみろや？　お役目を終えて元の世界に戻る前にアタシをぶっ殺せるといいなぁー？　ん～？　ボクちゃんにできるかな～？」

「死ね、や……ッ！」

この一連の流れには、城主も三竜士もドン引きであった。

バッハもワルターもこれには気勢を削《そ》がれたようである。

と、同じく壁に背を預けていたベインウルフが不敵に口端を歪《ゆが》めた。

「心配せずとも、ここに残った勇者も十分戦力になるさ。戦い方はこの竜殺し《ドラゴンスレイヤー》が伝授したしな」

バッハが卓に腕を乗せ、ひたとベインウルフを見据えた。

「……竜殺しか。城の敷地の一角に置かれたあのデカブツを見るに噂《うわさ》は本当のようですな。でなくては、あんなものをわざわざたくさんの兵士を使って運びはせぬ」

ベインウルフは肩を竦《すく》めて曖昧に応えた。

主導権を取り戻そうと、城主のギーラが話を引き継ぐ。

「勇者殿は邪王素《じゃおうそ》の影響を受けぬと聞いております。それだけでも、まことに心強い。先に陥落したアーガイルでは、邪王素のせいで元白狼《はくろう》騎士団長すらまるで歯が立たなかったそうですし……いやそれにしても、偵察に出た兵士から伝わったアーガイル城壁の〝死骸旗〟の話など、いやはや、想像するだけでもおぞましい……」

バッハが腕を組んでふんぞり返った。

その視線は斜め正面に座る縦ロールの女へと注がれている。

「ギーラ殿、王宮育ちの姫君にはそのような凄惨な話はちと酷かもしれませぬぞ？」

ワルターが軽くニヤける。ギーラやポラリー公爵の目が好奇に染まった。

が、軍装姿の〝ネーアの姫君〟は泰然としている。

カトレア・シュトラミウスは、口もとに薄い笑みを浮かべた。

「どうかお気遣いなく。戦火の中で起こる悲劇が時にどれほどの残虐性を帯びるかは、温室育ちなりに知っているつもりですわ」

「口ではどうとでも言えますが……これは本物の戦ですからなぁ。夜会で耳にしていた心臓に優しい武勇伝とは、まるで別ものですぞ？」

カトレアが、長手袋をはめた手を楚々《そそ》と唇に添える。

「我が国はバクオスから実際に侵略を受けておりますから……心臓に悪い侵略者の横暴ぶりは、しっかり経験しております」

バンッ！

「あまり調子に乗るなよ、小娘……ッ！」

バッハが突然、卓をこぶしで叩《たた》いた。

「聞けば、我らに勝る功を立てて国を取り戻すなどと息巻いておるようだが……その話は急な五竜士の死によって舞い込んできたにすぎぬもの！　でなければ貴様など、今頃シビトの妻として哀れな見世物になっていたはず……ッ！　そもそも貴様がいっぱしのネーアの代表づらをしてここに列席していること自体、気に食わんのだ！」

激昂《げきこう》したバッハがカトレアを睨《にら》みつける。が、カトレアは澄ました表情を崩さない。

ちなみにバッハがこぶしで卓を叩いた時も、彼女は身じろぎ一つしなかった。

「バッハ様は何か誤解なさっているようですわ。わたくしは、父と婚約者を短い期間で立て続けに失った身……ですのに、今のお言葉はそれがまるで幸運だったかのような物言い。わたくしがまさか、婚約者の死を悲しんでいないとでも？」

「ぬ、ぬけぬけと……」

「この戦の功績によってネーアを神聖連合に復帰させるお話も、ヴィシス様のご提案によるものです。不満がおありなのでしたら、わたくしから軍魔鳩《ぐんまきゅう》で〝ヴィシス様の案にバッハ様が難色を示しておられる〟と、ご本人にお伝えしてもよろしいですが——」

「き、曲解されては困る！　私は決して、女神殿の提案に不満があるわけでは……カトレア姫の態度が……れ、礼儀知らずなのを窘《たしな》めただけであって……」

バッハの歯切れが悪くなってきた。ワルターが、旗色の悪い仲間に助け船を出した。

「しかし、ネーア軍が戦力となるかは疑問だ。我がバクオスに侵略された際に抵抗一つせず占領された過去がある。聖騎士団にしても、女だけというのがな……」

と、汗ばんだバッハが下卑た笑みを浮かべた。

「そういえば……侵略時に真っ先に逃げ出したと聞く恥知らずの元聖騎士団長殿はどうなったのですかな？　現在は、死亡説が有力なようですが」

「おぉ、セラス・アシュレインですな？」

興味なさげに静観していたポラリー公爵が急に口を開いた。

「実は私の屋敷にも肖像画がありましてなぁ……死んだとすればまことに惜しい。いやしかし、先日カトレア姫から譲っていただいた衣装には、まだかぐわしい匂いが残っている気がして……」

「おや？　ポラリー公もカトレア姫より遺品を引き取ったのですか？」

「では、ギーラ殿も？」

「左様。セラス・アシュレインゆかりの品は、今や金でどうこうなる段階を越え始めましたからなぁ。皆、金を積んでもなかなか手放そうとしませんよ」

「しかしそこで、最も近しい存在であったカトレア姫のご登場というわけです。まだ世に出ていない貴重な姫騎士の遺品……感謝しておりますぞ、カトレア姫」

優美に微笑《ほほえ》むカトレア。

「喜んでいただけて、何よりですわ」

「叶《かな》うなら、生きたセラス・アシュレインと酒でも酌み交わしたかったですなぁ。カトレア姫もお辛《つら》いでしょう？」

「いえ……あるいは、死んでしまってセラスも幸福だったのかもしれません」

「？」

ポラリー公爵が首を傾《かし》げる。カトレアの言い方には含みがあった。

〝仮に生きていたとしても、死んだと思われていた方がいいのかもしれない〟

綾香《あやか》にはなぜかカトレアの言葉がそんな風に聞こえた。

バッハが、カトレアを忌々しげに睨みつける。

「ちっ！　弱小国の小娘がつまらん媚《こ》びを売りおって……ともかく！　相当な腕と聞き及んでいたセラス・アシュレインが尻尾を巻いて逃げ出すほどの軍こそ、我がバクオス軍！ゆえにギーラ殿！　出立までの城の警備は精鋭なる我がバクオス軍にお任せいただきたい！　お望みなら、黒竜も出しますぞ!?」

「バクオス軍は長い行軍で疲れているのではありませぬか？　見回りの警備くらい、我がマグナルの兵で行いますが……」

「何をおっしゃる！　この程度の道のりでへたるほど、我が軍は脆弱《ぜいじゃく》ではありませぬ！」

バッハは身を乗り出し、アライオンの指揮官に目配せした。

「ポラリー公！　警備を願い出た件はしかと、女神殿にお伝えいただきますよう……！」

必死の迫力に気圧《けお》されたか、ポラリー公爵はやや身を引いた。

「わ、わかりました。バクオス軍のご献身、ヴィシス様にはしっかりお伝えしましょう」

ふん、とバッハは腰をおろした。彼は、勝ち誇った視線をカトレア姫へ向けている。

室内には、妙な空気が漂っていた。ギーラが〝誰か空気を変えてくれ〟と言いたげに視線を忙《せわ》しなく動かしている。城主の意を汲《く》んでか、カトレアが口を開いた。

「たとえば――あの金棲魔群帯《こんせいまぐんたい》を突っ切ることでもできれば、行軍距離もかなりの短縮ができるのでしょうけれど」

ポラリー公爵が、ふむ、と細長いヒゲを指先で整える。

「それが不可能なのは長い歴史が証明しています。魔物が外へ出てこない以上、あの地帯は放置が最善と結論が出たわけです。並みの馬では正気すら保てぬので行軍自体が難儀……そもそも無事に抜けられる場所ではありません。過去の異界の勇者たちですら、ついに魔群帯の魔物の駆逐は果たせなかったのですから。地下遺跡の分も合わせれば、ヴィシス様もさじを投げるほど数が多いわけです。これまで通り周縁部の魔物を勇者の〝レベルアップ〟の餌に使うのが、せめてもの有効な活用法と言えるでしょうな」

ギーラが杯の酒を呷《あお》る。

「とある情報筋によると、例の五竜《ごりゅうし》士殺しやらモンロイの豹人《ひょうじん》が魔群帯へ逃げ込んだそうですが……それが事実なら馬鹿な者たちですよ。死を約束された地へわざわざ足を踏み入れたのだから。隠れ棲《す》むという禁忌の魔女も、今頃は骨になっているのでしょうね」

バッハが嘲弄気味に鼻を鳴らす。

「それにしても浅慮な発言でしたな、カトレア姫」

腕組みを解き、背もたれに深く身をあずけるバッハ。

「金棲魔群帯を突っ切るなどあまりに非現実的な戯《ざ》れ言《ごと》。いくら仮定の話といえど、このような場でそんな絵空事を口にされるようでは――正直、この先が思いやられますな」

◇【三森灯河】◇

鋭い風切り音の直後――セラスの放った矢が、魔物の眉間を貫いた。

飛びかかってきた魔物が勢いを失い、地面の上を転がりながら消える。

鎖の音を携え、イヴの鉄球が宙へ躍り出た。鉄球を覆うトゲが魔物の顔面に食い込みそのまま首をへし折る。遠心力を巧みに利用し、イヴが鉄球を引き戻す。

悪路も気にせず、角つきの黒馬は魔の森を突き進んでいた。

カバに似た大型の魔物が後方から猛追してくる。

セラスが矢を放つ。が、皮膚が硬く攻撃が通らない。

「――【パラ、ライズ】」

麻痺《まひ》で停止させてそのカバに似た魔物を置き去りにする。

巨大な戦車の車輪は、地を力強く踏みしめながら回転を続けている。

と、右斜め後方の茂みが一斉に激しくざわめき始めた。

巨木が一本、吹き飛ぶ。

直後――刺すような咆哮《ほうこう》を上げ、巨大な角つきのゴリラが飛び出してきた。

灰色の体毛で覆われた巨体に、残虐性を帯びた金眼《きんがん》。凶悪な牙がてらてらと糸を引いている。身長は8メートルには届くだろう。

巨大ゴリラからやや遅れて、一回り小さい同型の魔物が姿を現した。

その連なった群れが、恐るべき速度で戦車を追いかけてくる。

――でかいヤツの背後の群れまでは【パラライズ】が届かない、か。

「【バーサク《暴性付与》】」

「ぐゴがァぁアあアあ！」

先頭の巨大ゴリラが急反転し、後方の仲間に襲いかかった。

後方の群れは混乱に陥って総崩れとなる。巨大ゴリラがボスだったのだろう。

そのボスが急に自分たちへ襲いかかってきたのだ。そりゃあ、混乱する。

俺の背後――戦車の前方で、濁った奇声が上がった。

奇声の主は魔物。前方の木の上で待ち構えていた昆虫型の魔物が、スレイに飛びかかったのである。が、イヴが鉄球を巧みに操りすべて払いのける。

「小型の魔物は我とセラスに任せろ」

「――ああ、頼んだ」

魔物は四方八方から襲いかかってくる。互いに背を守りながら、全方向へ対応しなくてはならない。セラスが、矢を放つ。

「大型の魔物やひとかたまりの群れは、トーカ殿にお任せいたします！」

「ぎョ、ぎィ！」

戦車の横の手すりに紫色の小鬼がしがみついていた。セラスは脇の足場へ飛び降りながら、抜刀。そのまま刃を小鬼の頭部に突き刺した。

「ぐェぇ!?」

力を失って振り落とされた小鬼は、地面を派手に跳ねながら消えた。

と、セラスが鼻をおさえた。

「? この、ニオイ……?」

手すりに付着した小鬼の血。それが、手すりの一部を溶かしていた。

血に強力な酸性があったらしい。

「フン、さすがは北方魔群帯。あんな魔物もいやがるわけか」

前方——金眼の一角獣が二匹、左右から挟み込むようにして現れた。

多眼の魔物で、口から不気味な緑の煙をたなびかせている。

状態異常スキルは——射程外。

ドシュッ!

一角獣の角が、左右の二匹同時に射出された。

回転までかかっている。まるでドリルだ。狙いは——スレイか。

俺が回避を促そうとした時、スレイが大角を振った。

「グルァァアアア!」

スレイの大角が、敵の射出角をあっさり弾《はじ》き飛ばした。

一角獣の角が再生を始める。

メリメリ、と角を失った穴の奥から新しい角が生えてきていた。

が、セラスとイヴは再攻撃を許さない。

一匹はセラスが矢で脚を貫き転倒させる。もう一匹は、イヴが鉄球で圧殺。

が、その直後だった。敵の攻撃を弾いた動作の影響か、スレイが一時的にバランスを失い――戦車が、大きく跳ねた。

「ぐ、ぅ――っ!?」

イヴの身体《からだ》が宙に浮き、馬車から投げ出される。

「ピギ丸」

「ピギッ！」

俺が言うより早く、縄状になったピギ丸が、宙に放り出されたイヴを追う。

縄状のピギ丸が、パシッ、とイヴの身体に巻き付く。

よし、摑《つか》まえた。

俺は屈《かが》み、戦車の手すりを摑んで身体を固定した。そしてピギ丸を腕に巻き付けたまま思いっきり引っ張る。イヴが、屋根の足場に引き戻される。

「助かった、トーカ」

「おまえらが落ちたら俺とピギ丸が引っ張り上げる。だから、思う存分やれ」

イヴが鉄球武器の鎖を握り直し、立ち上がる。

「うむ、頼りにさせてもらう」

ピギ丸の二本目の強化剤――目に見えて上がったのは〝強度〟。

今までは一定以上の重量を持ち上げることは不可能だった。

せいぜい、木登りの補助くらいが限界だった。

が、今はイヴと鉄球武器を合わせた重量も引っ張れる。もちろん引っ張る俺自身の腕力もそれなりに必要とされる。しかしステータス補正のおかげで、力を込めればイヴと鉄球を持ち上げるくらいなら可能である。

シュルルッ、とピギ丸を腕に巻き付け直す。

「……この強度だったら、どこぞの蜘蛛《くも》男みたいな動きもできたりしてな」

ちなみに〝融合状態〟ではないためスキルの射程距離はのびない。

ピギ丸との融合はここぞという時に使うべき技だ。

使えばピギ丸もしばらく行動不能になる。使用のタイミングは見極めねばならない。

見極めるといえば【スロウ】《遅性付与》もだ。

消費MP量とクールタイムの関係上、乱発はできない。

とはいえ奥の手が二つもあるのは心強いとも言える。

他にもエリカから貰《もら》った魔導具や、魔戦車《ませんしゃ》自体に備わった武器もある。

「今のところ他の状態異常スキルでもここの連中相手に十分戦えてるしな。確かにエリカの言った通り、敵を高く見積もりすぎるのもよくねぇか……」

仲間同士の連係もいい感じに噛《か》み合っている。

セラスが、背中越しに声をかけてきた。

「トーカ殿」

「ああ」

セラスの声は確かな手応えを感じている者のそれを帯びている。

新たな魔物の気配を感じながら、俺は、スキルを放つ準備に入った。

「このまま一気に、駆け抜けるぞ」

◇【十河綾香】◇

早朝――外には濃い朝靄《あさもや》が立ちこめていた。

各国の軍は出立へ向けて少しずつ動き出している。

勇者たちも、城を発《た》つ準備を始めていた。

いち早く準備を終えた十河綾香《そごうあやか》が部屋を出ると、

「綾香ちゃん」

南野萌絵《みなみのもえ》がいた。その後ろには、綾香グループの面々もいる。

「みんな、準備はもうできたのね」

「あの、綾香ちゃん」

言い出しづらそうな萌絵。綾香は優しく促した。

「遠慮なく言って？　私はクラス委員なんだから、なんでも聞かないとね」

「綾香ちゃんがB級にされちゃうのって、わたしたちのせい……だよね？」

「え？」

「わたしたちが綾香ちゃんの成長の邪魔になってたから……それで、せめてみんなで謝ろうって話になって」

泣きそうな萌絵。綾香は微笑を浮かべ、首を振った。

「みんなのせいじゃないわ。それに……私一人だったら、ここまでがんばれていないと思うの」

(気持ちの面で、きっと耐えられていない)

異世界召喚で突然に奪われた日常。

不安だった。

が、自分には役割があった。クラス委員として、みんなを守るという役割が。

「みんなを守りたいと思ったから……みんなの存在があったから、私はここまでやってこられた。だから、南野さんが謝る必要なんかないのよ」

「……綾香ちゃんはずっと、優しいね」

周防《すおう》カヤ子《こ》が、萌絵の肩に手を置いた。

「この戦いでちゃんと生き残ることが、十河さんのためになる」

「うん……わたし、せめて綾香ちゃんの足手まといだけにはならないようにがんばる……がんばるんだ」

萌絵が涙を拭い、決意の表情を浮か——

「ぃギぇエぃエぇエえエぃイぃィんエぇエえエえエろロろロぃヒぃイぃイぃイいイいイいィぇイえエえエえエぃギぇエぃエぇエえエぃイぃィんエぇエえエえエろロろ

ロろロぃヒぃィぃィぃイぃイぃィぇィえエえエ――――っ！」

悲鳴にも似た奇怪な音が、辺り一面に、響き渡った。

「――え？　何？」

魔群帯の方から――ではない。

（今の、城壁内の方から聞こえた気がしたけど……）

身を縮めた萌絵が窓の方を見る。

「バクオスの人たちの、黒竜の鳴き声かな……？」

カヤ子が綾香に聞く。

「まさか、大魔《たいま》帝軍《ていぐん》が攻めてきた？」

「いえ、敵の南侵軍はまだシナドの近くにすら到達していないって話だったから、それはないと思うけど……それに、もしそっちに何か大きな動きがあれば、白狼王《はくろうおう》さんたちのいる王都の方から何か情報が送られてくるんじゃないかしら……」

とはいえ断言もできない。当然、綾香も敵の動きのすべてを知っているわけではない。

何かすごい魔法で大軍勢をワープさせる方法だってあるのかもしれない。

綾香と萌絵が、目を見合わせる。

「あ、綾香ちゃん……これ……？」

（地震？）

地面が、微弱に振動している。

時をほぼ同じくして、城内が急に慌ただしくなってきた。綾香たちは窓から身を乗り出して外の様子をうかがった。南の城壁に、兵士が集まっている。

ちなみに朝靄はもう薄くなっていて、視界は良好だった。

（魔群帯の方角だ）

「私たちも、行ってみよう」

綾香たちは一応戦えるよう準備を整え、城外を目指した。

城内を行く間も怒号が飛び交っていた。外へ出ても兵士たちの浮き足だった様子は変わらない。萌絵が、不安げに表情を弱らせる。

「お城の中の人たちが、なんだか魔群帯の魔物がどうこうって……もうずっと長い間、魔物はこの近くに来てないんだよね？　だ、大丈夫だよね？」

綾香は曖昧な表情で応えた。

（さっきの、悲鳴みたいな大きな音……）

あれがもし、魔群帯の魔物を呼び寄せたとしたら？

そんな突飛な懸念を綾香が胸中に抱いた時、

「ソゴウさん」

「あ……ブラウンさん」

話しかけてきたのは、四恭《しきょう》聖《せい》の次男ブラウン・アングーン。

眼鏡をかけた長身の青年で、どことなく神父様みたいな印象がある。上二人の陰に隠れて目立たないが、下二人も相当強いそうだ。二対一ならアビスにも勝てると聞いた。

綾香はアギトの姿を捜す。

と、ブラウンの隣に立つ次女のホワイト・アングーンが微笑《ほほえ》んだ。

「兄さまたちはまだ城内におります。ギーラさまやポラリーさまと、状況の把握に努めているようです」

次女は優しげな印象の女性だった。いつもニコニコしている。

ただ、綾香は下二人に何か表面的なものを感じていた。

どこか、上っ面というか……。

つまり——上の二人と同じく、やはり尋常ならざる者なのだろう。

下二人はこの騒動のさなかでも落ち着いていた。

今の城の雰囲気からすると、逆にひどく浮いて見えるほどだった。

「おや？」

ブラウンが振り返って空を見上げた。

飛翔《ひしょう》する複数の黒い影。朝の澄んだ空気を鋭く震わせたのは——竜声。

「黒竜騎士団だ！」

城壁に集まっていた兵士の一人が頭上を指で示した。数匹の黒竜が南の城壁の外へ向かっていく。見ると、槍《やり》を手にした黒鎧《くろよろい》の騎士が騎乗していた。

「ネーアの件のせいか、今のバクオスはとにかく手柄を立てる機会が欲しいようですねぇ」

「……ブラウンさん、何が起きているんでしょうか？　もしかして――」

「魔物が集まってきているようです。先ほどの奇妙な大きな音が魔物を引き寄せたのでしょう」

微弱な振動。あれは、魔物の移動音だったらしい。振動は、まだ続いている……。

「まったく！　朝っぱらから何事だというのだ！」

城主のギーラが兵士を引き連れてやって来た。兵士たちは長槍《ちょうそう》とクロスボウの隊に分かれている。ほどなく、他の勇者たちも集まってきた。

「んだよー？　大魔帝の軍が攻めてきたんか？　けどあっちって魔群帯の方角じゃね？　つーかおっさんよ、ここは魔群帯の魔物が避けて通る危険な城だったんじゃねーのかよ？　これじゃマジ詐欺じゃん！　嘘《うそ》つかれるとマジ冷えるわ～」

悪態をつく小山田《おやまだ》に、ギーラがぐぬぬと青筋を立ててた。

「何？　え？　なんなんすか？　も、もしかしてキレそうなんすか？　ぎゃはは！　それ、ちょっと沸点低すぎねーか!?」

あくびをしながら、安《やす》が寝ぼけ眼で城壁を見る。

「この僕が出るほどの事態ならよいが……最強の領域に入ったゆえか、このところ僕にふさわしい魔物が少なすぎる。敵無し――ゆえに、無敵。やれやれ、強くなりすぎるというのもやはり困りものであるなぁ。つまらぬ、つまらぬ……」

二人のA級勇者の態度に眉を顰《ひそ》めつつも、ギーラは連れてきたクロスボウ隊に号令を飛ばした。

「城壁の上から魔物どもに矢の雨を浴びせてやれ！」

すでに駆けつけていた他の兵士たちが今まさに、物見塔や城壁の上から矢を放っている。

「城壁や門が破られることはありえぬが、身の程知らずの魔物どもを放っておくわけにもいかん！　さあ、遠慮なく殲滅《せんめつ》してやるのだ！　そら、黒竜騎士団に後れを取るな！　マグナル兵の力を、存分に見せつけてやれ！」

檄《げき》を飛ばすギーラ。

「北門の城壁外で野営している他国軍の力を借りるまでもないわ！　この城の力、勇者殿たちもとくとご覧あれ！」

ギーラの部下が提案する。

「ギーラ様！　南門から打って出てはいかがでしょう!?　日頃から出番がなく、騎兵隊連中が鬱憤を溜《た》めております！」

「おぉそうか！　ふふん！　よし、では騎兵隊を――」

その時、城壁の上で悲鳴が連鎖した。少し前から城壁の上が騒がしくなっていた。

そうして地鳴りが、その大きさを増し――


城壁の一部が、巨大な破壊音と共に、吹き飛んだ。


「――え？」

立ちすくむギーラの真横に、吹き飛んだ城壁の一部が落下した。

傍《そば》に控えていた彼の部下が石の塊に押しつぶされる。

地面に四散する血と肉片。ややあって、

「いやぁあぁぁあああああ！」

綾香グループの女子が青ざめ、悲鳴を上げた。

「お、おい……」

兵士が一歩、後ずさる。

彼の視線は、城壁にできた巨大な裂け目に固定されていた。

割れた城壁の奥から、ぬっ、と巨大な腕が現れる。

節くれ立ったその大きな手が、城壁の割れ目を摑《つか》んだ。

ずいっ、と頭部がその姿を見せる。

（トン、ボ……？）

頭部は――トンボに見える。

が、首から下は人型だった。さながら〝巨大トンボ人間〟といった感じだ。

わずかに体毛らしきものも生えている。肌部分は、トンボっぽい模様で彩られていた。

頭部は不気味にカクカク動いている……。

「よチ……ょ、チ、よチ……よチ、よチちチち！」

奇怪な鳴き声が高まると同時――それは、起こった。

トンボ巨人の尖《とが》った十本の指先が放たれたのだ。

城壁の上にいた兵士に凶器と化した指先が襲いかかる。

「ひぃぃ！　た、助け――ごふっ！」

十の断末魔の悲鳴が立て続けに上がった。

針状の指先は兵士を無残に貫くと、また巨人の手に戻っていく。

アイスピックめいた指先と手が、糸のようなもので繋《つな》がっているらしい。

ギーラが脱力し、両膝をついた。

「ば――馬鹿、な……魔防《まぼう》の白城《はくじょう》の誇る、対金棲魔《こんせいま》群帯《ぐんたい》城壁が……」

「ギーラさん」

振り向いたギーラの目が捉えたのは——四恭聖の長男長女と、竜殺し《ドラゴンスレイヤー》。

「あ、アギト殿……竜殺し殿……我が、城壁が……魔物が……」

「急ぎ、城内の兵に指示を」

アギトはそう言うと、破壊された城壁の〝裂け目〟へ視線を飛ばした。

「きます」

その宣言の直後、魔物が裂け目から次々となだれ込んできた。裂け目の近くにいた兵士たちはみるみる惨殺されていく。物見塔の扉が壊され、そこにも魔物が殺到し始める。

「ブラウン、ホワイト」

アギトに名を呼ばれると、四恭聖の下二人は裂け目の方へ駆け出した。

二人は襲い来る魔物を蹴散らしながら、物見塔を目指す。

錯乱し目の焦点の定まらないギーラが、頭を抱える。

「な、なんで!?　なんであんなに魔物が！　急に、なぜ!?」

「ギーラさん……これは、大魔帝軍の仕業かもしれません。城壁内にてオーガ兵を目撃したという情報が、先ほど入ってきたそうでして」

「ば、馬鹿な!?　オーガ兵だと!?　どこから侵入したのだ!?」

「昨夜から今朝にかけての城の主な警備は、まだ疲労の抜けていないバクオス兵が担当していました。しかも……今朝方にかけてこの一帯には濃い朝靄《あさもや》が立ち込めていた。警備兵の視界も悪かったはず。侵入を許すには、条件が整いすぎていましたね」

「んな細けぇ話どーでもいーわ！　要は、敵なんだろ⁉」

小山田が、右腕を回しながら前進していく。

「見ろや？　あんなに経験値《EXP》が溢《あふ》れてんだぜ？　こんなんボーナスステージじっつーか、ぶっちゃけ手柄の奪い合いレベルじゃん？　勇者たちは本当に戦えるのですかな？　とかクソ舐《な》めたこと抜かしてた現地人どもに、マジの活躍見してやるチャンスだわ」

「黒き炎よ、我が呼びかけに応えよ――【剣眼ノ黒炎《レーヴァテイン》】」

安の腕から、黒い炎が巻き起こった。

「この黒炎《こくえん》の勇者に値する魔物がいればよいのだがな。まずは……あのでかいトンボ巨人を、焼き尽くすとしようか」

「ゆ、勇者殿……」

一時錯乱していたギーラに、理性の色がまじる。

「そ、そうだ……ここには異界の勇者もいる！　は、背後には三国の軍も控えているのだ！　城壁を破られようと、負ける道理はない！　このギーラ・ハイト、何を悲観していたのだ――ぬぉぉおおおお！　後れを取るな、マグナル兵よ！　邪王素《じやおうそ》を失った旧世代の金眼《きんがん》どもなど恐るるに足らん！　あのデカブツも我々が討ち取るぞ！　魔術師部隊を呼べぇぇえええ！」

士気が息を吹き返し、兵士たちが素早く陣形を整える。

流入し膨れ上がる魔物たちが、ついに、こちらをターゲットに捉え始めた。

綾香《あやか》は一つ深呼吸をして槍を構え、指示を飛ばす。

「みんないい!?　ベインさんの教えの通りに戦えば大丈夫！　構えを取りながら、スキルの準備を！」

綾香グループが陣形を取る。

「う、うん！」「やるぞ……」「戦うんだ！　みんなで生き残って、元の世界に帰るんだ！」

「き、きたぞ！」

魔物の群れとの距離が縮まっていく。

先頭の群れは、腕先が鎌状になっているカエル人間みたいな魔物だった。

２メートルはある。

綾香は、地を蹴った。一足で群れの先頭へ急接近し、勢いそのままに地を滑りながら、

「ゲ、コォ——ごブェぇ！」

魔物の顎の下から、脳天までを槍で貫く。

刃を引き抜くと、そのまま低い姿勢で槍をぶん回し、他の魔物を転倒させた。

「グェエ！」

転んだ魔物をすかさず突き刺し、息の根を止める。

と、他の魔物たちが綾香を取り囲みかけた。が、

「グギャぁ！」

振り下ろされた大剣が魔物の脳天を、かち割った。

大剣はそのまま暴れ狂う旋風と化し、周囲の魔物をことごとく斬り飛ばしていく。

赤髪の男が大剣を軽々と振り、刃の血を払い飛ばす。

「ベインさん！」

「悪い、少し遅れた」

「ちっ！　詐欺イインチョに獲物を盗《と》られてたまっかよぉぉぁあああ！　おらおらおらおらおらぁ！」

小山田《おやまだ》が他の群れに突っ込んでいく。

「【赤の拳弾《バレット》——連弾形態《ガトリングモード》】ぉ！」

赤い攻撃エネルギーの塊が、小山田の拳から連続で撃ち出される。

魔物たちはまとめて吹き飛ばされ、粉々にされた。

それでも、後続の魔物は怯《ひる》まず小山田へ殺到してくる。

「こいつら活《い》きよすぎて笑えるわ！　飛んで火に入る夏の虫すぎんだよおらぁ！

【赤の拳弾《バレット》——要塞形態《フォートレスモード》】おお！」

撃ち出された拳弾が、収束するようにして、小山田の身体《からだ》へ集まっていく。

刹那――集まっていた拳弾が弾《はじ》け、殺到してきた魔物を吹き飛ばした。

小山田の周りに魔物の死体の山が築かれていく。

「おらおら！　てめーらも、このボーナスタイムに殺しまくれや！」

瀕死《ひんし》の魔物を靴底で踏みつけて弄び、小山田が桐原《きりはら》グループを煽《あお》る。

「この程度の魔物だと無双感あって最っ高に気持ちいいぜ！　つーか、殺せば殺すほど褒められるとかマジ最高じゃね!?　倫理観マジぶっ壊れるぅぅ！」

と、小山田の近くで魔物が破裂した。

「あーあー。殺し程度を楽しんでるようじゃ、まだまだ格下感は抜けねぇよなー？」

拳一つで魔物を粉々の肉片へと変えたのは、四恭《しきょう》聖《せい》アビス。

彼女は、迫る魔物を摑まえては淡々とねじり殺していく。

「るっせぇぞ凶悪デカパイ女ぁ！　桐原が言ってた通りてめーら現地人はもう頭打ちなんだよ！　しかしおれらは殺せば殺すほど強くなる！　あ～？　殺しまくって何が悪《わり》ぃよ!?説明責任果たしてみろや!?　あぁ!?」

「まー、今は――殺せ」

「あ？」

目にもとまらぬ速さでアビスが、魔物の首をねじ切っていく。

「楽しんでもいいから――存分に、殺せ。殺せ、殺せ、殺せ――今は殺して殺して、殺しまくれ。今こそが殺しどきだ。アタシが、許す」

「ちっ！　なんの許可だてめー!?　死ねや！」

殺す数を競うように、小山田とアビスが魔物を粉砕していく。片や、

「お、おい！　誰か先に行けよ！」「じゃあおまえが行けばいいだろ!?」「わぁ来たぞぉお
お!?」「うわぁぁああ！　助けてくれぇぇ安《やす》ぅうう！」

魔物を前にした安グループは、混乱していた。誰が一番先に魔物に攻撃を仕掛けるかで
揉《も》めているようだ。綾香が助けに向かおうとしかけたが、

「あっちはおれが行く」

ベインウルフが名乗り出た。

安は、安グループから少し離れたところで黒炎をまとって立っている。

「む、無視すんなよ安!?　おい、助けろって！」

「やれやれ……まだ〝安〟などと抜かしているのか。ここにきても、まだ己の序列という
ものが分かっていないようだな……愚かなり……愚か、愚か、愚か……」

「た、頼むよ！　あ、いや――お願いします、安さん！　助けてください！」

「〝様〟までいくと逆に嘘《うそ》っぽくなってしまうからな……仕方あるまい。妥協してやろう。

しかし、力を持たぬ者とは実に哀れなものよな。強者に頼るしか生きるすべを知らぬ……

くきき！　哀れ哀れ哀れ、哀れの極み！　哀れさが極まってるな、貴様ら！」

今まさに安グループに襲いかかろうとしていた魔物を、安が黒炎で焼き払った。

彼の炎は以前より勢いと範囲が増している。

安は顔に手を当て、決まったとばかりにポーズを取った。

「しかし、満たされぬ……あの程度の輩《やから》から頼られても、もはや満たされぬ高みへときてしまったか……」

チラッ、と安が綾香を見た。

「格下とはいえ、もう少し予想外の方向から助けを乞われなくてはな。ふぅむ……それにしても、やはり大魔帝《たいまてい》くらいの格でなくては僕の真価は発揮できぬのかもしれぬ。桐原め……どうにかあやつが、大魔帝に敗れてくれればよいが……」

援護へ向かっていたベインウルフが、足を止める。

「……向こうは、大丈夫そうか。いや……ある意味、大丈夫とは言えないのかもしれねぇが――」

弱ったような顔で言い、ベインウルフは下方から上へ大剣を振るった。

飛びかかってきた魔物がその切り上げで真っ二つになり、地面に落ちる。

「各地の遺跡なんかの金眼に比べりゃ強めだが、一般的な兵士でも対処できないほどじゃない」

壁を破壊したトンボ巨人には、黒竜がハゲタカのごとく群がっていた。

「ふははは！　我が黒竜の前では地を這《は》うしかない金眼の魔物など、敵ではない！　見よ！　これぞ、黒竜騎士団の力である！」

　誇示するように、黒竜に騎乗しているバッハが声を張った。

　黒竜騎士団は針指《はりゆび》の射程距離外から魔術で攻撃している。頭部を集中的に狙われているため、トンボ巨人の頭部は無残な状態へ変貌しかけていた。

「ょチ……よチ、ち……ョ……ち……」

　魔物をなで斬りにしながら、壊れた城壁の方を見やるベインウルフ。

「あのでかい魔物、足もとが覚束《おぼつか》なくなってきやがったな。倒れるのも、時間の問題か」

　少し離れたところでは、ギーラがアギトと共に魔物を押し返している。

「わっはっは！　城壁が壊された時は肝が冷えましたが、この城には各国より集まりし精鋭たちが揃《そろ》っておるのを失念しておりました！」

　アギトが神速の剣技で魔物を切り刻みながら、ゆったり微笑《ほほえ》む。

「元々この軍は、ヴィシス本人が率いる神聖連合《しんせいれんごう》の精鋭部隊といっても過言ではありませんでしたからね。それにまあ、旧世代の金眼は邪王素を持たないので僕たちも弱化の影響を受けない。むしろ本番は、邪王素を持つ大魔帝軍との一戦でしょう」

「む？　そういえばアギト殿、ポラリー公やカトレア姫はいかがなされた？」

「彼らは城壁外の宿営地へ向かいました。バッハさん以外の三竜士《さんりゅうし》も同じく、自国の宿営地の方へ」

「ふむ。確かにこの騒ぎでは、統率する者がいないと混乱が生じますからな」

「指揮系統を失った軍は、悪くすると総崩れになりかねませんから」

「ですな――おぉ！　ようやく騎兵隊が来たか！　おいこっちだ、急げ！　魔物どもに目にもの見せてやるのだぁ！」

ギーラはすっかり気勢を取り戻している。

到着した騎兵隊が続々と戦闘へ加わっていく。

綾香のグループもセオリーを守って堅実に魔物を処理していた。魔物はまだ次から次へと押し寄せてくる。が、こちらの戦力が魔物側を遥《はる》かに上回って見えた。

（女神さまと桐原君は離脱したけど、ここにいる南軍には本当に強い人が揃っているんだわ……）

綾香は特殊スキル【刃備え《ブレードセット》】を使用し、槍《やり》の先に魔素製の刃を出現させた。これで、槍がいわゆるハルバードに似た形になった。

敵の数が多いため、幅広の刃があった方が一度にたくさん倒せる。

綾香が槍を横薙《な》ぎに一振りすると、五匹の魔物がまとめて寸断された。

（いえ、むしろこれはチャンスなのかもしれない。ここでみんなが魔物を倒して経験値を稼げれば、あとに控えている南侵軍との決戦前にレベルを上げられる）

最初は、突然の強襲に肝を冷やした。

が、いざ蓋を開けてみれば逆にレベルアップの機会を得たとも言える。

ギーラが号令を飛ばす。

「よーし！　この辺りはもうよい！　我々も城壁の方へ行くぞ！　ほれ、勇者殿たちも今こそ突撃をかけるのです！　皆の者、ゆけぇい！」

気づけば、綾香たちの周囲の魔物はあらかた片付いていた。

「………………」

（ただ、大魔帝軍のオーガ兵が城壁内にいたって話……やっぱりこの襲撃は、何者かに意図されたものなの……？）

「？」

綾香は、立ち止まった。

——何か、おかしい。

壊れた城壁の方角を見やる。

城壁の上の様子が、何やら妙だ。黒竜たちの動きもどこかおかしくなっている。

やがて——大きな質量を伴った足音が、大地を、轟《とどろ》かせた。

皆、足音のした方へ意識を奪われる。

と、安グループの一人が武器を取り落とし、棒立ちになった。

「お、おい……なんだよ、あれ……」

たくさんの人型の上半身。それらが球体状の体表を覆っているとでも、言おうか。

球体型の黒い体軀《たいく》を、太い二本脚が支えているようなフォルム。

トンボ巨人よりも、さらに大きい。

「ミョージ……ミョージ……ミョージ……」

電気信号めいた奇怪な鳴き声。球体型の身体に所狭しとひっついている上半身の顔を見ると、その眼窩《がんか》は空洞になっている風に見えた。

そして——球体の全面に一つだけ、違う顔面がついている。

泣いている顔に、見えた。

と、球体を覆う上半身の一つがゴムのように伸びた。その動きは速く、しかも、自由自在に動いている。そう——黒竜よりも遥かに、自在に宙を舞っている。

「ギェ!?」

空を舞う黒竜の一つが、上半身の手に捕まった。三竜士バッハの黒竜だった。

「なんだ!?　何をする!?　よ、よせ！　貴様——」

ブチィッ！

バッハの黒竜が真っ二つに、ねじ切られた。

黒竜から投げ出されたバッハを、上半身の一つが無表情に捕縛する。

「う!? ぐ、ぐおぉぉ……!?」

「バッハ様を救えぇ!」

他の黒竜がバッハ救出に向かった。

が、一斉に襲い来る他の上半身に彼らも捕縛されていく。

バッハが、巨大な手の中でもがく。

「は、放せ! この化け物めがぁぁあああ! 放さんか、貴――」

「アんガぁアあ! バりバりィ!」

喰《く》われた――バッハの頭部が、化け物に。

「ぎゃぁぁあああ!?」

他の黒竜騎士たちもなすすべなく、黒い上半身たちに捕食されていった。

一部の〝食べ残し〟がこぼれ落ち、ボトボトと地面に転がっていく。と、

「おンばバぁァあアあア!」

今度は、巨大な人面ライオンが城壁を突き破って現れた。人面ライオンは勢い余って
ひっくり返ったのち、バタバタもがいてから、雄叫《おたけ》びを上げつつ体勢を整えた。

「バぁァあアあアぃィいイい――――ッ!」

桐原《きりはら》グループの室田絵里衣《むろたえりい》が青ざめる。

「な、何あれぇ……気持ち悪っ……ッ！」

人面ライオンは、なぜか恐怖で引きつった表情をしていた。

体軀に対し頭部だけが異様なほど大きいため、より不気味さが増長されている。

普通に考えれば、頭部の重さで首が折れているであろうアンバランスさだった。

「おバぁアあアぃ！」

吠《ほ》え猛《たけ》る人面ライオン。綾香《あやか》は、乾いた喉に唾を送り込んだ。

（あれって、まさか……）

「悪い予測ほど当たるってのは、あながち嘘じゃないのかもなぁ」

ベインウルフが、城壁の惨劇を睨《にら》み据える。

「——来やがったな、人面種《じんめんしゅ》」

人面種に続けとばかりに、これまでとは違う中型の魔物も押し寄せてきている。

新たにできた二つ目の〝入り口〟からも、続々と侵入してきていた。

「そうか——最初に攻めてきたのは、魔群帯の周縁部に近い地域にいた金眼《きんがん》どもだ。つまり今ご到着した連中は、魔群帯のもっと深い地域からやって来た〝精鋭部隊〟……。ちっ……しっかしあの人面種、ちっとばかし人の手には余りやしねぇか？」

と、人面ライオンが綾香たちの方へ顔面を向け、後ろ足だけで立ち上がった。

「ぉバぁア！」

威嚇か、宣言か。

「あいつ、こっちに狙いを定めたな。逃げる余裕も与えねぇってか――嫌んなるねぇ、ったく」

ベインウルフが、剣を放り落とした。

「おれが時間を稼いどいてやる。あんたらは一旦撤退して、北の城壁外の軍と合流しろ。おそらく城は放棄だろうな……指揮はあんたが執れ、アギト・アングーン」

「……わかった。適当なところでキミも引き揚げろよ、竜殺し《ドラゴンスレイヤー》」

「くく、まだ死にたくはないんでね。ただまあ、あのでかさじゃ――」

ベインウルフの目が、赤く光る。

「おれがやった方が、よさそうだ」

目に続き、全身が淡く発光したベインウルフの身体《からだ》が変化し――

い、い、い、い、い、い、い、
巨大化、していく。

綾香たちの前に出現したのは、ドラゴンの頭部を持った竜鱗肌《りゆうりんはだ》の巨人だった。

灼眼《しやくがん》の竜人が、浴びた威圧を返すように黒竜よりも凶悪な咆哮《ほうこう》を放つ。

咆哮を終えると、竜人はすぐさま振り返って少し移動した。そして、城の近くに置いてあった巨大な〝何か〟に手を伸ばす。被《かぶ》せてあった布を、竜人が剝ぎ取った。

中から姿を現したのは、およそ人では扱えぬサイズの巨剣。

先ほど彼が遅れてきたのは、いざという事態を想定し、兵士たちにあれを運ばせていたからなのかもしれない。

(あれが——ベインさん、なの……?)

呆然《ぼうぜん》と立ち尽くす綾香。竜人化したベインウルフを、アギトが見上げた。

「かつて竜を殺した際、その血を浴びたことで得た竜化の力……しかしあの竜化は、意識の侵蝕《しんしょく》と、記憶の一部欠落を伴うと聞く。それでも今、その恐るべき力を解き放ってくれたことに感謝するよ——竜殺しベインウルフ」

剣を手にした竜人が、人面種たちの方へと首を巡らす。

「つまらない解説してねぇでさっさと撤退の指示を出しナ、アギト」

「——わかってる」

アギトは主《あるじ》を失った軍馬に騎乗し、撤退の号令を発した。

兵士たちが撤退を開始。本来指揮を執るべきギーラはもはや指揮どころではない様子だった。兵たちに急《せ》かされ、慌てふためきながら騎乗に取りかかっている。

「おバぁ！」

人面ライオンが竜人目がけ、突撃を仕掛けてきた。

竜人は腰を落とし、巨剣を振り上げる。

綾香の腕を、萌絵《もえ》が引っ張った。

「あ、綾香ちゃん！　早く逃げないと！」

「ぇ――ええ！　あの、ベインさん！」

一瞬、竜人が動きをピタッと止めた気がした。

「どうか無事で……ッ！　それに私たち、まだベインさんに教えてもらっていないことがたくさんあります！」

ほんの、わずか――竜人が頷《うなず》いた気がした。

「行こう、南野《みなみの》さん！」

「うん！」

群れを外れた魔物が何匹か綾香たちを追ってきている。

「最後尾は、私に任せて！　みんなは先に！」

綾香は後方に気を配りつつ、仲間たちと先頭集団を追う。

「あぁ!?　んだよ、よーやく人面種と初のご対面なのによーっ！　逃げるとかないわーっ！　なんのための勇者だよ！　萎えるわーっ」

「ピーピーうるっせーなてめーわ！　てめーらが真価を求められんのは邪王素《じやおうそ》持ち相手の時だっつーの！　邪王素がねぇ相手だったらアタシらだけで十分なんだよ！　それにな！　対大魔帝《たいまてい》用の勇者が何かの間違いで人面種に殺されたら、アタシらがヴィシスに殺されちまうだろーが！　わぁーったか、オヤマダぁ!?」

アビスにどやされる小山田《おやまだ》を、騎乗した安《やす》が追い抜いていく。

彼も、その辺をうろついていた軍馬を捕まえたらしい。

「ふん、なんだあの竜変化は。ふざけた能力だ。まあ……人面種とやらもあの程度なら、この黒炎《こくえん》の勇者が出るまでもなかろう……」

アギトは馬を走らせながら、独り言のように、何かブツブツ呟《つぶや》いている。

「それにしても、何年も出てこなかった魔群帯の魔物がなぜあんな風に突然襲ってきた……？　あの音に、何か魔物を凶暴化させる要素があったとしか……」

後ろを振り返ると、ベインウルフが奮戦していた。

城壁付近にまだ生き残っている味方がいるらしく、ベインウルフは移動しながら、彼らを逃がすようにして戦っているようだった。

増え続ける魔物たちが、ベインウルフに群がっていく。

竜人が、哮《たけ》った。

やがてベインウルフの背後側にも魔物が溢《あふ》れ始めてくる。最後尾の綾香に追いついてきた足の速い魔物を仕留めつつ、加勢したい気持ちで、綾香は奮闘する巨竜人を見やった。

（ベインさん……ッ）

竜人は巨剣を振り回し、集まってくる魔物を蹴散らしていく。

しかし、魔物はさらにその数を増やしていく。

生き残っていた味方がまだ生存しているかは、ここからではもうわからない。

泣き面の人面種を埋めつくす黒い上半身は、総出で竜人に襲いかかっていた。

「ぉバぁアあアぃ！」

と、人面ライオンが竜人の腕に噛《か》みついた。その時、

「ゴャイ……にァいィー」

不吉な——濁った声が、した。

「そん、な——」

綾香は、目を瞠《みは》った。

さらにもう一匹、巨大な人面種が出現したのである。

しかも、ベインウルフの背後に。

さらにその人面種は、大型の魔物を数匹従えていた。

綾香の胸で、絶望が跳ねた。

ベインウルフが、三匹の人面種に取り囲まれる形になってしまっている。

巨大な竜人の身体は今や、背後に迫る魔物たちでほぼ視認できなくなっていた。

（あれじゃあ——退路がない！）

「あ、アギトさん！　ベインさんがっ——」

綾香は力一杯、馬上で指揮を執るアキトに呼びかけた。

アキトがその呼びかけに気づき、振り向——

「ぅォ、ぅォぉオおオおォぉオおオおォぉォぉオおオおオおオおォぉォぉオおオおオおオおオおォぉォぉオおオおオおオおオおォぉォぉオおオお————ッ！」

人間の男を思わせる野太い大音声が、響き渡った。ベインウルフの声、ではない。

「ま、魔物の声……ッ!?　どこからだ!?」

皆、思わずその大声の主を捜していた。そう——声の位置が妙なのだ。

最初にその居所に気づいたのは、萌絵だった。

「アキトさん！　そ、空……空ですッ！」

「——なんだって？」

その魔物は錐揉《きりも》み回転しながら、空を飛んでいた。

どこか、捻《ひね》りを加えた体操の跳躍を思わせる動きで。

「何、あれ……」

無数の人の手足めいたものが、巨大な人型を形作っている。

小さな大量の手足によって形成された大きな人型の何か、とでも言えばよいだろうか？

「あの落下感……飛行ではない。あれは――跳躍か」

アギトがそう分析する。一方、綾香は青ざめて空を指差した。

「あの、アギトさん……もしかしてあの魔物の身体の、あれって――」

アギトが信じたくなさそうな声で、ああ、と頷く。

「他の魔物がたくさん、しがみついている」

最初は〝それら〟も部位の一つかと思ったが――違う。手足の集合体で形成された人型の魔物に、夥《おびただ》しい数の他の魔物が、びっしりしがみついているのだ。と、
ビシュンッ！

「うぉオおオおォぉオおオ――――ゔァあアあ!?」

白い一筋のビームが、上空を奔《はし》った。錐揉み状態でこちらへ迫っていた巨人の右腕が、しがみついていた魔物もろともビームで消滅した。

「ウぁアあーっ!?」

痛みを覚えているのだろうか。錐揉み状態の巨人が、耳障りな大声を上げた。

アギトが呟く。

「……聖眼《せいがん》だ」

空を飛ぶ金眼の魔物を滅するヨナトの制空兵器〝聖眼〟。

その効果は、この一帯にまで及ぶらしい。

「そうか……跳躍が高すぎたせいで、右腕だけかすかに聖眼の範囲に入ったのか……」

が、巨人はまだ息絶えていない。右腕と、そこにしがみついていた魔物が消滅しただけにすぎない。当然、他の部位にしがみついている魔物はまだ生存している。

そして、腕の付け根から青い血を辺りにまき散らしながら――

ズシィィイィイイイインッ！

大地を激しく轟《とどろ》かせ、憤怒の形相をしたその巨人は、盛大に着地した。

「そん、な……」

先頭集団にいたギーラの馬がいななき、足を止める。退却中であった先頭集団の眼前に、

「うォ、うォぉオおオおォぉオおオおッ！　うォぉオおオおォぉオおオおォぉォぉオおオおオお――――ッ！」

無数の魔物を抱いた人面種《四四目》が、立ち塞がった。

◇【側近級】◇

北の城壁の外側に広がる平原地帯。

三国の軍が宿営地を置く一帯を望むエーヌ川に〝その変化〟は、起こっていた。

川の水面から、オーガ兵が頭を出す。

そして、数匹のオーガ兵がさらに大地へ這《は》い出たあと――

「ぎ、ギぎ……」

ザパァン！

川から姿を現したのは、山羊《やぎ》の頭部を持った巨大な魔族。

宙へ一度押し出された水が、紫の体毛をしたたり落ちていく。

二足歩行のそれは禍々《まがまが》しい四本の角を備えていた。

魔帝第二誓《まていだいにせい》――ツヴァイクシード。

ツヴァイクシードは、大魔帝に次ぐ力を持つ〝側近級〟の中でも第二位の実力の持ち主であった。

目論《もくろ》み通り混乱状態へと陥った魔防《まぼう》の白城《はくじょう》。金眼《きんがん》にて、その方角を見据える。

城の内外の混乱を心地よく感じ取りながら、ツヴァイクシードは、巨爪《きょそう》で自らの胸を引き裂いた。

ブシュウッ！

体毛の下の肉が引き裂かれ、厚いその胸板から血液が噴き出す。

「収穫《ハーベスト》」

川に潜んでいたオーガ兵たちが、ツヴァイクシードの背後に、次々とその姿を現していく。

「ゆこうカ――――ヒトの尊厳を、刈り取りニ」

◇【十河綾香】◇

立ち塞がった人面種《じんめんしゅ》が、残った片腕を大きく振り、しがみついていた魔物たちをまとめてこちらへ放り飛ばした。

放り出された魔物たちが広範囲に宙から降り注ぐ。イナゴの群れが、ワッと押し寄せたかのようでもある。莫大《ばくだい》な数の魔物が飛び迫る光景は凄《すさ》まじいものがあった。

逃げ惑う者。放心状態の者。迎撃態勢へ移る者……。

戦いはあっという間に、混戦状態へと突入した。

「みんな、陣形を崩さないで！」

取り囲む魔物を薙《な》ぎ払いながら、綾香《あやか》は呼びかけた。

魔物は小型と中型が入り乱れている。中型は最低でも2メートル以上あった。

それらが、そこかしこで暴れまわっている。

しかも土埃《つちぼこり》まで立ちこめていた。その影響で、かなり視界が悪い。

が、綾香グループは幸い散り散りにならず固まっていた。互いに背を預ける形で円陣を組んでいる。円の中には、支援スキルが得意な勇者が待機していた。

(よかった、崩れてない)

綾香は円陣の外側をなぞるようにして駆けた。駆けながら、魔物を殺していく。

「綾香ちゃん！」

両手で剣を構える萌絵《もえ》の呼びかけに、綾香は力づける笑みで応えた。

「大丈夫！　今は自分の身を守ることだけ考えて！　危険そうな魔物は――」

大型に近い魔物の脚に槍《やり》の刃を深く突き入れ、特殊スキル【内爆ぜ《インナーボム》】を使用。

「私に、任せて」

爆音がして、魔物の脚が内部から破裂した。片脚の使えなくなった魔物が、膝をつく。

綾香は流れるように跳躍すると、その低くなった魔物の頭部へさらに【内爆ぜ《インナーボム》】をお見舞いし――とどめを、さす。

ふぅぅ、と息を吐き出す。混乱渦巻く中、辺りには怒号と悲鳴が飛び交っている。

おかげで遠くの声が聴き取れず、近くの声しか聞こえない。

(他のグループは、どこ……!?)

桐原《きりはら》グループと安《やす》グループ。二つがどこにいるか、わからない。それに、

(あの立ち塞がった手足のたくさんついた人面種は、どこ……!?)

人面種は要警戒だ。が、位置が不明である。土煙のせいだろうか？

いや、あれだけ巨大な人面種だったのだ。

巨大な影なり移動の足音なり、感知できてもよさそうなものだが――

「ソゴウ」

「あ——アビスさん！」

現れたアビスは、凶悪な笑みを湛《たた》えていた。その目はギラギラして鋭い攻撃性を帯びている。彼女は魔物の頭部を手でひっ摑《つか》み、引きずっていた。

引きずられている魔物は、上半身だけだった。

下半身はねじ切られるかして、どこかに転がっているのだろう。

引きずっている上半身の状態から、盾として使用しているのがわかった。

「ひとまず、目につく魔物を片っぱしからぶっ殺せ」

「アビスさん、後ろに！」

「わぁってるって」

アビスは背後を見ずに、こぶしを斜め後ろへ叩《たた》きつけた。

跳びかかった魔物が水風船のように盛大に破裂し、粉々になる。

「さー……どっからでもかかってきな、金眼ども……」

一向に減る気配のない魔物を必死に蹴散らしながら、綾香は息を呑《の》んだ。

（やっぱりアビスさんは、桁が違う）

アビスの右腕が、真紅に染まっていた。

殺した魔物の血の色ではない。肌そのものが変色しているらしい。

左腕よりもサイズが大きくなっている。形自体も、いくらか変異していた。

あの腕はなんなのだろう？　何か特別な力でも宿っているのだろうか？

もはや人の域を超えているとしか思えない。

周囲の魔物も、得体のしれないアビスの威圧感に少し怯《ひる》んでいる様子だった。

「うるぁぁあああ！　せっかくの獲物を、取られてたまっかよぉおお！」

小山田《おやまだ》が固有スキルで魔物を吹き飛ばし、土煙の中から姿を現す。

「おー？　いつでも威勢だけはいいよなぁ、オヤマダはー」

「るっせぇぞクソアビス！　黙っておれに獲物ゆずれや！　おらぁああ！」

魔物を虐殺しながら小山田がアビスに迫る。

そして——両者は、互いに背を預ける形となった。

「アビス！　てめぇの背中を守ってやってもいいけどよ、獲物はおれに回せ！　殺して殺して殺しまくって、おれはいつかてめぇをぜってぇ泣かす！　てめぇは弱みもクソもねぇからなっ……弱みを握って潰せねぇなら、力でねじ伏せるしかねぇ！」

咄嗟《とっさ》に、綾香は小山田に呼びかけた。

「小や——」

「いつも言ってんだろーが！　頭打ちのてめぇら四恭《しきょう》聖《せい》と違って、おれたち勇者はまだまだ成ちょ——」

両手に赤いエネルギーを溜《た》めこみながら、小山田が、挑発的に背後を振り向く。

「………………………あ？」

腰から下だけが残った姿で直立するアビスが、そこに、あった。

「――は？」

放心顔の小山田の視線が、ゆっくり、上昇していく。

「ムシャ、ベキ、ぼリ……あ、ム……」

ボトッ

綺麗《きれい》に生えそろった歯に噛《か》み千切られ、地面に落下したそれは、

「わ――」

少し前まで魔物をあっさりねじり殺していた、真紅の右腕。

「わ゙ぁぁああああぁぁぁああああああぁぁぁぁあああああああああぁぁぁぁぁああああああああああぁぁぁぁぁぁああ゙あ゙あ゙――ッ！」

小山田が、絶叫した。

「わ、ゔわぁあぁ！　うわ！　うわー！　ゔわぁぁあああ――!?」

「そん、な――ッ」

綾香は、血の気が引くのを感じた。

いつ現れたのか？

今、小山田の正面で〝食事〟しているのは憤怒面だった。

数多《あまた》の手足で構成され、身体《からだ》に大量の魔物をしがみつかせていたあの人面種である。

そういえば姿が見当たらなかった。広範囲で土埃が立っていても、あの巨大さで見当たらないのはやはり妙だ。もしかして、と綾香は思った。

「うォぉォおオおオおオっ！」

メリメリと音を立て、夥《おびただ》しい数の手足が、憤怒面の身体の内部から生えてくる。

巨大化、していく。聖眼《せいがん》に消滅させられた腕も、再生していた。

（あの人面種……ッ）

サイズを変えられるらしい。20メートルほどに達すると、憤怒面は両手をつき、その憤怒顔を絶叫する小山田に突き合わせた。

「うォぉオおオおォぉォおオおオおオっ！」

「うわぁぁぁあああああ！　わーゔわぁぁあああ！」

「小山田君、逃げてぇ！」

今、綾香は近くの魔物を蹴散らすので精一杯。

ここを離れたら、今度はカヤ子《こ》たちが危険に晒《さら》される。

(だめ！　魔物の数が、減らない！)

むしろ数は増えてきている。憤怒面の腕以外にしがみついていた魔物は少し離れたところに着地していたが、それらがついにここへ到達したのだ。

綾香はアギトと安の姿を捜した。

「アギトさん、安君！　聞こえたら返事をして！　小山田君が――」

「ば――――【赤の拳弾《バレット》】！【赤の拳弾《バレット》】【赤の拳弾《バレット》】【赤の拳弾《バレット》】【赤の拳弾《バレット》】【赤の拳弾《バレット》】【赤の拳弾《バレット》】【赤の拳弾《バレット》】【赤の拳弾《バレット》】ぉお！」

派生スキルの存在を忘れているのか、初期のベースの固有スキルを乱発する小山田。

「うォ!?　ぅオ!?　ぉオ!?」

拳で殴られたような動作で、憤怒面がわずかにノックバックした。

顔を構成する手足が千切れ、吹き飛ぶ。が、憤怒面に怯んだ様子は見られない。

「ぎゃぁぁああ効ぃぃかねぇぇええぇ!?　う、うわー!?　アビスが勝てねぇんならもうだめだ！　無理ぃだろうがぁぁあああ!?　あー！　わー！　ゔわぁぁあああ！　う、ゔわー！」

人面種に背を向け、小山田が駆け出す。

「お、小山田君!?」

「うわぁぁあああ死にたくねぇぇえええ！……、……、――――ぁ」

雷に打たれたように、小山田が立ち止まった。彼はぽかんと口を開き、手をぶらんっと脱力させた。すると彼は、突然、あさっての方向へ駆け出した。

「だずげでぇぇえええ！　うわぁぁあああ！　うわーん！　う、うわー！　死ぬ！　じ、じぬぅ！　ぎぃゃーっ！　まんまぁぁぁあああぁ！　怖いよぉぉおおお！　あぁぁああああ！　ぎぃぇあぁぁあああぁぁぁあああああッ！」

「お、小山田……君……」

（正気を――失って、る……？）

土と血がまじり合った煙の中に小山田の姿は消えた。

綾香グループの一部は、呆然《ぼうぜん》と駆け去った小山田の方角を眺めている。

速まる呼吸を整えながら、綾香は懸命に思考を巡らせた。

（どうにか、あの人面種の気を私の方へ向けないと……ッ！）

倒し方など思いつかない――が、グループのみんなを守らなくては。

その時だった。再び動き始めた憤怒面の背で、爆発が生じた。

どこかから放たれた攻撃魔術か何かが命中したらしい。

「うぉぉオおオお!?」

吠《ほ》え猛《たけ》りながら回れ右をし、憤怒面は攻撃の放たれた方角へ跳躍した。

最初現れた時のように、錐揉《きりも》み状態で飛び去っていく。

(誰の攻撃かしら……でも、助かった。あ、それより――小山田君……ッ)

本当なら追うべきだ。今の彼が戦えるような精神状態とは思えない。

が、カヤ子たちを放って追うわけにもいかない。

今のカヤ子たちに移動は無理だろう。防御陣形を保つのでギリギリの様子だ。

悔しさを表情に浮かべ、綾香《あやか》は、小山田が姿を消した辺りを一瞥《いちべつ》する。

(小山田、君……)

自分よりも強き者――その想定外の死。

悪罵を浴びせようと、彼にとってアビスは絶対的な強者だった。

いつかは超えると信じていた相手。しかし、今はまだ遥《はる》か遠くの存在。

そのアビスがなすすべなく食い殺されたのだ。

しかも、彼はあの距離で人面種《じんめんしゅ》と相対した。

彼の内に湧き上がったのは、想像を超える絶望感だったかもしれない。

人面種――最初に見た時、綾香も凄《すさ》まじい恐怖と戦慄を覚えた。威圧感も、やはり他の魔物の比ではなかった。遠目に見ただけでも、その禍々《まがまが》しさに肝が縮む思いだった。

(……ベインさん)

ふと不安が膨らみ、南壁の方角へ視線を転じる。

ベインウルフはその人面種を三匹も相手にしていた。

今、南壁の方はどうなっているのだろうか……。

「ソゴウさん！」

（この、声――）

「ブラウンさん!?　よかった、無事だったんですね！」

四恭聖の次男が、こちらへ歩いてきていた。

「あ……」

ブラウンは片腕を失っていた。

腕の付け根をベルトで固く縛り、止血している。

が、彼は魔導具による攻撃魔術で周りの魔物を殺しながら近づいてきていた。

さすがは四恭聖の一人。苦戦している様子はない。まだ十分、戦えるようだ。

ブラウンは先ほどまで南壁の辺りにいたはずである。

ベインウルフがどうなったか知っているかもしれない。

ブラウンが口を開き、綾香の名を呼ぶ。

「ソゴウさん、兄さん〝――ピッ――〟たちは!?」

「！　ブラウンさん！」

ブラウンの鼻から両耳にかけて、一筋の赤い線が走っていた。

「?」

赤い線の上下が、スライドしながら左右へと分裂し――

「あれ?」

ブラウンの頭部が、上下真っ二つになった。

力を失い、彼の身体はそのまま地面に倒れ伏す。

ドチャッ
綾香グループの女子が、悲鳴を上げた。

「ぃ、ゃ――いやぁぁあああ!」

綾香の背筋を、悪寒が駆け抜ける。

頬を伝う冷や汗は、肌の温度を奪うかのように冷たい。

「ブ……ラウン、さ、ん……」

綾香は、彼の背後で何かがキラキラ舞っているのに気づいた。

太陽の光を反射しているのだろうか?

あれがブラウンの頭部を、断裂させたのだろうか?

(切れ味が凄まじい……糸状の、何か……)

「フひヒぃィいイ!」

二足歩行のイタチみたいな魔物が、砂塵《さじん》の中から姿を現す。

魔物――糸イタチが、目もとを歪《ゆが》めた。まるで、嘲笑《あざわら》うみたいに。

（あの魔物、もしかして……わざとブラウンさんを逃がして、ああやって死ぬのを私たちに見せつけるために？）

とすれば、悪趣味極まりない。糸イタチがブラウンの屍《しかばね》を通り過ぎ、近づいてくる。

「綾香ちゃん！　あ、あの魔物こっちに来るよ!?」

「みんな、遠距離の攻撃スキルっ」

カヤ子の指示で綾香グループが遠距離の攻撃スキルを放つ。

が、糸イタチはものともしない。

ギリッ、と綾香は恐怖を噛み殺す。

「――私に、任せて」

糸イタチとの距離を測る。決めるなら、素早く。

地を踏みしめる。

光の軌跡からして――糸は二本。

動きは、その煌《きら》めきと土煙の揺れが教えてくれる。

落ち着け。焦ったら、だめだ。

（私、やれるの？）

なぜだろう。

速度が足りない気がして、ならない。

相手の方が速い気がして、ならない。

綾香の特殊スキルは近接用のみ。

こういう時は遠距離攻撃が可能な小山田《おやまだ》や安《やす》のスキルが適しているが――

「ひぃぃイぃイぃイっ!?」

と、糸イタチが黒炎《こくえん》に包まれた。

黒焦げになった糸イタチは仰向《あおむ》けに倒れ、そのまま動かなくなる。

「小山田の小汚い悲鳴を耳にした気がしたのだが……綾香よ、何があった?」

馬に乗った、安智弘《ともひろ》だった。綾香が事情を説明すると、

「ふっ……小山田翔吾《しょうご》、脆弱《ぜいじゃく》なり! 脆弱脆弱ぅ! くはは! 力があっても精神が伴わねば真の勝者にはなれないのだ! やつは所詮、夢見心地の勇者ごっこをしていたに過ぎぬ! そう、小山田はようやく現実に直面したわけだな! 普段はあんな調子がいいくせに、実際は、しょぼメンタルであったか! あー愉快! 痛快! やはり真の勇者の器を持つ者は、この安智弘だったのだ!」

黒炎の翼を広げ、哄笑《こうしょう》する安。

両翼から放たれた黒き炎の羽が、弾丸のごとく周囲の魔物へ襲いかかった。

羽の刺さった魔物たちはみるみる黒炎に包まれていく。

「安さん、待ってくれ！」

少し遅れて姿を現したのは、安グループの面々。

「薄色の勇者たち《負け組》か。遅いぞ、下郎」

「げ、下郎？」

「事実を口にしたままであろう？」

「ぅ――そ、その通りです。ただ、あの……おれたちは馬に乗れません。もう少し、おれたちにスピードを合わせてもらえると……」

「問おう――速いのは、罪か？」

「え？」

「否！　遅いのが罪なのだ！　この黒炎の勇者に助けてほしくば必死でついてこい！　貴様らには必死さが足りぬ！　そんな脆弱な小山田精神では、厳しさを増す格差社会を生き残れぬぞ！」

「お、小山田がどうかしたんですか……？」

安が得意げに、右手で空気を薙《な》ぐ。同時に――綾香は、反射的に動き出していた。

「ふっ、聞いて驚くがよい。小山田は――ん？」

スパッ

安の右手の指先が——三本、切断された。

ボトッ、ボトボトッ

「……は？」

「ふ、ヒ、ぃ」

安の指を寸断したのは、あの糸イタチだった。

まだ、死んでいなかったのだ。あるいは——息を吹き返したか。

呼吸している様子もなく、黒焦げになった後はすっかり沈黙していた。

誰もが、死んだと思っていた。

「ぐぁぁあああ!? 指ぃいい!? ぼ、僕の指がぁぁあああ!?」

「フ、ぎ、ィぃイ、い……ッ!? ぎ、イ……」

一矢報いた糸イタチは、しかし今、心臓部を綾香の槍先《やりさき》に貫かれていた。

発生した糸イタチの殺気を感じ取った瞬間、綾香が槍での攻撃に移っていたのだ。

一方、綾香も腕から少し出血していた。

糸イタチの方も瞬時に反撃を行ったためである。

が、もし安の炎で弱っていなければこの程度では済まなかっただろう。

ただ、安への攻撃を防ぐのは間に合わなかった。位置的に、安が糸イタチに近過ぎた。

安は馬から転げ落ち、

「ぎゃぁぁあああ!?　指はどこだ!?　僕の指ぃ！」

錯乱し、地面に落ちた指先を捜し始める。

「な、治してもらわないと！　拾って……くっつけてもらわないと！　女神さまにぃ！　あぁくそぉ！　なんでだ!?　なんで、こんなぁぁあああ!?」

綾香はというと――すぐ次の行動へ移っていた。

休む間を与えず殺到する魔物たちを一秒ごとに血の海へと沈めていく。

魔物の数が、増えてきている気がした。

(多分、南門の方から私たちを追ってきていた魔物たちも合流したんだ……ッ)

さすがに数が、多すぎる。

「安君、落ち着いて！　治癒系のスキルが使える子は、安君の指を――」

「見つけた！　よし、撤退だ綾香ぁああ！」

安は切断された指先を布にくるんで懐へ入れると、しがみつくようにして馬に乗り直した。

「わ、わかったわ！　みんな、防御陣形を崩さないで！　私と安君がみんなを守るように動きながら、北門の方へ誘導を――」

「馬鹿を言うなぁ！」

「え？」

　片手で手綱を握る安が目を剝《む》き、激昂《げきこう》する。

「何を勘違いしている!?　この状況で僕がそいつらを守る必要などない！　いや、むしろそいつらが僕を確実に生かすため努力せねばならぬ状況であろうがぁ！」

「安、君？　何を——何を、言っているの……？」

　今も、安は近寄ってくる魔物を【剣眼ノ黒炎《レーヴァテイン》】で焼き殺している。まだ十分に戦う余力はあるのだ。が、

「考えてもみろ！　桐原《きりはら》と高雄《たかお》姉妹が東で大魔帝《たいまてい》に敗北したらどうする!?　小山田はこの戦場でこのままくたばるに違いない！　そして綾香《あやか》、貴様はB級降格！　となれば、最後の希望はA級であるこの僕しかいないであろうが！　伸び代を考慮すれば、上級勇者の方を生き残らせるのは誰がどう考えても必然！　最優先で生き残るべき者が誰かは火を見るより明らかである！　僕を生かさなければ——すべてが、終わってしまう！」

　早口気味に、安はそう並べ立てた。正直、綾香からすると論理としては理解しがたいものがあった。安グループの男子が、蒼白《そうはく》になって叫ぶ。

「な、何を言ってるんですか安さん!?　態度で尊敬の念が感じられれば、おれたちを守ってくれるって——」

「えぇい、なぜわからぬ!?　貴様らが生き残っても、無意味なのだ！　ここは僕が生き残ることに全力を注がねばならん！　ゆえに貴様らを守ってやる余裕など、皆無！　なぜそ

れがわからない!?　わかろうとしない!?」

「安君！　ここは私たちが、力を合わせて――」

「黙れ黙れ黙れぇ！　B級風情がA級の僕に指図するなぁぁあああ！　えぇい！　こんな話の通じぬ負け組どもとはもう付き合っていられぬ！　撤退だ！　撤退ーッ！」

安が横腹を蹴り、馬が走り出す。

「しかしこれは僕にとって敗北ではない……ッ！　あくまで――そう、戦略的撤退！　生きねば……女神のために！　この世界のために……ッ！　生きなくては！」

安グループが涙を流し、怨嗟《えんさ》の声を上げる。

「ふざっけんなよ安ぅぅううう！　おれたちが生き残るにはA級の力が必要なんだよ！　頼むよ！　助けて……助けて！　助、けろよぉ……」

「待って安君！　お願い、力を貸して！」

綾香も、懸命に制止の声をかける。

しかし今は押し寄せる魔物を捌《さば》くのに手一杯で、必死に声をかけるしかできない。

「安君！　お願い！」

「生きなくては！」

安智弘は追いかけてくる魔物たちを炎で焼き払いながら、黒炎と共に、その姿を砂塵の向こうへと消した。

「もうだめだ、おしまいだ！」

安グループの一人、二瓶幸孝《にへいゆきたか》が叫んだ。

他の安グループの勇者も、連鎖するように恐慌状態へと陥っていく。

「死にたくねぇよぉ！　夢なら覚めて……覚めてぇ！」「家に帰りたいよぉおお！」

顔をくしゃくしゃにした二瓶が剣を取り落とした。その目から、涙が溢《あふ》れている。

「助、けてっ……委員長、助けて！　なんだって言うこと聞くから……こんなひどいのが敵だなんて思わなかったんだよ……味方に強いやつらがたくさんいるから……頭のどっかで、どんな強い敵が出てきても、おれじゃない誰かが倒してくれるって……助けてくれるって――そう、思ってたんだ……ッ」

他の安グループの勇者も、助けを請い始める。

「委員長助けて！　ここから、逃がして！」「助けて！　綾香様！」

近場の魔物を屠《ほふ》りながら、綾香は、叱咤《しった》に近い調子で呼びかけた。

「二瓶君！　みんな！」

こんなに強く呼びかけたことは、前の世界では一度もなかった。

「生き残りたいなら――円陣を崩さず保って！」

「え、円陣……？」

「ベインさんが、教えてくれたでしょ!?」

「ベイン、ウルフ……さん……」

「あの人は勇者のランクに合わせた戦い方を教えてくれた！　助け合って生き残る方法を、教えてくれた！」

そう、安グループもベインウルフから戦い方を学んだのだ。

なら、綾香のグループと同じ動きができるはず。

「今は周防《すおう》さんたちと協力して、生き残ることだけに集中して！　円の中心には治癒スキルが得意な子を配置！　その周りには支援スキルが得意な子を！　外側は、攻撃役と防御役でお互いを補助し合って！　傷を負った子は円陣の中へ！　周防さん！」

「――うんっ」

カヤ子《こ》の声。決して激しくはないが、力強い返事。

綾香は、汗まみれの顔を彼女に向けた。彼女に託す――その想《おも》いを、のせて。

「私が指示を出せない時、指示はあなたに任せるっ」

〝任せていい？〟とは、聞かなかった。

ただ〝任せる〟――そう告げた。

普段は薄い表情に、カヤ子が決意をみなぎらせる。

「任されたっ」

綾香は心強さを覚え、一つ頷《うなず》く。

「そっちで手に負えなそうな魔物がいたら、私を呼んで！」

「わかったっ」

安《やす》グループが綾香の助けを得ながら、綾香グループに合流していく。

「あ、綾香ちゃんっ」

萌絵《もえ》が心配そうに声をかけてきた。綾香は彼女を一瞥《いちべつ》し——微笑《ほほえ》む。

「大丈夫、みんなは私が守る。必ず、守るから」

剣を構え直した二瓶が、涙を流しながら声を上げる。

「ご、ごめん……っ！　女神さまに目ぇつけられてもいいから、ほんとは最初から委員長のグループに入るべきだったんだ……ごめん、ごめん委員長っ……」

「二瓶君、今は戦って！　みんなで、生き残るために！」

「……っ！　あ、あぁっ……うぉ……うぉぁぁあああぁぁぁあああああ！」

迫る魔物を、二瓶が斬りつけた。

斬られた魔物の後ろから、さらに別の魔物が躍り出る。

「ひっ——」

「ま、任せて！」

防御役の萌絵が飛び出し、盾でその魔物の攻撃を受けた。

「ぁう！」

萌絵が、衝撃で吹き飛んだ。後列の男子が前へ出て、受け止める。

「に――二瓶君、斬ってぇッ！」

いっぱいいっぱいの表情で叫ぶ萌絵。

決死の形相で、腕を振り上げる二瓶。

「う――うわぁぁあああぁぁぁあああぁあ！」

両手で握りしめた剣を、二瓶が振り下ろした。

袈裟《けさ》切り気味に入った一撃が、魔物の肉を斬り裂く。

が、決め切れない。

魔物は激怒し、血濡《ぬ》れの猛気を放った。おぞましいほどの殺意で二瓶を睨《にら》みつける。

「グるァぁアあアあッ！」

「あ――い、今の攻撃は違くて……手が滑って、間違い、で……ッ」

二瓶が、恐怖で尻餅をつく。

と、左右の勇者が三名、躍り出た。

「い、行くぞ！　二瓶君を助けるんだ！」「こ、殺せぇ！」「うわぁぁあああ！」

仲間の動きに気づいた二瓶が、

「！　う、うぉぁあああ！」

尻餅をついたまま、決死の形相で魔物の足首を斬りつけた。躍り出た三名がそこに殺到し、倒れた魔物が、バランスを崩して「ぐェっ」と倒れ込む。そのまま彼らは、刃で魔物を滅多刺しにしていく。

「し、死ね！　死ね死ね死ね！　死ねよぉおお！」「くたばれぇぇぇぇぇぇ！」「死んでくれ、頼む！　頼むから、死ねって！　死ねぇぇええええ！」

決して上級勇者のような洗練された戦いぶりではない。あまりにも泥くさい多対一の殺害。抵抗を試みる魔物の腕が何度も空を切る。が、抵抗むなしく魔物は力尽きた。

「はぁっ、はぁっ……はぁ……っ！　や、やった……やった！」

カヤ子が、声をかける。

「みんな、倒したらすぐ円陣に戻ってっ」

「あ、ああ！」

躍り出た勇者たちは、息を切らせながら再び円陣に戻った。

綾香は内心、小さくガッツポーズする。

同じ師に戦い方を学んだからか、連係はスムーズにいっている。

今の攻撃にも後列から支援スキルが飛んでいた。みんな身体《からだ》がちゃんと動いている。

ただ、何かのきっかけでフッと気持ちが切れてしまいかねない。

彼らに見せるべきは——希望。

〝生き残れるかもしれない〟

そんな希望を、見せ続けねばならない。

だから自分が——希望を、創る。

魔物にとどめを刺した勇者が、声を上げた。

「レベル——レベル、上がったっ！」

（レベル……そうだ！）

眼前の魔物を脳天から真っ二つに割りながら、綾香は声を張った。

「レベルが上がった人は、できれば次のとどめを他の人に回して！　レベルが上がればMPが満タンになるから、またスキルをたくさん使えるようになる！　時々ステータスオープンをしてMPの確認を！　MPが少ない人に、とどめを優先させて！」

勇者でもいずれMPが尽きる。しかしレベルアップすれば、スキル使用を継続できる。

「レベルアップすれば他のステータス補正も上がるわ！　そうすれば戦いも有利になっていく！　みんな、この戦場でレベルを上げるチャンスを逃さないで！　私たち勇者は、戦いながらその場で強くなれるんだから！」

今は戦意を奮い立たせることが何より重要だ。綾香は、力の限り叫んだ。

「戦うことで、生き残るのよ！」

奮起した二瓶が、両手で剣を構え直す。

「や、やってやる……やってやるぞ！　やってやるんだぁぁあああ！」

カヤ子が、呼びかけた。

「十河《そごう》さん！」

「――任せて！」

綾香《あやか》が跳び、中型の魔物を特殊スキルで撃破。

おそらくカヤ子たちでは手に余る魔物。カヤ子の読みは的確だった。自分たちでは勝てそうにない魔物をしっかり見極め、綾香に声をかけてくる。

（だけど――）

魔物が一向に、減らない。むしろ味方の数が減っている感じがする。

少し前まで飛び交っていた人間側の声が、少しずつ小さくなっている。

つまり――魔物側が優勢なのだ。

このままでは、ジリ貧になる。

「ぉオおオ……ォぉオおオお！」

憤怒面の咆哮《ほうこう》。

が、遠い。どこかで誰かが相手をしてくれているらしい。

（どうすべき？　やっぱり一度、北門の外にいる野営軍と合流すべきなの……？）

今の奮い立った勇者たちなら、いけるかもしれない。

綾香は決断した。移動を、提案すべきだと。

「みんな、少しずつ北門の方に移動しようと思うの！　このままだと完全に取り囲まれて、身動きが取れなくなる！」

「わ、わかった！　行くぞ、みんな！」

二瓶が同意するが、
今は土埃《つちぼこり》が少しずつ散り、視界が晴れ始めていた。その晴れた視界の先に、

「──うっ」

「……ッ！」

魔物の壁が、立ちはだかっている。

鬼のような姿をしたツノつきの一団。

そう──見た目が、鬼に似ていた。

赤銅色の身体。白く長い縮れたヒゲが、ぼうぼうと生えている。

酷薄な金眼《きんがん》が綾香たちを捉える。あごを軽く上げ、まるで、見下すように嗤《わら》っていた。

強い。綾香は、直感で理解した。

鬼たちは、訓練された部隊のように統制が取れて見える。

「う、ぅぅ……」

戦いながら鬼たちをチラチラ見やる円陣の勇者たちに、再び怯《おび》えが走る。

鬼の手に、人の首がぶらさがっていた。

髪を掴《つか》み、戦利品のようにプラプラ揺れている。よく観察すれば、赤銅色の肌には別の〝赤〟も存分に塗りたくられていた。鬼たちの周囲には、特に死体の数が多い。

壁の先頭で腕組みをする唯一二本ヅノの鬼が、

「ウばァあ！」

奇妙な鳴き声を発し、綾香たちを指差す。

攻撃に移れ――その、合図だった。

号令一下、鬼たちが奇声を上げて駆け出す。

「あ、ゃ……綾香ちゃん！」

「――ッ！　任せて！」

綾香は一人、突進。突出してきた先頭の鬼の顔面へ、風を裂く豪速の突きを放つ。

「バぁウ！」

「!?」

(避け、られた!?)

反射神経が凄《すさ》まじい。速さもある。

攻撃に失敗した綾香は、そのまま取り囲まれてしまった。

ハルバード状の魔素刃を振り回す。が、ことごとく避けられてしまう。

「うっ!?」

巨大な鬼爪による攻撃を、かわし損ねた。わき腹の布地が裂け、鋭い痛みを覚える。

（まずい！　この魔物は、みんなじゃ……ッ）

二瓶《にへい》が剣を掲げ、呼びかけた。

「委員長が危ない！　助けに行くぞ！」

「だめ、みんな！　この魔物は――」

ぐいっ
二瓶の肩を摑み引き戻したのは、カヤ子《こ》。

「す、周防《すおう》？」

カヤ子は首を振った。

「あの魔物、十河さん以外じゃ勝てない。こっちは、守りに徹するしかない」

「周、防……？」

二瓶が驚いている。いつも無表情なカヤ子の表情が、歪《ゆが》んでいるからだろうか。

カヤ子も気づいているのだ。綾香でもこの鬼たちには勝てないかもしれない、と。

「逃、げ――」

言いかけて、綾香は次の言葉を発せなくなった。

どこに？　彼らだけで北門を目指せと言うのか？

綾香をすり抜けた鬼が——円陣を、取り囲む。

そして、円陣の勇者たちを雄叫《おたけ》びで威圧し始めた。

円陣が内側へと委縮し、勇者たちの動きが完全に止まる。

「みんな！」

綾香は近くの鬼たちを必死に蹴散らそうとするが、攻撃が当たらない。

速度が——足りない！

「あ、ぁぁ……」

勇者たちの顔に、絶望の帳《とばり》がおりていく。

あの綾香が攻撃をあてられない。彼らの〝希望〟が、鬼に敵《かな》わない。

鬼たちが踏み込み、爪を振り回す。

「きゃぁああ！」

あてるつもりのない攻撃。

遊んで、いる——勇者たちの反応を、楽しんでいる。

「う、うぅぅ……ッ」

鬼たちが、綾香の顔を覗《のぞ》き込むような仕草をした。

〝どうだ？　絶望しているか？〟

そう問うような顔だった。

綾香は焦燥と絶望の中、必死に槍《やり》を振るう。

が、攻撃が――当たらない。と、

「綾香ちゃん！」

南野《みなみの》萌絵《もえ》が、叫んだ。

「無理しないで！　い、今は――自分を守ることに、集中して！　お願い！」

あんなに、怖がりの萌絵が。

助けて――と、言わない。

どころか、綾香の身を、案じている。

「ぼ、防御態勢ッ！」

二瓶が、声を張った。

「守れ……守れ守れ守れぇ！　委員長は、おれたちが気になってまともに戦えなくなってるのかもしれない！　だから……自分たちの身は、自分で守るんだぁ！」

(違、う)

力が足りないのだ――自分がこの鬼たちを、倒すには。

しかも悪いことに、鬼以外の魔物まで円陣の方へ向かっていた。いよいよ獲物の数が足りなくなり、狙いをあの円陣に定めたらしい。中型や大型もまじっている。

が、肝心の綾香は防戦一方。彼らのもとに辿《たど》り着けない。
それでも綾香を信じ、戦意を奮い立たせる仲間たちの姿。
綾香の視界が、じわりと滲《にじ》む。
——守ると、誓ったのに。
固有スキルさえ覚えていれば、違ったのだろうか？
守れたの、だろうか？
強力な固有スキルさえ、習得できていれば——否、
縋、る、な。
固有スキルに——不可能に、縋《すが》るな。
縋るのなら、
（〝鬼〟……私の、鬼槍流《きそうりゅう》）
可、能、性、に、縋れ。

△

あれは確か、三年前ほど前のことだ。

「鬼槍流の禁技、ですか？」

十河家の屋敷。

稽古のあと、夕陽《ゆうひ》の差し込む道場で、祖母が鬼槍流について話した。

「あんたはアホみてぇな話だなと思う……そう予言しとくよ、綾香」

「禁止されるほど危険な技、なのですか？」

「まともな頭で考えればね」

祖母はそう前置き、禁技の説明を始めた。

「技の理屈としては単純さ。身体《からだ》に無茶な動きをやらせる……通常の人体では、およそありえぬ動きをする。極限まで人体のポテンシャルを引き出すわけさ」

人差し指を立てる祖母。

「まず、一本の力強い糸をイメージする。で、そいつを身体全体へ行き渡らせる。身体を動かす時、その糸を動かし身体を操る。すると人体はその糸に引っ張られて、普通ではありえない動きを取ろうとする。その動きに身体さえついていくなら、人ならざる化物じみた動きができるって寸法らしい」

「なんだか、マリオネットみたいですね」

「イメージとしては近いかもしれんな……あたしも正直、そんなことが可能なのかはわからん。実態も、原理もわからん。あるいは気功で言う〝気〟みたいなもんが実際に編み上がってるのかもしれない。ちなみにあたしも一度だけ挑戦したが……その時はよくわからんままに骨をやっちまった。それ以来、本気で挑んだことはない」

「昔、鬼槍流はその技を使っていたのですか？」

「と、されてる。源流を辿ると、そもそも鬼槍流ってのはね——」

そこで祖母はタバコを咥《くわ》え、マッチで火を点《つ》けた。

火を消すためにマッチを振りながら、祖母が煙を吐き出す。

「〝鬼を葬る〟と書いて〝鬼葬流《きそうりゅう》〟……人里へ降りてくる鬼に手を焼いた者たちが身を守るべく編み出した武術だって話だ。それが、幕府だなんだのの時の権力者の目に留まって、裏武芸の一門として広がったとかなんとか」

「鬼を、葬るための……」

「要は元々どっかおとぎ話めいた逸話のくっついた流派なのさ。その禁技にしたって元は名もなき外の流派から伝わったとされる技だったそうだ。ま、自己流じゃないから〝禁じ手〟だったわけだな。ただ……」

「ただ？」

「人体にかかる負荷が大きすぎて、常人が使えば身体が壊れちまうと伝わってる……おかしいか、綾香《あやか》？」

「あ、すみません。でも禁じられた技を持った古武術なんて……なんだか、たまに読む娯楽小説みたいだと思って」

「まあな……所詮、尾ひれのついた伝説や逸話のたぐいなんだろう。試みても、死ぬほど鍛え上げた身体でなけりゃ身体がバラバラになるほどの負荷を伴うはずさ。それこそ、普通の女学生にゃはなから無理な話さね」

「おばあさまに無理なんて言われると、挑戦したくなりますけど」

「興味があるなら使い方が書かれた本はやるよ。けど、試す時はあたしが一緒じゃなきゃ許さないよ。あんたは大事な孫なんだ……あたしには、ちっとできすぎた孫だが」

「ふふ、わかりましたおばあさま。ところで、その禁技はどんな名前なのですか？」

「そいつは、名を――」

祖母のタバコの先からは、糸のように、煙が細く流れていた。

「〝極弦《きょくげん》〟という」

▽

夢物語かどうかは、今は関係ない。

欠片《かけら》でも可能性が、あるのなら。
縋り、摑《つか》み取れ。
本は熟読した。祖母と話す時の、タネになると思って。だから、
い、い、い、やり方は、知っている。
――――イメージは、糸。
開始点は、足。
足の底から膝、もも、腰、腹、胸へと、糸が、紡がれていく。
――ミシッ――
糸を紡ぐ過程で、全身が軋《きし》みを上げた――気がした。

弦は、極へ。


ひと回り小さな綾香を、鬼たちはにやつきながら見おろしている。

もう諦めたと思っているのだろう。

「クキキキ……〃――ヒュッ――〃ぎ、ィ？」

綾香の槍の穂先が、前方の鬼の喉を、貫いた。

鬼はまるで、反応できなかった。

「「「バぁァぅゥぅウうウ！」」」

鬼たちが一斉に威嚇の咆哮《ほうこう》を発し、身構える。が、

「ばァう!?」

魔素刃に、次々と首が刎《は》ねられていく。

近くの鬼をくだした綾香は――疾駆。

円陣の方角目がけ一足に跳び、威嚇を楽しんでいた鬼の背後を捕らえる。

下から斬り上げ、鬼の身体を両断――綾香は、止まらない。

瞬きほどの間に、他の鬼の首を宙へ舞わせていく。

槍の石突きを叩《たた》きつけられた別の鬼の顔面が、陥没。

威力も、速度も――すべてが増大している。

「綾香ちゃんの、動き……」「す、すごい……」

筋肉が、悲鳴を上げている。が、

「いける」

『人体にかかる負荷が大きすぎて、常人が使えば身体が壊れちまうと伝わってる』

「――今は、違う」

常人ではなく――今は、勇者。

ステータス補正がある。

ただしそれがあっても、肉体は悲鳴を上げている。けれど、
だから、どうした。

ひと息に満たぬスピードで反転し、

「疾ッ！」

リーダー格らしき二本ヅノに、綾香は再び一足の呼吸で跳びかかった。

「ぐゲぇ!?」

二本ヅノは迎撃姿勢すら取れない。神速の槍が、二本ヅノの鬼の腕を引っ掛ける。

二本ヅノのバランスを崩し、地面に転がす。

鬼槍流――〝崩落十字《ほうらくじゆうじ》〟。

相手の勢いを使うのではなく、自らの突進スピードを利用した〝崩落十字〟。

あの時は、躊躇《ちゆうちよ》した。桐原拓斗《きりはらたくと》にとどめを横取りされた、あの時は。

しかし今度は、一切の、躊躇なく――

「ぎァ!?」

ひと突きで心臓を抉《えぐ》り突く。

綾香は迷わず【内爆ぜ《インナーボム》】でそのまま二本ヅノを爆散させる。

爆風に塵《ちり》ほどの怯《ひる》みもなく、綾香の長い黒髪が、爆発の風圧に躍った。

「もう――」

〜〜〜〜〜〜〜〜〜〜〜〜〜〜〜〜〜〜〜〜〜〜〜〜〜〜〜〜〜〜〜〜〜〜〜〜

【レベルが上がりました】

〜〜〜〜〜〜〜〜〜〜〜〜〜〜〜〜〜〜〜〜〜〜〜〜〜〜〜〜〜〜〜〜〜〜〜〜

「殺させない、誰も」


身体がバラバラになっても、構わない。

みんなを無事に、元の世界に帰すことさえできるのなら。

リーダー格を瞬殺した綾香は、鋭い殺気を放ち、鬼たちを睨《にら》み据えた。

鬼たちが後ずさる。

戦場に吹く風に、綾香の髪が、威圧めいて乱れ舞う。

「逃げるなら、逃げればいい」

殺意的に槍《やり》を一回転させると、綾香は前へ、進み出た。

「今は私が、鬼だから」

【固有スキル　【武装戦陣《シルバーワールド》】　を習得しました】

4．終わりの、始まり

鬼たちは――逡巡《しゅんじゅん》の末、綾香《あやか》に襲いかかってきた。
〝この数で一斉に襲いかかれば殺《と》れる〟
そう判断したようだ。が、極弦化《きょくげんか》した綾香を相手に鬼たちはなすすべがなかった。
散乱した鬼の死体を背に、綾香は円陣の守りへと戻る。
「綾香ちゃんっ……よかった、よかった……っ」
嗚咽《おえつ》まじりに萌絵《もえ》が涙を拭う。綾香は微笑《ほほえ》んで頷《うなず》き、それに応えた。
(それにしても……)
固有スキル。
このタイミングで、習得するとは。縋《すが》るのをやめた――このタイミングで。
綾香は少し戸惑った。しかし、その戸惑いも一瞬で振り払う。
鬼たちだけではない。中型、さらに大型の魔物が迫っている。
今はひたすらに……殺す。仲間を守るための力なら、なんだって使う。
「…………」
固有スキルを発動させるには、スキル名の発音が必要だったはず。
細く息を吐き、呼吸を整える。

「【武装戦陣《シルバーワールド》】」

スキル名を口にすると——突然、綾香の前方に球体が現出した。

水銀のようにも見えるし、溶けた鉛のようにも映る。

宙に浮いた銀色の大きな球体。わずかだが、静かにその表面は波打っている。

「これは何……？　なん、なの？」

綾香はステータスを表示させ、素早くスキル項目を呼び出す。

スキル欄に【武装戦陣《シルバーワールド》】の情報が追加されていた。

スキル名の下に、何か記されている。


〜〜〜〜〜〜〜〜〜〜〜〜〜〜〜〜〜〜〜〜〜〜〜〜〜〜〜〜〜〜〜〜〜〜〜

【クリエイト】

〜〜〜〜〜〜〜〜〜〜〜〜〜〜〜〜〜〜〜〜〜〜〜〜〜〜〜〜〜〜〜〜〜〜〜


（クリエイト？　何かを、創造する……？　だけど、何をどうやって創造すれば……）

そうこうしているうちに、魔物たちが押し寄せてきた。

この近辺で生き残っているのは、もう綾香たちしかいないのかもしれない。

「ぐっ……」

固有スキルを覚えたはいいが、使い方がわからない。

が、今はのんびり試用している余裕はない。

一旦、極弦状態で周囲の魔物を駆逐し——道を開く。

綾香は立ち塞がる形で、両手を広げた大型の魔物目がけ大きく跳んだ。

ドスッ！

大型の魔物のこめかみに、深々と矛先を突き入れる。

すぐに【内爆ぜ《インナーボム》】によって、爆発を引き起こす。が、

「……ッ」

大型の魔物は、顔面の五分の一ほどを削り取られたのみ。

動きが、止まらない。

サイズ差——これが、ネックとなっている。先ほどの鬼のように、人より少し大きい程度ならやれる。しかしいくら極弦で人並み外れた動きが、できたとしても——

（巨大な魔物相手だと、サイズ差のせいでどうしても威力が足りない……ッ！　頭部を削っても、まだこんなに動けるなんて……ッ！）

大型の魔物が頭部を激しく揺すり、綾香を振り落とした。

綾香は着地し、すぐに再撃へと転じる。

極弦状態の足で地を蹴り、跳躍し、先ほど削《そ》いだ傷口に穂先を捻《ね》じ込もうとした。

が、そこで——円陣の一部が崩れかけているのに気づいた。しかも、近くの魔物を殺すため背を向けているカヤ子《こ》に、別の魔物が襲いかかろうと——

「だめ！　周防《すおう》さん、後ろっ！」

（！　だめだ……ッ）

声が、届いていない。

一匹の中型に手こずっているらしく、みんなの意識はその一匹に向いていた。

他の子も、自分に迫る魔物の処理で手一杯の様子。

今、綾香は宙にいる状態。この状態から駆けつけることはできない。

綾香は、手もとを一瞥《いちべつ》した。やるしか、ない。

手もとの槍を、投擲《とうてき》。

カヤ子に迫っていた魔物の後頭部に、綾香の放った豪速の槍が突き刺さった。

ここで、ようやくカヤ子は背後に迫っていた魔物に気づいた。

そして——綾香の状態にも、気づく。

「十河《そごう》、さん！」

武器がない。否——心もとないが、予備の武器なら一応ある。

腰の短剣に手を伸ばす。

と、顔を削られた大型の魔物の眼球が、ギョロッと綾香を捉えた。

同時に、魔物の腕が伸びてくる。綾香は躊躇なく、

「【刃備え《ブレードセット》】！」

魔素刃で強化した短剣を、魔物の目に突き入れた。

「ギャウ！」

魔物が悲鳴を上げて身体《からだ》を激しく揺らすと、綾香は中空へ放り出された。

宙に浮いた状態の綾香に、魔物が一斉に飛びかかってくる。

極弦状態とはいえ、空中では無防備でしかない。

短剣は魔物の目に突き刺さったまま――武器が、ない。

「お、おい二瓶《にへい》！　委員長が危ない！」「は、半分！　半分、委員長を助けにいけるか!?

うらぁあ！」「くっ、無理だ！　こっちは防御で、いっぱいいっぱいで！」

【刃備え《ブレードセット》】も【内爆ぜ《インナーボム》】も、武器がなくては発動できない。これはすでに、以前試してい
る。

せめて、武器があれば。

なんでもいい。槍でなくてもいい。剣でも、なんでも――

この手に、武器さえ、あれば。

「……？」

突然、流体金属のような球体が収縮し、剣の形をなした。

次の瞬間、その銀一色の剣が凄《すさ》まじい速度で飛んできて――

パシッ

綾香の手に、収まった。

何が起こったのか推測する間もなく――綾香は、中空で剣を振る。

無駄のない剣捌《さば》き。襲いかかってきた魔物が、切り刻まれていく。

着地する綾香。落下してきた魔物の死体が、その周囲に転がった。

手に収まった剣を見る。自分の手に、とてもフィットしている。

力を込め、柄《つか》を握る。

（クリエイト……〝創造〟……つまり、私の求めに応じて武器を生成する固有スキルということ……？）

綾香の背後で、彼女を振り落とした大型の魔物が攻撃態勢に入っていた。

極弦を強め、攻撃をかわす。円陣を一瞥――大丈夫。今は、崩れていない。

魔物の腕が地を叩《たた》き土煙が舞う中、綾香は、魔物の足に狙いを定める。

（頭部破壊がだめなら、せめて足を破壊できれば……ッ）

一撃で移動能力を奪えるかは不明だ。

【内爆ぜ《インナーボム》】の範囲や威力は武器のサイズに比例する。

ゆえに、大型の魔物に対しては効果が薄い。

他の魔物もいるため、一匹にあまり時間をかけるわけにもいかない。

だからこそ、少ない威力でも致命傷を与えられそうな頭部を先に狙ったのだが――

（今は頭部への攻撃を警戒してる。つまり今なら足への警戒は薄くなっているはず！　どうにか、上手《うま》くやれれば……ッ！）

跳ね上がった土を弾《はじ》きながら突進し、刃が魔物の足首に届く位置へ潜り込む。

裂帛《れっぱく》の気合いと共に、綾香は突きを放った。

が、その突きを放った直後に綾香を襲ったのは――驚愕《きょうがく》だった。

「――――え？」

「ギァアァうアァアあアあア！」

魔物の絶叫が、轟《とどろ》いた。巨大な魔物の足を貫いているのは、い、や、

巨大な刃。

その刃は、綾香の剣のものだ。そう、

「刃が――巨大化、した……？」

攻撃の瞬間、剣の刃が巨大化したのである。しかも、

（重さを、感じない……）

確かな、質量がある。

確かな、威力がある。

けれど――軽い。

綾香は試しに、そのまま逆袈裟《ぎゃくけさ》に剣を振り上げてみた。

ズバンッ！

斜めの軌跡そのままに、魔物が真っ二つになった――まさに、その大型の魔物を屠《ほふ》るのにぴったりなサイズの巨大な刃によって。

非現実感を引きずりながら、綾香は唾をのんで剣を眺める。

魔物を倒したからだろうか？　剣の刃は、元のサイズに戻っていた。

思考を巡らせる。

（これはつまり、相手のサイズに合わせて……武器が、自在に大きさを変える……？）

しかも、重量を感じさせず。

スキル使用者が求めた武器を与える能力。とすれば、

（創造……）

（もう一本、武器を……）

「私に――」

駆け出し、鋭く呟《つぶや》く。

「武器を」

右手の剣が、分裂した。新たに生まれ出《い》でたもう一本の剣が、左手に収まる。

そして綾香が円陣に辿《たど》り着くと——始まったのは、一方的な殺戮《さつりく》。

渦巻く魔物の悲鳴。

静かながらも鬼気迫る形相をした綾香は——殺戮し、殺戮し、殺戮する。

手もとの武器は状況に応じてその姿を様々に変化させていく。

時に剣、時に槍《やり》、時に斧《おの》、時に鎌——

そのすべてを、十河綾香は流れるように使いこなしていた。

鬼槍流《きそうりゅう》は元来、戦場《せんじょう》での実戦を想定した流派である。

槍が中心だが、戦場で敵や味方が使っていた武器も当然〝勘定〟に入る。

落ち武者狩りの使っていた竹槍や鎖鎌すら、使用武器として想定していた。

ひいては徒手空拳の状態や、戦場の違いによる戦い方の変化まで……。

そう。鬼槍流はその行き着く果てに——武芸百般に至る。

綾香の周囲を、宙に浮かぶ銀の武器が彩る。彼女は次に使う武器を前もって宙に生成していた。時にその武器は投擲され、再び手もとに戻ってくる。

が、投擲され戻ってくる間にも他の武器を手に取り、それで他の魔物を切り刻む。

極弦による超速を得た綾香には、もはやどの魔物もついてくることができない。

変幻自在なる銀光煌めく世界《シルバーワールド》。

S級とされたその勇者はこの戦場《いくさば》にて、銀光を纏《まと》う極弦の鬼神と化した。

「はぁっ……はぁっ……！」

どのくらい、殺しただろうか。

行く手を阻んでいた魔物を狩り尽くした綾香《あやか》たちは今、北門を目指していた。

（ベインさん……）

肩越しに南壁の方角を見る。

遠くから聞こえる奇声の感じからして、おそらく魔物で溢《あふ》れ返っている。

綾香の固有スキルは強力だが、弱点もあった。多すぎる敵には、弱い。

【武装戦陣《シルバーワールド》】の武器は〝対象のサイズ〟に合わせてその大きさを変える。

巨大な剣を手にしても、その巨剣サイズは常に維持できない。次の対象が小型ならそれに合わせたサイズとなる――つまり、小さくなってしまう。

大型を倒す際に近場の魔物を多少巻き込める時もあるが、ずっと巨大武器の状態では戦えない。大型の魔物が死ねば、大型武器はその場に存在できないのだ。

さらに固有武器は、綾香から離れるほど弱体化していくらしい。攻撃力や強度が落ちるのだ。

槍を生成して投擲を試したところ、効果範囲があるのも判明した。

ある程度の距離まで飛んで行ったところで、槍は綾香の方へ戻ってきた。

そしてそのまま他の武器と再融合した。

逆に、綾香と距離が近い時の固有武器の攻撃性能は凄まじい。近距離なら現在、どんな魔物もほぼひと振りで殺せている。切れなかった魔物や貫けなかった魔物はいない。

超近距離特化型の固有スキルと言えるかもしれない。

そして極弦《きよくげん》によるスピードがなければ、ここまで大量の敵を殺せてはいまい。

が、その極弦も確実に身体への負荷を蓄積させている。

固有スキルにしてもＭＰが尽きれば使えなくなるだろう。事実、使用中はＭＰがぐんぐん減っていた。なので今、固有スキルは解除している。

このような状態で南壁へ向かう選択肢は取れない。綾香の戦闘スタイルは、大群相手だと真価を発揮できない。さっき以上の数の魔物に襲われたなら、自分はともかく――

（みんなまで、守り切れる自信はない）

ならば今はまず北門の外にいる各国の軍と合流すべきだ。

軍勢ＶＳ軍勢なら勝ち目はあるはず。

駆けながら、唇を噛《か》む。何より、

（もしかしたらベインさんは、もう――）

自分を抑え込むように、眉根を寄せる。

いや、考えるな。わかっていても、今、それを考えてはだめだ。

その時、

「あれは……ギーラさん!?」

馬に乗って近づいてくるのは、城主のギーラ・ハイトだった。

憤怒面が空から降ってきて大混乱が起こった後、所在が不明だった。護衛の姿は見えないものの、生き残ったらしい。確か彼は勇血《ゆうけつ》の一族だと聞いている。精神面はともかく、それなりの実力は持っているのだろう。綾香は駆け寄った。

「ギーラさん、無事だったんですねっ」

見ると、ギーラは腹を手でおさえていた。

「あ、まさか傷を――」

ギーラの身体が、傾《かし》ぐ。

ドチャッ
「うっ」

馬から転げ落ちた彼の背には、数本の突起物が刺さっていた。魔物の爪や角だろうか。

しかもよく見ると、腹部にも傷を負っていた。内臓が……飛び出している。

彼は、死んでいた。

今、死んだのか。すでに、死んでいたのか。それはわからなかった。

「い、委員長……」

二瓶《にへい》が、青ざめた顔で綾香を窺《うかが》った。

「くっ……行きましょう、みんな……」

誰か、生き残っているのだろうか？

綾香たちは、建物の陰から飛び出してくる魔物を殺しながら、北門を目指した。

すると、

「戦、ってる……？」

北門の近くで、戦闘が行われていた。

押されている感じだが、人間側の防御陣形もどうにか踏ん張っている。

「みんな、加勢を！」

綾香が駆け出すと、二瓶たちも呼びかけに応えて続く。

そのまま綾香たちは突撃した。一部の魔物の群れはこれによって挟撃される形となった。

結果、綾香たちはその魔物たちをほぼ無傷で駆逐し、防御陣形を取る集団に合流できた。

「イイン、チョ……？」

「室田《むろた》さん！　無事だったのね！」

戦っていた味方は、残存兵と桐原《きりはら》グループの勇者たちだった。

綾香は急いで指示を出し、カヤ子《こ》たちに防御陣形を取ってもらう。

「周防《すおう》さん、二瓶君、ここはお願い！　私はこのまま、他の兵士さんたちの援護に回るわ！」

【武装戦陣《シルバーワールド》】を発動させ、綾香はまだ魔物と戦っている集団に加勢した。

綾香の参戦により、この場の形勢は一転した。

やがて、北門近くに集まっていた魔物たちはあらかた一掃された。

驚く兵士たちを背に綾香は室田のところへ戻る。

小山田《おやまだ》に次ぐ桐原グループのまとめ役だった室田絵里衣《えりい》が、綾香を見てぽかんとする。

「あんた……イインチョ、だよね？」

「え？　そ、そうだけど」

「いや、だよね……イインチョ、だよな……いやなんか、別人みたいっつーか……」

「とにかくみんな、無事でよかった……」

綾香はホッとした——が、室田が沈痛な面持ちで黙りこくっている。

「室田、さん？」

「違う……みんな無事じゃない。幾美《いくみ》が、死んだ」

「え？　苅谷《かりや》、さん……？」

（そういえば——）

よく見れば苅谷幾美の姿がない。彼女も、桐原グループの一人だった。

室田が身体《からだ》をかき抱き、ガチガチと歯を鳴らした。

「い、幾美……逃げる途中で見たら魔物に、ちょっと顔食われてて……助けを求めてたけど、あたしら怖くて逃げた……見捨てて、逃げた……」

「そん、な……」

四人目の死亡者。

室田の唇は薄い笑みを形作っていた。が、その瞳は深い洞穴みたいに暗く虚《うつ》ろだった。

「幾美、さ……半分くらいもう顔が、なくて……でも――助けて、ってなんか口が動いて……はは……なに、アレ……やっぱ、現実だったんかな？」

血が滲《にじ》むほど、綾香は強く唇を噛む。

それから重くのしかかる無念さを抑えつつ、室田の両肩を摑《つか》んだ。

「――しっかりして、室田さん。今、Ｂ級勇者が揃《そろ》ってる桐原君のグループの力が必要なの。お願い、力になって」

「……あれ？　てか……翔吾《しょうご》、は？　なんか、手足のお化けが空から降ってきた後……叫び声が、聞こえた気がして……」

「お、小山田君は……」

綾香は悲痛な表情を浮かべ、事情をサッと説明した。

「は、はは……え？　何？　翔吾も安《やす》も、死んだわけ？　竜殺し《ドラゴンスレイヤー》も他の四恭聖《しきょうせい》も、みんな死んだん？　何それ……マジ、ウケる」

完全に生気の削《そ》げ落ちた〝ウケる〟だった。

「ふ、二人ともまだ死んだとは限らないわ！　ベインさんや、ホワイトさんだって……ッ」

死んだところを見たわけではない――確認は、していない。

「まだ、生きてるかもしれない！　室田さんだって、こうして生き残ってる！」

「……あたしらが生き残れたの、アギトさんのおかげだし」

「アギト、さん？　そういえば、アギトさんは――」

綾香は彼の姿を捜した。が、見当たらない。

「騎兵隊の人ら連れて、あのでっかい手足お化けを引き連れてったよ……今どこにいるかは、わかんねーけど。つーかさ……アギトさんがあたしら守りながら、ここまで連れて来てくれたんだよね……」

(じゃあ……アビスさんを食べたあの人面種《じんめんしゅ》が、私たちから離れるきっかけになった攻撃術式も、遠くで戦ってた誰かも――)

アギト・アングーンだったのか。

そして、今は自らが囮《おとり》となって憤怒面と共にここを離れた。

「そのアギトさんも、生きてるのかどうかわかんねーし……あたしらさ……ここで終わるんかな、イインチョ？　もう、だめっぽい？」

「ねぇ、どうして――」

「？」

「どうして、北門の外に出ていないの？」

外に出れば、野営していた各国の軍と合流できるはずだ。

力なく、室田が親指で北門を示す。その時、
ドォン！

門が内側に大きく揺れ、軋《きし》んだ悲鳴を上げた。

破城《はじょう》槌《つい》か何かで、外から門をぶち破ろうとしているのだ。

耳を澄ませば、門の外にたくさんの魔物がひしめいているのがわかった。

「そういうこと……門の外にも、魔物がいるんだよ……」

「え？　だって、門の外には――」

各国の軍が、いるはず。

「わかんね……やられちゃったんじゃね？」

いや、違う。やられては、いない。

よく聴けば門の外――城壁の外から、声が聞こえてくる。

北門からは、やや遠いが……。

そう、戦っている声だ。

北門近くに大量の魔物がいるのは確かだろう。が、まだ外で人間たちが戦っている。

綾香は北門を見た。

門の外に集まっている群れを一掃できれば——突破、できれば。

合流できる。

汗ばむ手を、ぎゅっと握る。

むしろこちらから門を開放し、自分が先頭に立って奇襲による突破を試みれば——

「イインチョ」

力なく、室田が言った。

「……もう、終わったみたい」

死んだような室田の目は、北門とは真逆の方角を向いている。

萌絵《もえ》の声が、続く。

「綾香、ちゃん……〝あれ〟が……あの人面種が、、、、、」

振り向くと——巨大な影が、南壁の方角から迫ってきていた。

「ミょージ……ミょージ……ミょージ……」

「バぁァあアあアぃィいイぃ————ッ！」

「ゴャイ……にァいィぃイいイい！」

三匹の、人面種。

「あ――――」

人型の上半身で形成された球体型人面種には、竜殺しの巨剣が突き刺さっている。巨顔を持つ四足歩行の人面種の頭部は、ひしゃげ、潰れている。そして、最後に現れた三匹目の人面種は足を失い、二本の腕だけで、凄《すさ》まじい勢いで這《は》いずって移動していた。

「ベイン、さん」

三者三様の激戦の爪跡。三匹の人面種を相手取り、ベインウルフが奮戦したのがわかった。決死の覚悟で、戦ったのだろう。

けれどあの三匹が南壁を離れ、こうしてこちらへ狙いを定めたということは――

「…………」

巨剣の刺さった人面種が動きを見せた。

球体を覆い尽くす人型の上半身が、何かを、一斉に放り投げてきた。

「ミョージ……ミョージ……」

ボールのような物体が大量に飛来する。

盾を持つ者や防御スキルを持つ者は、空からのその落下物から身を守ろうとした。

が、空から落ちてくる〝それら〟は大した攻撃力を有していなかった。

勇者の一人が、短い悲鳴を上げる。

人面種の投げたものは——人の、頭部。

地面に転がる頭部の中に〝あるもの〟を見つけた綾香《あやか》は、表情を歪《ゆが》め、歯嚙《はが》みした。

「ホワイト、さん——ッ」

四恭聖の次女、ホワイト・アングーンの頭部がまじっていた。

彼女の頭部には……眼球が、なかった。

綾香は、細く、息を吐く。そして、

「室田さん」

「イイン、チョ？」

「諦めるなら——」

綾香は槍《やり》を握り直し、歩き出す。

「私が、死んでからにして」

カヤ子が唾をのむ。

「十河《そごう》さん、まさか」

「みんなはここで防御を固めて。あの三匹は……私が、やる」

射殺さんばかりに南の方角を睨《にら》みつける綾香の頰を、一筋の水分が伝った。

彼のおかげで、ここまで逃げられた。

みんなを、逃がすことができた。

「あなたの作ってくれた道……絶対に、無駄にはしません」

その身を再び――極ノ弦へ。

手負いとはいえ、相手はあの人面種。けれど、

「【武装戦陣《シルバーワールド》】」

(私は、絶対――)

最後まで、諦めない。

諦めるつもりなど、毛頭ない。

両手に――固有剣を生成。

すべてが終わった後ならこの身が壊れてもいい。

今はみんなに見せなくては。

そう、

「希望は、ここにあると」

両手の剣を構え、十河綾香は力強く地を蹴った。


絶叫が、辺りに響き渡る。

「──これで、最後《ラスト》」

綾香は刃を下方へ突き刺す。

凍りついた声が、死の宣告と同義なる技名を紡ぐ。

「【内爆《とどめ》ぜ】」

人面種の内部から爆発が巻き起こる。

肉が爆《は》ぜ、宙へ、地へと、肉片が派手に撒《ま》き散った。

地面に横たわった人面種。頭部だけが、かろうじてその原形をとどめている。

舌の飛び出た大口からは、人面種特有の青い血が流れ出ていた。

頭部の背後には、先んじて餌食となった二匹の死骸がひっくり返っている。

先に死へと至ったその二匹も、ほぼ原形を喪失していた。

「じ、人面種を……三匹も相手にして……ありえ、ない……」

兵士の一人が、慄《おのの》きを伴って呟《つぶや》いた。

「な、なんなんだあの速さは……それに、あの自在に生まれ出る武器と戦い方は……」

「あれが異界の勇者……S級勇者、なのか……」

彼らの声には畏怖すら宿っていた。

人面種の死に顔の上で、綾香は、荒い息を吐く。

「はぁっ……はぁっ……」

〜〜〜〜〜〜〜〜〜〜〜〜〜〜〜〜〜〜〜〜〜〜〜〜〜〜〜〜〜〜〜〜〜〜〜〜〜〜〜

【レベルが上がりました】

〜〜〜〜〜〜〜〜〜〜〜〜〜〜〜〜〜〜〜〜〜〜〜〜〜〜〜〜〜〜〜〜〜〜〜〜〜〜〜

綾香は、左腕の傷口を押さえた。

(無傷で、とはいかなかった)

いや、相手はあの人面種だったのだ。

この程度の負傷で済んだのは、むしろ幸運と言えるかもしれない。

相手が手負いだったのも幸いした。そう、すでにベインウルフがかなりのダメージを負わせていた。だからこそ、三匹相手でもどうにかやれたのだろう。

綾香は感謝を胸に、ベインウルフに想《おも》いを馳《は》せ——

「……、————」

違和感。

「……？」

綾香は、ゆっくりと、振り返った。

魔物の波。

ついに、と言うべきか。
南壁にとどまっていた魔物の大群が、大挙して押し寄せてきていた。
先鋒《せんぽう》を切ったのが――先ほどの三匹の人面種《じんめんしゅ》だった、というわけか。
さらに別の方角から、巨大な破壊音が轟《とどろ》いた。
轟音《ごうおん》につられ、そちらへ首を巡らせる。頬を伝った汗が、あご先から地面に落ちた。
「はぁっ、はぁっ――はぁ……ッ」
自分の呼吸音が、やけに、大きく聞こえる。
嫌な予感を抱いた綾香の瞳が捉えたのは――
破壊された北門から雪崩《なだ》れ込んでくる、オーガ兵たちの姿だった。

◇【三森灯河】◇

俺たちは順調に魔物を蹴散らしながら北方魔群帯を進んでいた。のだが、

「今の、悲鳴のような声——」

それは、突然に起こった。

地が震え、魔物たちが大移動を始めたのだ。

セラスが俺を見る。

「トーカ殿、これは……ッ」

周囲の状況に視線を走らせながら、頷《うなず》く。

「ああ」

似ている、いや、

「ピギ丸」

判断は、迷わなかった。

ピギ丸との融合——合体技。

——ミシッ——

太いタコ足を思わせる大量の触手が形成され、宙に蠢《うごめ》く。

強化の影響だろうか。ピギ丸の触手は、その太さを増していた。

ドバァ！

俺の後背から触手が、放射状に広がった。

夥《おびただ》しい数の魔物が前後左右の茂みから飛び出してくる。

この数。さっきの声で、点在する地下遺跡から出てきた可能性も高い。

そして当然、

「目についた俺たちを、狙ってくるわけだ」

長さ、太さ、本数を変化させる。そして、三百六十度に触手を放つ。

「キしィあッ――」

「――【パラライズ《麻痺性付与》】」

「う、ゲ……え」

触手の先端から及ぶ射程内。

そこに入っていた魔物たちを麻痺《まひ》させ、置き去りにする。

射程的に間に合う魔物に【バーサク《暴性付与》】をかけ――コンボで、処理。

走行中のため、麻痺状態の魔物すべてを範囲内に収めるのは難しい。

髪を風になびかせながら、後方で墳血死する魔物たちを見やる。

「……あの口寄せが、どこかで発動しやがったらしいな」

感じからして、音はかなり遠かった。

が、確かに〝あの絶叫〟と似ていた。そして、魔物たちは揃《そろ》って北を目指している。

口寄せは北の方角で発動したようだ。

小型の魔物を剣で斬り伏せたイヴが、タイミングの悪さを呪った。

「よりによって、こんな時に……ッ」

その時、戦車目がけて一羽《わ》の白い鳥が近づいてきた。セラスが弓を構える。

「待て」

俺は制止した。金眼《きんがん》ではない。何より、

「あの鳥から、何か言葉が――」

『手短に、伝えるわよ』

セラスと目を見合わせる。

「エリカか」

この鳥は彼女の使い魔のようだ。

使い魔が俺の肩に乗る。

迎撃のおかげか、今、襲いくる魔物の勢いはやや鈍っていた。が、まだ離れた場所では大量の魔物が移動している。近辺の魔物もまだゼロになったわけではない。

戦闘態勢は継続したまま、先を促す。

「話してくれ」

『ここからもう少し北へ進むと、魔防《まぼう》の白城《はくじょう》があるのは知ってるわね？』

その城の位置はすでに魔女の棲《す》み家《か》で確認済みだ。

対魔群帯用の城とのことだったが。

『そこが今、大魔帝《たいまてい》の軍勢と魔群帯の魔物から襲撃を受けてるの』

「そこを避けて、ルート変更しろって話か？」

『逆よ』

「逆？」

『さっき魔防の白城周辺で確認できた軍旗は、アライオン王国とバクオス帝国、そして
――』

使い魔の瞳が、セラスを捉える。

『ネーア聖国』

「！」

セラスに動揺が走った。

『ネーアの軍を率いているのはおそらく、カトレア・シュトラミウス』

例の姫さまか。

「……アライオンの軍もいるんだよな？　ヴィシスはいるのか？」

『使い魔の耳を通して得た情報だと――ヴィシスと、キリハラというS級勇者が一時的に

離脱して東へ向かったみたい』

桐原《きりはら》はともかくクソ女神が不在か。対抗手段のない現状では朗報と言える。

「他は？」

『悪いけど他にどんな勇者がいるかまでは、わからなかった』

「……そうか。いずれにせよ、行く以外の選択肢はねぇけどな……だろ、セラス」

「はい」

迷いなく、頷くセラス。

「お願いいたします」

『気をつけて』

エリカが忠告を発する。

『きみたちを捜す前に観察した感じ、大魔帝の軍勢にはおそらく側近級がまじってる。しかも城が、北方魔群帯の魔物とその軍勢に挟まれる形になってる。中にはおそらく、人面種も』

……口寄せの発動は、大魔帝側が仕組んだかもな。

俺やエリカの理論通りなら根源なる邪悪は人面種を直接生み出せない。

人面種は強力な魔物。

なら、すでに存在する人面種を利用しようと大魔帝が考えても不思議ではない。

『人面種もだけど、側近級もまずいわ』

「強いのか？」

『根源なる邪悪に次ぐ強さを持つ幹部と考えればいい。なんていうか――大魔帝側のこの動き、もうこの一戦で決めにきているようにすら思えるわね』

　勇者を含め城にいる人間側の戦力が把握できない以上、楽観視はできない。

『トーカ――このエリカが与えた武器は、遠慮なく使ってちょうだい。説明した通り耐久性無視の試作品ばかりだから使い切りみたいなものだけど、威力は保証するわ。この魔戦《ません》車《しゃ》も後のことは考えなくていいから存分にやっちゃって――とにかく急いで、北の城へ』

「エリカ」

　言って、使い魔をなでる。

「よく、伝えてくれた」

　使い魔が頷いたように見えた。

　それから使い魔は俺の肩から飛び立ち、離れていった。

　使い魔を通しての会話はかなり消耗する。エリカはそう言っていた。

　一日ちょっとは動けなくなるほど消耗する、とも。

「消耗の話から考えると、ここから先はしばらくエリカの使い魔に頼れない。つまり当面、リアルタイムの情報はもう手に入らない」

　セラスが、感謝の念を表情に浮かべる。

「ですが、今の情報がなければ……」

「ああ。魔物どもが向かってる魔防の白城へのルートを変更して別ルートを取ってたかもしれない。エリカには感謝すべきだな。さて――」

　会話の間に状態異常スキルを挟んで魔物を潰しながら、呼びかける。

「セラス、イヴ」

　すでに戦闘態勢に戻っている二人が、返事をする。

「はい」

「うむ」

「最悪、姫さまの救援にはおまえたち不在で駆けつけるパターンもありうる」

　魔戦車の壁に備えられていた槍《やり》を手にし、イヴが跳ぶ。器用に俺の隣に着地すると、槍を差し出してきた。俺は水晶体の嵌《は》め込まれたその槍を掴《つか》み、魔素を送る。

「我らが脱落した場合は、魔女のところへ送り返す――念を押さずともわかっている」

「特におまえは絶対死なせられない。少しでも命の危険があると判断したら、その時点でリズのもとへ送り返す。いいな？」

　イヴが、グルゥ、と低く笑いを漏らす。

「承知」

言って、先端の光る槍をイヴが投擲《とうてき》した。

並走気味に近づいてきていた大型の魔物に穂先が突き刺さる。刹那——

ボワッ！

青白い炎が発生し、魔物が火に包まれた。魔物は絶叫し、火だるま状態で体当たりしてこようとする。しかし途中で力尽き、その魔物は後方へ置き去りにされた。

「うむ。大型の魔物であっても、この魔戦車に積んできた魔女手製の武器があれば我でも戦えそうだ」

「俺自身も状態異常スキルも万能じゃない。すり抜けはありうる——だからこれまで通り、そういう魔物は任せる」

「安心しろ」

イヴがエメラルドの瞳で俺を一瞥《いちべつ》し、耳をピクピクと震わせた。

「そのすり抜けを見逃さぬための、この眼《め》と耳だ」

俺は口の端を吊《つ》り上げ、フン、と鼻を鳴らした。

魔戦車の砲塔に、手をかける。

砲身の向きを変え、組み込まれた水晶に魔素を送り込む。砲身の先端が、青白く明滅する。その直後——青白いレーザーが放たれ、迫ってきていた遠くの魔物を穿《うが》った。

魔物は血を後方に巻き上げ、そのまま横転した。

「向こうに到着してからの武器もある程度は残しておかないとだが——今は、ここを乗り切るのが先決だ」

現状、大移動中の魔物に包囲されている状態に等しい。

この群れを蹴散らしつつも、なるべく早く魔防の白城に到着しなくてはならない。

セラスが、精式霊装《せいしきれいそう》を展開する。彼女は戦車の上から跳び、氷刃の斬撃にて魔物を一刀にて斬り伏せた。と、セラスが宙に投げ出される。

「しまっ——」

俺は触手を伸ばし、セラスに巻きつかせた。そして、中空に投げ出された状態のセラスを引っぱり上げる。彼女が再び、戦車の上へ戻ってくる。

「も、申し訳ありません……っ」

「気にするな。ただ、焦りは禁物だな。ま、気持ちはわかるが」

立ち上がって戦闘態勢を取るも、セラスの表情は曇っていた。

焦慮に囚《とら》われている。

まあ、無理もない。

今まさにカトレア姫が命の危機に晒《さら》されているかもしれないのだ。

平常心を保てと言う方が難しいだろう。

が、これぱかりはどうにもならない。

使い魔を通して現地の状況を知ることはもうできない。

今、魔防の白城付近にいる連中がどれだけ持ちこたえられるか——それを知るすべもない。もちろん、敵を倒してしまえる戦力がいるに越したことはないが……。

「…………」

触手を広範に再展開し、俺は状態異常スキルを放った。


どのくらい、経《た》っただろうか。

そして——どれくらい、殺しただろうか。

魔戦車は速度を維持——否、速度を上げながら突き進む。

魔物の死肉を積み上げ、撒《ま》き散らし、ここまで走ってきた。

後方を見やれば、そこには死骸の道が築かれている。

中には人面種《じんめんしゅ》もまじっていた。

魔物たちは同類の死体を乗り越え、絶え間なく追走してきた。

そのことごとくを、俺たちはぶっ潰した。

今や魔戦車も所々破壊されている。

セラスとイヴにも疲れがチラついていた。

ピギ丸との合体技も現在は解除されている。

MPが尽きるより先にピギ丸の方がまいってしまったためだ。それも仕方ない。

殺して、殺して、殺した。

この殺戮《さつりく》の道を築くのは生半可ではなかった。

常時と言っていいほど、北方に巣食う魔物どもが襲ってきた。

手持ちの状態異常スキルを駆使し、時には【スロウ《遅性付与》】も駆使した。

おかげで、どうにか脱落者を出さずここまで来たが――

「はぁ、はぁ……ッ！　トーカ殿、大丈夫ですかっ？　しばらく私とイヴに任せて、せめて少しだけでも休息を……っ」

MPを消費して魔素を生み出し続ければ当然、負荷も続く。

増大していく。

ピギ丸もそうだが、俺の身体《からだ》の方も悲鳴を上げ始めている。が、

「大したこたぁないさ。レベルアップとステータス補正がある勇者だからこそ、普通のハイエルフや豹人《ひょうじん》より無茶も利く」

まあ、疲れていないわけではない。合体状態を維持しつつの三百六十度全面戦はさすがに応えた。が、ここで疲労を悟らせるわけにはいかない。

無茶が利くのは事実――嘘《うそ》ではない。

大したことがないのも事実――廃棄遺跡の頃に、比べれば。

どちらもセラスが見破れる〝嘘〟ではない。彼女の嘘を見抜く能力は、裏を返せば騙《だま》しにも使える。嘘でないとさえ示せればセラスは〝信じる〟しかない。

「それよりも、間に合うかどうかだ」

セラスはその白い細面に深刻な影を落とした。それから彼女は、ジッと北を見据えた。

軽傷を負った腕に包帯を巻いているイヴが、後方を見やる。

「魔物の猛攻はひとまず一段落したようだが」

そう――今のところ近くに魔物の気配はない。

この辺りから俺たちの方へ移動してきた魔物を、大方殺したからか。あるいは、

「この辺りにいた魔物はすべて、魔防の白城へ行っちまったか」

もしそうなら、

「魔防《まぼう》の白城《はくじょう》が近いとも、考えられる」

にしても、あの尋常とは言い難い魔物の数……。

金棲魔群帯《こんせいまぐんたい》には想像以上に魔物がいるようだ。おそらく地下遺跡に潜む魔物が相当数いる。もし、そいつらがすべて地上に出てくるなんて事態になったら――

「…………」

想像したくもねぇな。

俺は、蠅王《はえおう》のマスクを取り出した。

「おまえたちもそろそろ姿を変える準備をしておけ。イヴは一応腕輪を使って人間状態になっておいた方がいい」

「トーカ、聞いてよいか？」

「ん？」

「元々の計画だと、我らはマグナル王国の王都に入り、そこで南軍へ参加する傭兵《ようへい》に紛れ込む予定だったはずだ。しかし魔群帯の中から現れて参戦となると――傭兵で通るか？

それにだ、エリカ手製の魔導具も問題かもしれぬが……状態異常スキルの使用によってそなたが異界の勇者と露見するのは、まずくないのか？　そなたは、正体を隠したがっているみたいだが」

「……鋭いところは妙に鋭いよな、イヴは」

傭兵としてこっそり紛れ込み暗躍する案は、ご破算になったと考えていい。

そして女神不在とはいえ、謎の力で魔物を蹴散らせば嫌でも目立つ。

その謎の力の話が女神の耳に入れば、俺の生存説へ行き着く可能性がある。

いくら外見を隠そうと俺のスキルだけは使えばお披露目となってしまう。

スキルなしで勝てるほど敵も甘くはあるまい。

となると――何か〝隠れ蓑《みの》〟を用意する必要が出てくる。

「要は、ごまかしが効けばいいわけだ。まあ、即席感はぬぐえない苦肉の策だが……一応、俺なりに対策は考えてある」

手もとの蠅王のマスクへ視線を落とす。

「亡霊に、ご登場願おうと思ってな」

「亡霊、だと？」

「ああ。ただ……今はそれよりも、俺たちが到着するまでネーアの姫さまが無事でいてくれてることを祈らないとな」

俺はマスクを被《かぶ》りながら、前へ進み出る。

「そう……まず、姫さまが無事でいてくれなきゃ意味がない。きついかもしれないが、あともう少し——持ちこたえてくれ、スレイ」

返事めいて吠《ほ》え猛《たけ》ると、汗まみれのスレイはさらにその速度を上げた。

もし俺たちが到着した時すべてが片づいているなら、それはそれでいい。

が、リアルタイムな情報が得られない以上、最悪の事態を想定しつつ急ぐべきだ。

あとはもう、

「現地にいる連中がどれだけやれるかに、賭けるしかない」

◇【十河綾香】◇

北門から溢《あふ》れ出たオーガ兵たち。

南の魔物との挟撃に浮き足立つ味方たち。

綾香《あやか》が、咄嗟《とっさ》の判断を迫られた時だった。

「この程度のオーガ兵など我がネーアの敵にあらず！　蹴散らしなさい！」

凜烈《りんれつ》な声が、高らかと響いた。

号令のあとに続くは白き鎧《よろい》の騎兵隊。

オーガ兵の背後から雪崩《なだ》れ込んできたのは、ネーアの聖騎士たちであった。

背後を突かれる形となったオーガ兵が勢いよく斬り伏せられていく。

騎兵隊の先頭集団には、ひと際豪奢《ごうしゃ》な鎧を着た女がいた。

カトレア・シュトラミウスである。

「ね、ネーアの姫君だ！」

生存している兵の一人がカトレアを指差す。

「いましたわね、異界の勇者！」

綾香へ向けて剣先を突き出すカトレア。

「南から迫る群れは一旦わたくしたちが任されますわ！　邪王素《じゃおうそ》の影響を受けないあなた

方は、オーガ兵を！」

——そうだ。

オーガ兵は大魔《たいま》帝《てい》の軍勢。

この世界の人々を少なからず弱体化させる謎の力——邪王素を有している。

ただし、こちらにはその影響を受けない者たちがいる。

自分たち——異界の勇者だ。

白き鎧の騎兵隊は綾香たちを通り過ぎ、南から迫る魔物たちへ突撃していく。

過去の根源なる邪悪から生まれた金眼《きんがん》なら邪王素を持たない。ならば、

(カトレアさんたちも弱体化なしに戦える)

綾香は騎兵隊とすれ違いながら、北門目指して駆けた。

槍《やり》を手に、隊列の崩れたオーガ兵たち目がけて突進する。

「2-Cの勇者は私に続いて！　私たち勇者は邪王素の影響を受けないから、オーガ兵相手でも一切弱体化なく戦えるわ！」

二《に》瓶《へい》が気炎を吐き、続く。カヤ子《こ》も皆に指示を出しつつ、やや遅れて動き出した。

と、竜声が空をつんざいた。黒竜たちが猛りながら北門を飛び越えてくる。

「黒竜騎士団！」

先頭の黒竜には、ガスと呼ばれていた若き黒騎士が乗っていた。確か三竜士《さんりゅうし》の一人だ。

「皆の者、異界の勇者たちを援護するぞ！　私に続け！」

魔導具を手にしたガスは声を上げたあと、上空から魔術を放った。

ネーアの聖騎士たちの遥《はる》か向こうの群れの一角が、火球で燃え上がる。

「援軍だ！　みんなっ……お、おれたちも行くぞ！」

自らを奮い立たせ、二瓶たちも戦闘に突入していく。

放心気味に一連の光景を眺めていた室田《むろた》が、呟《つぶや》いた。

「なんなわけ、あいつら……低ランクのくせしてはりきりすぎ。綾香もなんか、ヒーローみたくなってるしっ……」

「室田さん！」

綾香は呼びかける。

「生きるために、戦って！　そしてできれば今あなたたちの力を貸して！　今、過去のことはどうでもいい！」

魔素刃でオーガ兵をなぎ払いながら、綾香は願う。

「今のために、戦って！」

「……くそ。異世界にきてからナニ格段にイインチョっぽくなってんだよ——くっそ！　やればいいんだろ、やれば！　死んでたまるか……い、幾美《いくみ》みたいに……死んでたまるかぁぁあああ！」

やけっぱち感は否めないが、とにかく室田も奮起を見せる。

室田を見て他の桐原《きりはら》グループも腹を括《くく》ったらしい。彼らも、二瓶たちに続く。

「おれたちよりランクの低いあいつらが戦えてるんだ！　だ、だったらおれたち上位勇者がやれないわけねぇだろ！　覚悟を決めて、やるしかねぇ！」「い、いざとなれば人面種《じんめんしゅ》殺しのイインチョがいるし!?」「い、行くぞ！」

彼らの背を見ながら、綾香は内心独りごちた。

（私の戦う姿で――人面種を倒したことで、みんなに希望を見せられた。そう、思いたい……）

戦場でのレベルアップもあってか、勇者たちは思いのほか善戦を見せている。

邪王素の影響を受けないのもあるのだろうか？

門から入ってきたオーガ兵たちの数がみるみる減っていく。

何より――止《や》まぬ綾香の猛撃を前に、オーガ兵たちにはなすすべがなかった。

そしてオーガ兵の勢いが止まった頃、カトレアと一部の聖騎士が引き返してきた。

魔物はまだ残存しているが、魔の濁流はひとまず押しとどめられている。

ちなみに見る感じ、ネーア軍とバクオス軍は連係が取れていない。

両国の関係を考えれば仕方がないのかもしれないが……。

それでも、集団での動きは綾香たちの何倍も洗練されている。

中型や大型の魔物にもしっかり対応していた。

「アヤカ・ソゴウ」

馬上のカトレアが声をかけてきた。

「は、はいっ」

壁内の惨状へ視線を転ずるカトレア。

「まさか、こちらがここまでひどい有様になっているとは思いませんでしたわ」

綾香はかいつまんで経緯を説明した。

カトレアは深刻そうに、形のよいあごへ純白の手甲をあてた。

「四恭聖《しきようせい》が、長男を除き全滅――三竜士のバッハ殿に、ギーラ殿も戦死ですか。しかし、まさかあの〝灼腕《しやくわん》〟アビス・アングーンがやられるとは……しかも、長男と竜殺し《ドラゴンスレイヤー》は生死不明……」

「あの、壁の外の方では何が？」

壁外へ視線を転ずるカトレア。

「大魔帝軍による奇襲を受けました。数の面ではわたくしたちが圧倒的に優位ですが、中にやたら強い側近級がまじっていて、それが手に負えません」

「側近、級――」

根源なる邪悪の強力な配下の呼称。以前、そう説明を受けた。

「敵の南侵軍は動きがとても鈍く、わたくしたちの目的地であるマグナル王都へ到達するにしても、まだまだ日にちの余裕はあったはずでした。しかし鈍足な方の南侵軍はどうやら目くらましだったようです。ともすれば、南侵軍の本命はわたくしたちだったのかもしれませんわ」

王都にて待つマグナル軍との合流。

その合流前に、敵はこの南軍の半分を削る策を弄してきたのか。

もしくは——本命の女神を、ここで殺《と》るつもりだったのか。

真の狙いはわからない。が、

「……見事、してやられたわけですね」

睫毛《まつげ》を伏せ、息をつくカトレア。

「ええ、やられましたわ」

「あの、今の壁外の状況は……」

「今はポラリー公とワルター殿が指揮を執り、兵をまとめてなんとか踏ん張っていますわ。ですが側近級だけはどうにもなりません。数で圧倒していても——あれは、数でどうこうできる相手とは思えません。わたくしたちがこちらへ来た意味……わかりますわね？」

「邪王素の影響を受けない勇者が、相手をするしかない……」

「その通り。頼みましたわよ、勇者アヤカ」

ちなみに会話中、カトレアの視線はあるものに釘付《くぎづ》けになっていた。

綾香が殺した人面種の死骸にである。

カトレアの瞳には驚きにまじって、希望の光が灯《とも》っていた。

「おそらく、あなたたち勇者にしかあの側近級は止められない。魔群帯の魔物は、兵数さえ残ればどうにかなりそうですが」

(人面種も、私の固有スキルと極弦《きょくげん》で倒せるかもしれない……)

つまり、

「あの人面種を倒せる者がいるのでしたら、現状問題となるのは――」

側近級のみ。

のちのちを考えると、これ以上壁外の兵の損害を広げたくはない。

そのためには――側近級を倒すしかない。

綾香は深く息を吸い込み、息を整えた。

「行きましょう」

凜《りん》と、北門を見据える。

「道を、開きに」

北門を越えると早速、オーガ兵が殺到してきた。
先頭を行く綾香は馬上から槍でオーガ兵を突き殺していく。
馬はネーア兵から借り受けたものだ。綾香の左右は、勇者たちが固めている。
そして、彼女たちが北門を抜けた先に広がっていた光景は——
「何、これ」
一瞬、圧倒された。
戦場は、乱戦と化していた。
横合いから、剣を手にしたオーガ兵が飛び出してきた。
「シギァぁァあアあアあア！」
綾香はひと突きでそのオーガ兵の眉間を貫く。
（くっ……圧倒されてる場合じゃない！）
「みんな、陣形を整えて！」
十人十色の声が力強い応答となり戻ってくる。
綾香たちはこうして、再び戦いの濁流にのみ込まれた。
熾烈《しれつ》な戦いが——再度、幕を開ける。
敵味方が入り乱れ、辺りはすぐに混戦の模様を呈した。
そんな中、勇者たちは奮迅の働きを見せる。

邪王素《じやおうそ》の影響を受けないおかげか。もしくは、本物の戦場が彼らを成長させたのか。

いずれにせよ、今の彼らは以前と違っていた。

「殺せ殺せ殺せぇ！　大魔帝の兵士どもをぶっ殺せぇ！」「数で常に有利に立つことを忘れないで！　強そうなのは、数で倒すの！」「後ろの子たちは、桐原君のグループの人たちに支援術式を！」

綾香《あやか》のグループが培ってきた連係の動き。

突出した力を持つ十河《そごう》綾香を皆で活《い》かす戦い方。

今、彼らは桐原グループ——B級勇者を活かす戦い方をしていた。

安《やす》グループも同じだった。いずれ先頭に安が立つことを考え、彼らも支援的な戦い方を学んできた。ベインウルフから、共に学んだのだ。

二瓶が、声を上げる。

「行くぞみんな！　下級には下級なりの働きどころがある！」

下級勇者たちの支えを受け、B級勇者たちが猛然とオーガ兵に襲いかかる。

「殺《や》れるもんなら殺ってみろよ魔物ども！　おらぁぁあああぁぁああっ！」「絶対、帰るんだから！　元の世界に、帰るんだからぁ！」「絵里衣《えりい》、二瓶たちが押されてる！　援護に回ってやってくれ！」「わ、わかった！」

カヤ子がそこで、声を張った。

「危なくなってる兵士の人たちも……余裕があれば救って！　無事な兵士の人が多ければ、あとでこっちに来ると思われる魔群帯の魔物たちと戦う力に、なってくれるっ」

桐原グループは背を向けたまま応答した。

状況に流されスキルを放つ室田も、少しずつ覇気を取り戻し始めていた。

「んだよ……あの鉄仮面キャラの周防《すおう》まであんな張り切っちゃってよぉ！　くそ、マジでウケんだけど！　ほら南野《みなみの》、後ろ危ないって！」

綾香は手応えと、かすかな嬉《うれ》しさにこぶしを握りしめる。

単に一時的なものかもしれない。状況がそうさせているだけなのかもしれない。

けれど今、確かにクラスメイトたちは一つになっている。

力のみなぎる感覚が、綾香の全身を駆け巡っていた。

やがて——少しずつではあるが、綾香たちの近くの魔物が片づき始めていた。

オーガ兵を蹴散らす者は勇者だけではない。カトレア率いるネーア聖騎士団の強さも相当なものだった。騎馬による攻撃は特に強力で、邪王素の影響を感じさせぬほどだ。

何より、

「——【武装戦陣《シルバーワールド》】——」

十河綾香の異質な強さは、この戦場でもやはり頭一つ抜けている。

他の者では手に余りそうな魔物をあっさりと蹴散らしていく。

綾香の通り道には、魔物の死体の山が続々と築かれていた。

少なくとも綾香とその周辺に限れば、破竹の勢いと言える状況にある。が、

（オーガ兵の数が、想像以上に多い――ッ）

綾香の内に湧き上がったその疑念を察したか。

オーガ兵を切り伏せたカトレアが馬首を並べ、言った。

「この数のオーガ兵がマグナル領内を移動していれば、ここへ辿《たど》り着くまでにどこかで発見されているはず……ですが、発見されることなくここまで到達している。何か、違和感があります。それに――」

「数、が？」

眉間にゆるくシワを寄せるカトレア。

「少しずつですが、オーガ兵の数が増えている気がしますわ」

その時――やや遠い場所で、大量の味方が宙を舞った。

悲鳴と、共に。

「ぐわぁぁあああ!?」「ぎぁあああ！」

四本角を備えた羊頭の悪魔が、暴虐の嵐と化していた。

全長は、およそ7メートル近くはあろうか。

「ぁ――黒竜が！」

羊頭の巨人の近くを舞う黒竜が混乱していた。制御を失っているように見える。
「おそらく邪王素が強すぎて、騎乗している者は指示さえ出せないんですわ！」
そう分析するカトレアの瞳は綾香に強く注がれていた。
言葉に出さずとも、彼女の目が語っている。
あれが話に出ていた側近級だ、と。
緊張感を胸に、綾香は槍《やり》を握り直した。
そして——鷹《たか》のごとく鋭い目で、羊頭の悪魔を見据える。
瞬間、綾香の全身が総毛立った。

こちらを、指差している。

羊頭の巨人が——十河綾香を。
「貴様だナ」
重々しく歪《ゆが》んだ声が戦場の空気を切り裂き、綾香の耳朶《じだ》を打った。
——ドク、ンッ——
心臓が、跳ね上がる。
おぞましい黒い渦に出遭ったような、重圧。

まるで、心臓をわしづかみにされたようだった。

「――最良の〝収穫〟を阻害するは、己カ」

羊頭の巨人が、走り出す。

「己は、異界の勇者であろウ」

地を踏み鳴らし、咆哮《ほうこう》を上げ迫ってくる――無力なアライオン兵の戦列を、吹き飛ばしながら。

「我が名は魔帝第二誓《まていだいにせい》ツヴァイクシード。我が最良の〝収穫〟を阻む最大要因を、これより――排除スル」

ブシュゥ！

と、羊頭の巨人――ツヴァイクシードが不可解な行動を取った。

己の巨爪《きよそう》で自らの胸を切り裂いたのだ。

傷口から勢いよく血が噴出する。噴血は、ツヴァイクシードの周囲で血煙と化した。

次の瞬間――血が、変形した。

血はその質力を増し、やがて、巨大な曲刀の形を成す。

ツヴァイクシードは駆けながら、その血刀の柄《つか》を握り込んだ。

地響きを引き連れて、巨大な血刀を手にした側近級が綾香へと迫る。

一直線に、向かってくる。

綾香は馬から下りた。
短く呼吸しながら——〝極弦〟状態へ、入る。
そして右手を、真横に上げた。
「——【武装《シルバー》、戦陣《ワールド》】——」
右手側に巨大な銀球が出現。
その時、後方からひと際大きな声が上がった。
「来たぞぉ！　城内から、魔群帯の金眼《きんがん》どもが湧いてきた！」
ついに、壁内の魔物たちも壁外へ飛び出してきたらしい。
「ここが踏ん張りどころだぁああ！　がんばれぇええ、みんなぁああ！」
軽傷を負い額から血を流す二瓶《にへい》が、檄《げき》を飛ばす。向こうは、もう——
（任せるしか、ない……ッ！）
一切止まる気配はなく、ツヴァイクシードは勢いそのままに血刀を振りかぶった。
近くで目にするとその巨体ゆえか、威圧感がさらに増す。
が、綾香は——回避を選ばない。両刃の固有剣を生成し、受け止める構えを取る。
ブンッ！
振り下ろされたツヴァイクシードの血刀。
綾香は大振りの一撃で応じる。固有剣が、相手のサイズに合わせ巨大化した。

鬼気を帯びた銀なる剣撃は、
ガィンッ！

硬音の唸《うな》りを上げ、魔の血刀を、弾《はじ》き返す。

「――ッ!?」

綾香の攻撃の威力で、ツヴァイクシードが弾かれた血刀ごとややのけ反った。

ツヴァイクシードから驚きの感情が発せられる。

想像以上に綾香の一撃が重く、速かったようだ。

一方、綾香も相手の威力で吹き飛ばされかける。が、どうにか踏ん張った。

そして――綾香は、追撃を試みる。バネで揺り戻された魔の血刀が、豪速の唸りを上げて反撃へと転じた。再び、
ガィインッ！

両者の刃が、甲高く互いを弾き合った。綾香の身体《からだ》はまたも後ろへと押し返される。

(なんて重い一撃なのッ!?　しかも、あの巨体なのに――速い！)

背筋に、痺《しび》れにも似た戦慄が走った。

一方、ツヴァイクシードの方はその金眼を細める。

「我の持つ膂力《りょりょく》と互角に打ち合うとは……やはり己は、希望カ」

綾香は取り合わず、次の攻撃を繰り出す。

三度《みたび》、両者の剣閃《けんせん》が空気を震わせた。

さらに二合、三合、四合と続けて刃を打ち鳴らす。

が、互いに決め手に欠ける。

刃を打ち響かせながら、綾香は一瞬だけ戦局へと一瞥《いちべつ》をくれた。

ツヴァイクシードをここで抑えているおかげだろうか？

綾香から離れている現地人の味方は、ほぼ問題なく動けているようだ。

あの辺りならツヴァイクシードの放つ邪王素の範囲外らしい。そして、

（オーガ兵の邪王素はそこまで強くないの？　つまり――私がこの側近級を抑えていれば、カトレアさんたちは大きく力を削《そ》がれることなく戦えるッ！）

他の勇者たちは、この一騎打ちには参加させないつもりだった。

ツヴァイクシードが相手では命の危険がある。幸い、自分たちの入る余地はないと感じ取ったのか、援護に入ろうとする勇者はいなかった。

皆、自分のすべきこと――できることを、やっている。

血と銀の残響の中、ツヴァイクシードが双眸《そうぼう》を細めた。

「己《おの》が戦才、我が帝《てい》の脅威と化す可能性があル。その芽、いずれ手に負えなくなる前に――」

威圧感が、高まる。

「今ここで、摘んでおかねばなるまイ……ッ！」

女神から軽視され続けてきたせいだろうか。称賛とも取れるその評価の高さに、綾香《あやか》は少しばかり意外さを覚える。

が、その驚きもすぐ捨て去り——力強く、踏み込む。

力を込め、思い切り固有剣を振るう。

と、ツヴァイクシードは受け流し気味に、血刀で固有剣の力を逃がした。

ギィィンッ！

刃と刃が悲鳴めいて擦れ合い、火花を散らす。

敵は決して力だけの相手ではない。確かな技量も備わっている。

互いに休まず、連撃を繰り出し続ける。

極弦《きよくげん》状態は負荷が大きいが、これがないと敵と渡り合えない。

(長期戦は不利……早く、決めないと——ッ！)

そんな、気の抜けぬ剣戟《けんげき》の最中——ツヴァイクシードの血刀が突如、血の鎌へと変貌を遂げた。当然その急な変形により刃の道筋にも変化が及ぶ。

死神がごときその軌跡が、鋭利な死のカーブを描いた。

「綾香ちゃん！」

萌絵《もえ》が悲鳴に似た声を上げた。

鋭く広い大鎌の曲刃。固有剣では、返し刃が間に合わない。

綾香の頭部を刈り取らんと、死の厚刃が、無慈悲に襲いかかり――

ガキィン！

「！」

ツヴァイクシードの金眼が、やや見開かれた。

綾香の大鎌が、敵の大鎌を受け止めている。

鬼めいた眼光で敵を睨《にら》みつける綾香。

「武器の形を変えられるのは、あなたの専売特許じゃないッ！」

形状と軌跡から、同じ大鎌なら咄嗟《とっさ》に防御できそうと判断したが――この判断でどうにか、命を拾った。

ツヴァイクシードが、嗤《わら》う。

「面白イ」

鍔《つば》迫《ぜ》り合いにも似た形で互いの武器が小刻みに震動を始める。

ジリジリ押し返しながら、綾香は言った。

「さっき〝摘み取る〟と言ったわね？　いいえ、むしろ――」

鬼気を放ちながら体《たい》を引き、綾香は大鎌を槍へと変化させる。

「私があなたの命を、刈り取ってあげるわ」

「よくぞ言った、異界の勇者ヨ」

再び巨爪で胸もとの皮膚を裂き、ツヴァイクシードは血煙を噴き上げた。

「人の価値とは崇高なる生への意志に宿ル……そうでなくては、よき収穫とはならヌ。希望が強ければ強いほど、絶望は甘美な果実として結実するのダ。人よ、決して最後まで諦めず運命に抗《あらが》エ。我らは人の高潔なる精神を、心より信ずる者であル」

綾香はおぞましさに似た寒気を覚えた。

深き絶望を味わうために人々の抱く希望を称賛する。

どうかしている。こんな相手と相互理解など、ありえない。

殲滅《せんめつ》するしか、ない。

高らかに宣言するツヴァイクシードの両手に、二対の巨なる血刀が収まった。

一方、綾香は槍先を三叉《さんさ》に変化させる。

「その存在を歓迎するぞ、希望の勇者ヨ」

血の双刃が空気を斬り裂き、かまいたちめいた死線を宙に描く。

「己がここで我を倒せねばソらに希望はない――嘘《うそ》、偽りなク！　希望は消え去ル！　皆、死に尽くすのダ！」

「ええ、だからこそあなたは――」

銀光が、煌《きら》めきを増す。

綾香の渾身《こんしん》の一閃《いっせん》が、ツヴァイクシードの頬横を突き抜けた。

ブシュッ！

頬の傷口より流れ出たツヴァイクシードの血が糸を引き、ふわりと風に流れる。

「どうあってもここで、私が殺す」

「……それダ。そウ！　その意志こそ最高の収穫にふさわしイ！　だが――」

「……ッ!?」

「その無茶、どこまで続ク!?」

ここで、ツヴァイクシードが守勢に転じた。乱舞する血刃と打ち合いながら、綾香は前進。が、そのたびに押し戻される。

敵は、悟ったか。

(私が長期戦に持ち込まれたら不利なのを、見破られてる……ッ!?)

現状、両者は拮抗《きっこう》状態にあると言ってよかった。

綾香は決め手を見つけられずにいる。

一方、ツヴァイクシードも攻めあぐねていた。

ゆえに短期決戦を避け、綾香の消耗を待つ策へ転じたのだ。

こうなると、綾香はまずい。

（この側近級から私が離れられないとなると、あとは――）

残った軍勢での勝負となる。

オーガ兵に、魔群帯の魔物。

神聖連合軍《しんせいれんごうぐん》は今この二つから挟撃される形となっている。

が、味方もどうにか持ちこたえている。

特にカトレアが指揮する軍の一帯は善戦していた。現在、彼女は城主を失った白城《はくじょう》の兵も指揮下に置いている。ネーアの女聖騎士団も敵を寄せつけない。

アライオン軍も食らいつき、一進一退の攻防を見せていた。ポラリー公爵がかろうじて兵たちの士気を維持している。女神に重用されるだけあって、指揮能力は高い。

バクオス軍も奮戦していた。中でも黒竜騎士団による空からの攻撃は強力で、みるみる戦果を上げている。が、下方からの弩弓《どきゅう》には警戒が必要なため縦横無尽にやりたい放題ともいかない。

そして、勇者たち。

邪王素《じゃおうそ》の影響を受けぬ彼らは対オーガ兵の最前線に立っていた。隊列を堅持し、今は危なげなく戦いを進めている。けれど、ギリギリさは伝わってきた。

ひとたび要が崩れれば、総崩れになりかねない状態にあると言っていい。

（みんな、がんばって！　くっ……せめて、私がッ！）

ブンッ！

風圧をまき散らし、固有剣を豪速で薙《な》ぐ。

が、厚い乱刃の層に弾き返される。

（だめ──守りに入られると、攻め切れないッ！）

やはり、味方が押し切るのを祈るしかないのか。

果たして──綾香のその祈りは、結実の予兆を見せた。

味方がジリジリと敵を押し返し始めたのだ。特に勇者たちがオーガ兵をかなり打ち倒している。好転の理由はおそらく、

（レベル、アップ）

そう──魔物を殺せば殺すほど勇者は強くなる。経験値《EXP》を得、レベルアップする。

綾香に限っては今の極弦状態だと長期戦は不利。が、本来なら──

（私たち勇者は、長期戦に有利）

戦いの中で成長できる。ＭＰも回復する。

これこそ、救世主と呼ばれる異界の勇者。

気合いの乗った綾香の一撃が、ツヴァイクシードを大きく後退させた。

「ぬ、グ!?」

(——今だ)

敵の隙を見つけた。この機を、逃さない。

すかさず、思い切り踏み込む。


「我が名は魔帝第一誓《まていだいいっせい》、アイングランツであル」


はらわたに響く重々しい声が、戦場を覆った。

拡声機でも使っているかのような大音声。

ただならぬ気配に、思わず綾香の意識もそちらへ吸い寄せられる。

勇者たちも手を止め、声の放たれた平原の先に視線を注いだ。

そして——彼らの表情が、絶望へと転じ始める。

「そん、な」

その視線の先には、

「あんなに、オーガ兵が……」

さらなるオーガ兵の戦列が、まるで獲物を捕獲する網のように大きく左右に広がっていた。

列の中ほどに——サイズ感のおかしな玉座が見える。その玉座は、巨軀《きょく》なる数匹の魔物に下から支えられていた。神輿《みこし》めいた移動可能な玉座のようだ。

玉座の上には紫の影が鎮座している。遠目からでもその重圧感は嫌というほど伝わってきた。不思議と、戦場の空気が一段階重くなった気すらする……。

新たなる敵の軍勢は、ゆっくりと――しかし、確実にこちらへ向けて前進していた。

「なんなんですの、あの数」

気高きカトレアの声を驚愕《きょうがく》が覆った。ポラリー公爵も、動きを止めている。

「あんな数、一体どこから持ってきたというのだッ!?　あんなもの、報告にはなかったぞ！　あのような数のオーガ兵の移動を、我ら神聖連合が見逃すはずがないわぁ！」

アイングランツが声を発した。

「さぞ驚いているであろう、ニンゲンたちヨ。これほどの数のオーガ兵をどうやってここまで運んできたのか、ト。が、移動してきたのではないのではなイ」

突きつけるがごとく、アイングランツは解を口にした。

「生み出したのであル」

「生み、出した……だと？」

ポラリー公爵が、激昂《げきこう》した。

「ば、馬鹿なぁ！　金眼《きんがん》の魔物を生み出せるのは根源なる邪悪そのものでしかありえぬはずッ！　とすれば、き、貴様まさか――」

「違ウ」

アイングランツは、ポラリー公爵の予想をきっぱり否定した。

「我は大魔帝《たいまてい》ではなイ。我は、我が魔帝より力を分け与えられし存在。ゆえに大規模な移動を行うことなく、この近場にて軍勢を〝発生〟させることができたのである——ソらかすれば、枠を外れし存在と言えよウ」

〝オーガ兵の数が増えている気がする〟

あのカトレアの違和感は正しかった。

新たに生み出されたオーガ兵が、少しずつ敵の戦列に加わっていたのだ。

生み出されたのはおそらく——近隣の山間や森の中だろう。

そこなら生み出したオーガ兵を隠しておける。

が、やはり疑問が残る。なぜあの戦力を最初から投入せず、このタイミングで——

「…………」

いや、と綾香《あやか》は考えを改めた。刃を交わすツヴァイクシードを、睨みつける。

このタイミングだからこそ、だ。

希望を、叩《たた》き潰すために。

さらなる深き絶望を、与えるために。

最悪の——〝最高〟のタイミングで、登場させたのだ。

「アイングランツ様は我が誓鋭《せいえい》の中でも別格。我が帝《てい》の信頼も厚イ。突出しすぎたその強さに、我も、一抹の悔しさがなくはないがナッ！」

血刃を振り、ツヴァイクシードが吠《ほ》えた。

畏敬――そして、嫉妬。

この第二誓をして嫉妬まで抱かせる存在――第一誓、アイングランツ。

（まずい）

ならば邪王素もツヴァイクシードを凌《しの》ぐはず。

あんな敵がもしこの戦場へ飛び込んで来たら、ひとたまりも――

「うわぁぁあああ!?」

空から、槍《やり》の雨が降り注いだ。敵増援の最前線から投擲《とうてき》された槍のようだ。

大ぶりの長槍《ちょうそう》。が、その飛来した槍は攻撃目的とは思えなかった。なぜなら、

「わ……ワルター、殿……？」

上空で呆《ほう》けた声を漏らしたのは、三竜士《さんりゅうし》のガス。空から降ってきたのは、
槍に貫かれたワルター以下、黒竜騎士団の面々の死骸。

ワルターらは、部位ごとに解体されていた。

しかも、同じくバラされた黒竜と交互にパーツを重ねられ、串刺しにされている。

槍はその一部が鉤状《かぎじょう》になっており、各パーツは槍に固定されているようだった。

人間の部位、黒竜の部位……人間の、黒竜の、人間、黒竜……。

無惨の、ひと言に尽きた。

ガスが顔を痛いほど歪《ゆが》め、叫ぶ。

「ワルター殿ぉぉおおおおぉぉぉおおおおおお―――ッ！」

きっと、意味などない。ただ、恐怖させるためだけに――これを、したのだ。

事実、敵の目論見《もくろみ》は成功している。

目にした兵たちが、恐怖のためかやや後退を始めていた。

「――これより、絶望であル」

アイングランツが巨大な杯を掲げた。祝杯とでも、言わんばかりに。

「この芸術的絶望を、我が帝に捧《ささ》グ。さあ――最後の足掻《あが》きを見せるであル。愚かで愛《いと》しき、我が敵たチ」

オーガ兵たちは逆に、アイングランツの言に勢いづいた。

吠え猛《たけ》り、前線を押し返し始める。が、それでもまだ数の優位は神聖連合側にある。

(士気さえ保てればまだやれる……私がツヴァイクシードを倒して、すぐにあの新しい側近級の相手をすれば――まだ、私たちに勝ちの目はあるはずッ！　だから、私が――)

……ガラガラガラガラッ……


「?」

(何、この音……)

敵援軍の戦列の奥から、列を割って巨大な鉢のようなものが運ばれてきた。

太ましい茎の先で、蕾《つぼみ》めいた巨大な〝何か〟が不気味に揺れている。

シルエットがなんとなく人の〝唇〟みたいにも見えるが……。

ツヴァイクシードと打ち合いつつ、綾香はそれに一瞥《いちべつ》を飛ばす。

(あれは一体、何……?)

綾香の視線を、ツヴァイクシードの金眼が追う。

「今朝方、我がオーガ工作兵の仕掛けた魔帝器《まていき》がソラの城内にて発動シタ。ソも、覚えているであろウ」

「!」

今朝、絶叫めいた大きな音が鳴り響いた。

その直後——それを合図としたかのように、魔群帯の魔物が押し寄せた。

「我が帝でも人面種《じんめんしゅ》は造れヌ。が、その人面種を呼び寄せる魔帝器を造ることならば、我が魔帝には造作なきこト……ッ！」

つまりそれは、さらなる魔物を呼び寄せる装置。

「しかも今度の魔帝器は、今朝方発動したものの何倍もの効果を持ツ……ッ！　この意味がわかるか、希望の勇者！」

綾香は、総毛立った。肌が粟立《あわだ》ち、鳥肌の感触が、表面を奔《はし》る。

だめ、だ。

（それは……それだけは――）

オーガ兵の増援に、新たな側近級の出現。そこへさらに、魔群帯からの増援など。

「だっ――」

喉に、あらんかぎりの力を込める。

「誰でもいいから、あれを、破壊してぇぇぇぇぇぇぇぇぇぇぇぇぇぇ――ッ！」

綾香は刃鳴る剣戟《けんげき》を繰り広げながら、声を振り絞って叫んだ。

そしてあの巨大な鉢が〝何か〟を、声を嗄《か》らさんばかりに説明する。

教室で号令をかけていたよく通る彼女の声。

その声は伝播《でんぱ》し、波となって戦場を駆け巡った。

各軍の指揮官がその情報を知るまでに大した時間は要さなかった。

時を同じくして増援のオーガ兵たちが魔帝器へ集まっていく。魔帝器を守るためだろう。

玉座から立ち上がったアイングランツが、両手を広げた。

「発動までの刻はソラの数えにして約10分――さあ、止めてみせよニンゲン！」

その時、

「ネーアの仔《こ》らよ！」

カトレアが鞍上《あんじょう》で、剣を掲げた。

「今より防御を捨て、ただ、ひたすらに――ただひたすらに攻勢あるのみ！　この局面で魔群帯よりさらなる増援が押し寄せれば、現在我が方に利のある数の頼みもなくなります！　命を捨て去る覚悟を……このわたくしと共に！　全隊――」

姫将軍の剣が魔帝器へ向け、決意と共に、振り下ろされる。

「突、撃ッ！」

カトレアを先頭とする騎兵隊が、ひと繋《つな》ぎの濁流と化した。

魔帝器目指し、捨て身に等しい突撃を開始。

長槍を手にしたオーガ兵が列を組み、腰を低くして待ち構える姿勢を取った。

「――ッ！　まずい、あれでは先頭の騎兵隊がッ！」

戦況をいち早く把握したのは、上空のガスであった。

「——聞け！　バクオスの兵たちッ！」

ガスが叫び、黒竜が大きく翼を広げる。

そして方向を転じ、たった一騎でカトレアたちを追った。

「これより私は、カトレア・シュトラミウス及びネーア兵の援護に回る！　命を捨ててでもこの世界の未来を守ると誓った者のみ——私に、続けぇええ！」

ガスの声が戦場を、突き抜けた。

「————」

ほんの一瞬、バクオス兵たちに思考の間があった。が、すぐさま——

「おぉぉぉおおおおぉぉぉぉおおおおおおお————ッ！」

了解の意が大きな波となってバクオス兵から返ってくる。

もはや両国の関係がどうのと言ってなどいられる状況ではない。

バクオス兵も、それを悟ったのだ。

ガスの黒竜が黒き砲弾と化し、オーガ兵の長槍隊へ体当たりを敢行した。

これによって、カトレア率いる騎兵隊を討たんと待ち構えていたオーガ兵長槍隊の列が瓦解した。そのまま地に降り立った黒竜はつんざく竜声で吠え、敵を威嚇。

さらに、最後の三竜士に続けとばかりに、後続の黒竜も雪崩を打って突貫を開始した。

そして——敵の崩れた隊列の〝穴〟に、カトレア率いる聖騎士団が雪崩《なだ》れ込む。

彼女たちは、敵の陣形をさらに崩しにかかった。

鋭い牙で黒竜がオーガ兵の首に噛《か》みつき、そのまま喰《く》い千切る。

バクオス歩兵も手当たり次第、オーガ兵を斬り殺していく。


大攻勢が、始まった。


防御を捨てた分、当然こちら側の被害も一気に膨れ上がる。

また、オーガ兵も捨て身と思うほどの気迫を見せていた。

必死に尻尾で敵を薙《な》ぎ払う黒竜が無慈悲に取り囲まれ、長槍で突き殺される。

騎馬を横転させられ、オーガ兵に群がられた聖騎士がなぶり殺しにされる。

が、誰も怯《ひる》まない。

戦況を決定づけかねない魔帝器を破壊すべく、皆が命を賭している。

ネーアとバクオスが交じり合う濁流を追うは——アライオン軍。

先頭を走るポラリー公爵が、軍旗を片手で振り声を張った。

「我らもゆくぞ、アライオンの戦士たちよ！　根源なる邪悪を打ち払ってきた我がアライオンの力、薄汚いオーガ兵どもに存分に見せつけてやるのだぁ！　ゆけぇえ！　ゆけぇぇええええ————ッ！」

膨れ上がった奔流と化した人の軍勢が、魔帝器目指し、波となって襲いかかる。

「──私たちも、行こう」

カヤ子《こ》が、言った。二瓶《にへい》が剣を掲げ、皆に声をかける。

「……委員長ならきっと、今戦ってる側近級を倒して、新しく出てきた側近級も倒してくれる！　だ、だから……今は、委員長がツヴァイクなんとかを倒すまで時間を稼ぐんだ！　おれに──続けぇ！」

勇者たちもいよいよ陣形を解き、突撃の波に加わった。

（みんな……ッ！　く、ぅ──ッ！）

綾香《あやか》も覚悟を決め──完全に、防御を捨てた。

そしてあらん限りの力と技で、攻の純度を限界まで高めていく。

軋《きし》む腕を叱咤《しった》して奮い立たせ、逆袈裟《ぎゃくけさ》に斬り上げる。

「ぬ、グ……ッ!?」

ツヴァイクシードの肩口から、鮮血が噴き出した。と、その時──

「捨てたナ」

ツヴァイクシードの金眼《きんがん》が嗜虐心《しぎゃくしん》をもって、細められた。

「──防御を」

側近級のその瞳は、綾香ではなく──突撃していくカトレアたちを、見ている。

——ドクッ、ン——

（まさ、か）

綾香は、心臓が急速に冷え込んでいくような感覚に囚《とら》われた。

「あの魔帝器——実を言えば、発動に10分もかからヌ。やろうと思えば、すぐに発動できるのダ」

「！」

「そうダ。発動まで時間がかかるとわかれば、ソらはあの忌々しい陣形を崩し、防御を捨てて死ぬ覚悟で突撃してくル……ッ！　そして事実、そうなっタ！」

搦《から》め、捕られた。

一縷《いちる》の望みへ向かって皆、心を一つにした。

が、すべては敵のてのひらの上だったのだ。

陣形や隊列を崩す意図も、もちろんあっただろう。けれどそれ以上に、

（10分以内に破壊すれば〝希望〟はあると、信じ込ませて——）

欺きにより、より深い絶望へと叩《たた》き込みたかった。

綾香の目尻に涙が滲《にじ》む。

悪辣、すぎる。

あまりに、悪逆。

心を、踏みにじるために——蹂躙《じゅうりん》、するために。

(私、だ……私が、敵の言葉をよく考えもせず鵜呑《うの》みにしたばかりに……元を辿《たど》れば私の呼びかけが元凶……ッ！　だけどこんなの——こんなのってッ！)

オーガ兵の列が大きく広がり、包囲の形を取り始めた。

魔群帯の魔物たちも、防御を捨てて突撃する神聖連合軍《しんせいれんごうぐん》の背後を追っている。

と、魔帝器が幾本もの紫光《しこう》の筋を辺りに煌《きら》めかせた。

まるで、プリズムのように。

ツヴァイクシードが、血刀を再び大鎌の形に変化させる。

そろそろ収穫時期とでも、言わんばかりに。

「もう、遅イ……ッ！　すべてが、遅イ！　あとは——」

一瞬、世界が止まったような静寂が、訪れた。

「血祭りダ」

こうしてすべては、

「ぃギぇエぃエぇエえエぃイぃイんェぇエえエぇエえエろロろロろロぃヒぃイぃイぃイいイいイぃイぇイぇエぇエぇエぃギぇエぃエぇエぇエぃイぃイんェぇエぇエぇエぇエろロろロろロぃヒぃイぃイぃイいイいイいイぃイぇイぇエぇエぇエぇエぇエぇエげェぇエぇエぇエぇエえエぇエぇエガぁアあエぁアあアあアあ————————ッ！」

絶望という名のベールに、覆われる。


味方側は、まだ多くの者の認識が追いついていなかった。

宣言された刻まで時間はまだあったはず――なのに、発動した。

一方、指揮官たちは次第に気づき始める。

謀《たばか》られたことに――陣形を崩すのが、目的であったことに。

何より――弄ばれたことに。

敵の特性は、残虐さだけではない。

心理面や戦略面における効果的な策も、弄する……。

「ば、馬鹿な……まだ時間はあった、はずなのに……」

脱力し、その場にへたり込む者もいた。

綾香はほぼ無意識に、放心状態へ転じていく仲間たちの方に手を伸ばす。

「みん、な――」

「一騎打ちのさなか、そのような隙を見せるとハ――」

「！」

しま、った。

「言語、道断」

血の大鎌が、綾香の肉を、抉《えぐ》り裂いた。

「この絶望と希望の落差……これぞ、我らが求むる収穫であル」

そして金棲魔群帯《こんせいまぐんたい》より——魔の勢力が、到来する。

□

彼らの耳は、聴く。

地を鳴らす、魔の行進の足音を。

南壁の先より来たりし、魔群の凶声を。

やがて陰惨を極めし悪夢をもたらす、絶望の音色を。

終わりが、始まった。

▽

——何かが、おかしい。

最初に気づいたのは、誰だったのか。

鳴動する大地は、確かに、新たなる魔の勢力の到来を告げている。が、何か、おかしい。

これは、そう——

「悲鳴……？」

魔物たちの、悲鳴だ。

少なくとも、これから狩りを楽しまんとする魔物たちの上げる声ではない——決して。

中天に太陽を抱く空——そのすべてを破裂させるがごとき爆発音が、轟《とどろ》いた。

南壁の向こう側で何か、膨大な光が明滅している。

何が、起こっているのか。

大魔帝《たいまてぃ》の軍勢も、ツヴァイクシードも、アイングランツですらも――

まるで見当のつかぬ様子で、その動きを止めている。

「なんだ……一体なにが、起きていル……」

と、

「うォぉォおオおオぉぉぉおオおオおオおォおオおオおオおオおオおオおオおオおオおオお――――ッ！」

現れたのは、あの憤怒面だった。

アギトが遠くへ引き連れて行ったはずの人面種《じんめんしゅ》が、城壁の曲がり角から、姿を現したのである。が、
ピタッ
その動きが急に、停止し――

「え？」

理解の及ばぬ不可解な現象が、起こった。

憤怒面が、姿を現したかと思った途端――全身から盛大に血を噴き上げ、そのまま倒れたのである。

直後、血の雨をまき散らし倒れ行くその巨体の向こう側から――何かが、押し寄せた。

石像。

溢《あふ》れ出てきたのは、人型の石像の群れだった。魔物かどうか判別はつかない。

が、最も近い魔物を見つけると——石像たちが、攻撃を始める。

人面種の青い血が降り注ぐ中、石像たちは黙々と魔物を蹴散らしていく。

何体、いるのか。

動く石像たちが走り回り、オーガ兵を、魔物を、捕まえては撲殺していく。

と、石像の大群が巻き上げる土煙の中から〝何か〟が突出し、そのまま飛び出してきた。

いやに戦闘的なフォルムをした馬車。いたくボロボロで、まるで過酷な戦場を駆け抜けてきたかのようでもある。

多脚の灼眼黒馬《しやくがんこくば》——そんな巨馬の引く馬車の上には、禍々《まがまが》しき赤眼の黒影。片膝をつき、外套《がいとう》をはためかせている。

蝿《はえ》の面に手をかけたそれの他に、これまた近似の蝿の面をつけた黒き外套の者が二人——外套をなびかせ、武器を手に立っている。

「これより——」

歪《ひず》んだ大音声が、戦場の空気を静かに、しかし、力強く打った。

「この戦場における大魔帝の軍勢および、金眼の魔物は、アシント改め我が蝿王ノ戦団が——」

魔王的絶対性を帯びたその黒き声が、宣す。

「蹂躙する」

5．枠外存在

――カチッ――

マスクから拡声石《かくせいせき》を外し、小型の密閉容器に放り込む。
懐の小袋にそれを入れて口を縛る。これで魔素残量があっても俺の声は拡大されない。
ここからの会話は、通常音量となる。
ちなみに密閉容器は皮袋で転送した現代食品の容器を軽く改造したものだ。
「間に合った、と思いたいところだが――」
戦場の渦の一つを見やる。
「ひとまずネーア聖国の軍旗は、まだ地に墜《お》ちちゃいねぇらしい」
ついさっきまで俺たちは魔群帯の中を猛進していた。
耳に届く戦いの声が大きさを増す中――それは起こった。
口寄せに酷似した絶叫が広大な魔の森を再び震わせたのだ。
押し寄せたのはまたも金眼《きんがん》の大津波。
規模は前回を凌駕《りようが》していた。
かつて魔物たちが逃げ込んだとされる地下遺跡群。今回の〝口寄せ〟はそのさらなる深部にまで届いたのだろう。深淵《しんえん》に棲《す》むモノたちまでもが、いよいよ這《は》い出てきたのである。

そこからはもう、出し惜しみは不可能だった。

そして今——俺たちは魔物の大進撃を潜《くぐ》り抜け、ここへ到達した。

八の馬蹄《ばてい》と四の車輪。暴力的な濁音が、地を激しく打ち鳴らしている。

抜けてきた魔群帯の方角を、振り返る。

「結局、エリカから借りた〝武器〟はほぼ使い切る形になったな」

が、躊躇《ためら》う必要はなかった。魔物が目指していた方角はただ一つ。

北——魔防《まぼう》の白城《はくじょう》。おそらく今もネーアの姫さまがいると思われる場所。

魔群帯を進む俺たちの前後左右で湧きに湧いた金眼の魔物ども。

そいつらを到達前に潰せば先んじて姫さまへの脅威も減らせる。

どうせ殺し合いになるのなら、殺せる時にぶち殺してしまえばいい。

が、溢れ出てきた魔物の数は想像以上だった。魔女製の武器をほぼ出し尽くすも完全な殲滅《せんめつ》には至らず……。こうして、最後は——〝切り札〟に手をつけた。

〝最後の軍勢〟

元々は小袋に入った刻印入りの小さな宝珠である。

ここに決められた量の魔素を注入すると、宝珠がゴーレムの姿へと〝戻る〟。

『これはエリカの対金眼用の切り札よ。地道に造り上げた、ね。これには超圧縮された戦闘用ゴーレムが眠ってる。この宝珠に、そうね……どのくらい詰め込んだかしら。金眼の魔物だけに反応して攻撃するゴーレムで、他の生物には攻撃を行わない』

エリカはそう説明した。

『このエリカ・アナオロバエルをなめてもらっては困るのよねっ。大魔帝の軍勢がここへ攻めてきた時のことも、ちゃんと考えてあったんだから』

ただし、とエリカは注釈をつけた。

『この宝珠を〝戻す〟には途方もない魔素が必要となる。だから本来は聖霊樹が生んだ魔素を溜《た》め込んだこの地での使用しか想定していないわ。だけど――きみの生み出す魔素量なら〝戻せる〟かもしれない』

ああ――きっちり、戻せた。

ただ、悪《わり》ぃなエリカ……貸し与えられた切り札は、返せそうにない。

このゴーレムには、効果持続時間に限りがあると説明を受けた。

懐中時計を取り出して残り時間を確認する。

早めに戦局を決める必要がある、か。

今、ゴーレムの半分は魔群帯を出た辺りで魔物を押しとどめているはず……。

残り半分は城の領域を越え、この戦場にまでついてきている。

ついてきた分からゴーレムの塊が少しずつ離脱していく。

ゴーレムはそのまま人と魔の混在する戦場へと突撃していった。

人間側の兵士は最初ゴーレムにも攻撃を仕掛けた。

この混戦状況である。敵の増援と思うのも無理はない。

が、ゴーレムは一向に反撃しなかった。攻撃されてもまるで意に介した様子はない。

ゴーレムはただひたすら金眼の魔物だけを撲殺していく。

すると人間たちも、ゴーレムの目標が魔物だけだと気づき始める。

……少しずつだが〝共闘〟の形が出来上がりつつあった。

「さて……」

荒れ狂う戦場を見渡す。

「当初の予定と大分違うが——ま、目的さえ果たせるならどうだっていいか」

カトレア姫に力を貸し、必要とあらば助ける。

騎手を失った軍馬へピギ丸の触手をのばす。

「ピギー！」

ピギ丸には魔群帯で使った合体技の負荷がまだ残っている。なので今、合体技は使えない。が、ワイヤー役をこなせる程度には回復していた。

馬が遠ざからぬよう引きつけつつ、

「セラス」

蠅騎士姿のセラスに、呼びかける。

「おまえはこのまま姫さまのところへ行け。そのあとは、しばらく自身の判断で動け」

「――わかりました」

俺と同じく変声石をマスクに装着したセラスが、歪《ひず》んだ声で聞く。

「あの、トーカ殿は……？」

「俺の方は――可能そうなら、この戦局を決定づける」

ある一点へ視線を転じる。

「事前に得た情報通りなら、先に片づけた方がいい相手がいる」

「でしたら私も、まずそちらに協力いたしますっ」

「俺の方が片づいても姫さまが死んじまったらすべて無駄になる。……今日ばかりは、ネーアの姫騎士に戻ってかつての主《あるじ》にしっかり仕えてこい」

噛《か》みしめるような一拍があって、セラスは言った。

「――はい」

黒の外套をなびかせ、馬の鞍《くら》に飛び乗るセラス。

彼女の身体《からだ》はふわりと馬上に収まった。風精霊の力で、落下の衝撃を和らげたらしい。

「我らが主の援護は、我が引き受けよう」

セラスが、馬上から蠅騎士姿のイヴを見上げる。

「あなたが来てくれてよかったです。トーカ殿を——お願いします」

人間の姿に変身済みのイヴが、うむ、と頷《うなず》く。

「気兼ねなく行ってくるがよい」

こうして魔戦車《ませんしゃ》から離れたセラスは、ネーアの軍旗目がけて走り去った。

イヴが、遠ざかるセラスの後背から視線を外す。

「して、我らはどうする？」

馬車の行く先で待ち受けるオーガ兵の軍列。

その中にひと際目立つ馬鹿でかい神輿《みこし》が見える。

神輿の前で——二足歩行の巨大な紫獣《しじゅう》が、仁王立ちしていた。

腕組みをし、こちらを観察している。

「あれを、殺《や》る」

「我にもわかる。あの者、他のオーガ兵や魔物とは比べものにならぬ威圧感だ」

「ざっと見渡したところヤバそうなのは二匹いる。あれがエリカの言ってた幹部級の魔族——側近級ってヤツだろう。人面種《じんめんしゅ》、って感じじゃない」

「あの物々しさ……ここにいる大魔《たいま》帝軍《ていぐん》の指揮官か？」

「おそらくは、な。そして、集団ってのは頭を取られると瓦解率が上がる。何より……濃い邪王素《じゃおうそ》を持つ側近級ってのは、戦局に多大な影響を及ぼすらしいからな」

もっと言えば側近級も魔物の一種。つまり、経験値《EXP》も期待できる。

側近級とはいえいずれ2‐C連中の餌となるかもしれない。

マスクの下で、口もとが自然と弧を描いた。

ならばその餌……ここで蝿王《はえおう》の〝贄《にえ》〟とした方が、のちのためにもなる。

とすれば、

「ここで潰さねぇ理由を探す方が、難しいだろ」

ただ、

「あっちの六本ヅノは誰かが相手をしてるらしい。動きから見るに、負傷してるみたいだが――」

それでも拮抗《きっこう》状態を作り出している。

しかし――なんだ？

六本ヅノの相手をしているヤツ。

武器に、違和感がある。ここからでもはっきり見える巨大な刃。

……いや、いくらなんでも巨大すぎる。明らかに使い手とサイズが合っていない。

が、使用者は問題なく扱えている感じだ。

とてつもない力持ちか――あるいは、重量がないに等しい特別な武器か。

……待て。

側近級の近くであれだけ動けている。

まず間違いなく、異界の勇者と見ていい。

しかし、

「我が主よ、どうした？」

「――あれは」

十河《そ　ごう》、か？

2‐Cの勇者たち。魔群帯でニアミスはあったものの、廃棄されて以降、直接2‐Cの人間を目にしたのはこれが初めてとなる。

「ヴィシスと桐原《きりはら》が離脱した以外の情報は、入ってなかったが……そうか」

十河が、ここにいたか。

なら――ひとまず共闘の形を取るのが正解だろう。

現状、障害となりうるのは……小山田《おやまだ》、安《やす》、戦場《いくさば》、桐原の取り巻きあたりか。

今のところそいつらの姿は確認できない。

まあ、この状況で俺の邪魔をする余裕もあるまい。ふざけた真似《まね》をしたら対応はその時に考える。今は、その不確定要素に割くリソースはない。

見たところ、十河は側近級相手にどうにか持ちこたえているようだ。

さすがはS級勇者、ってとこか。となれば、

「俺たちは先に、あっちの八本ヅノを片づける」

「それはいいが、六本ヅノの方は助けに入らなくてよいのか？」

片頬《つ》を吊り上げ、鼻を鳴らす。

「いや——あっちを助けに向かっても、八本ヅノはどうせこっちへ来るさ」

無数の手足で構成されたあの人面種を殺すシーン。八本ヅノも、それを見たはず。

殺したのはレベルアップによるＭＰ回復狙いもあったが、

「謎の力で人面種をあっさり殺した上、ゴーレムの軍団を引き連れてきて〝蹂躙《じゆうりん》する〟とまで宣言したんだぜ？　まともな頭を持ってりゃ、一番強《つえ》ぇヤツがまず俺たちを片づけにくる」

「そなたは元から、敵の大将や切り札とやり合うつもりだったのか」

「状態異常スキルは上手《うま》くハマれば格上を屠《ほふ》れるからな。それが効果的な使い方だ」

「だが、よいのか？　そなたは先ほど元アシントと名乗った。しかし、アシントにはずっと〝消息不明〟でいてもらう算段と、我はそう聞いていたのだが……」

「ここまで予定外の状況にならなきゃ、そのつもりだったさ。ただこうなると、募集された傭兵《ようへい》に紛れて陰ながら姫さまを支援、ってわけにもいかねぇからな。必然、状態異常スキルの力を大勢が目撃することになる」

そうして俺が選んだのは、自らによる〝正体〟の宣言。

「元アシントを名乗れば、状態異常スキルの〝正体〟を連中ご自慢の〝呪術〟に押しつけられるかもしれねぇ」

ウルザで忽然《こつぜん》と消息を絶った謎の呪術師集団。

そしてあの〝人類最強〟率いる黒竜騎士団を壊滅させた謎の力〝呪術〟。

壊滅は、正体不明の力〝呪術〟によってなされた。

アシントどもは生前、そう吹聴《ふいちょう》して回っていた。

「ふむ、呪術の正体は特殊な毒だったが——それを知るのは、当人たち以外だと我らだけかもしれぬ。ならばそなたの力を呪術と言い張っても通るやもしれん、か」

「ヴィシスはいずれ俺が生きてることに気づくだろう。だから、生存の発覚は計算に入れてる……が、発覚が遅いに越したことはない。できるだけ手を打って、隠せるところまで隠す。だから——ひとまずここは状態異常スキルを〝呪術〟として、知らしめる」

「うぅむ。あの名乗りには、そのような狙いがあったのか」

エリカ手製の魔導槍《まどうそう》に魔素を込め、背後を振り返る。

「よし、それなりにちゃんとついてきてやがるな」

ゴーレムの群れが、戦車を追っている。まあ、正しくは八本ヅノとその周囲のオーガ兵を目指しているのだが。視線の位置を下げ、息荒く前進するスレイに声をかける。

「悪い——もう少し踏ん張ってくれ、スレイ」

「ブルルルルッ！」

任せろ、と言わんばかりのいななきが返ってきた。

「スレイ……おまえ抜きに、この作戦は成り立たなかったな」

戦車へ群がる魔物たちをイヴとゴーレムが蹴散らしていく。

スピードを落とさぬまま、戦車は一直線に八本ヅノを目指す。

「そろそろ、圏内だ」

「やるのだな、トーカ」

「あの八本ヅノにも状態異常スキルが効くってのが、前提だが」

しかし、ここは問題ないと見ている。

根源なる邪悪への唯一絶対に近い対抗手段である異界の勇者。

その勇者が根源なる邪悪を今までずっと叩《たた》き潰してきたのなら……。

スキル無効化特性を備える可能性は限りなく低いはず。

「勇者のスキルが無効化されちまうなら、なんのための召喚だって話になるからな。むしろ問題はあの八本ヅノが——」

確《かく》と八本ヅノを見据える。

「どんなヤツかだ」

イヴに指示を出し、スレイと戦車を切り離させる。

俺はそのままスレイに跳び乗り、振り返った。後方で戦車が半壊しつつ跳ねる中、イヴは難なく着地している。イヴとは一度、ここで別れる。

一方、ゴーレムたちは俺についてきている。

俺は馬上で両手を広げた。

「聞け、薄汚い大魔帝のしもべたち！」

八本ヅノの方を向き、高らかと声を張る。

「私はかつて呪術師集団アシントを率い、そして今はその名を改めし蝿王ノ戦団を統べる者！　さあ——体格だけが望みと見えるそこの汚らしい紫《し》の巨獣よ、無様に怯《おび》えるがい い！　それともまさか、あの〝人類最強〟をも退けた私を倒せるとでも!?」

朗々と告げた俺の声は届いたらしい。八本ヅノが一歩、後退した。

「ぬ、グ!?　に、ニンゲン風情ガ……」

俺の耳には届くが、側近級の声の大きさが下がっている。今までは俺の拡声石《かくせいせき》使用時みたいに声を増幅させていたらしい。声量操作は、側近級の持つ能力の一つだろうか。

不遜さを纏《まと》ってマスクへ手をやり、俺は、アイングランツを指差す。

「私は、かつて根源なる邪悪を滅した勇者の血を継ぎし勇血《ゆうけつ》の一族でもある！　そう！　つまりは魔を払いし力を受け継ぎし者！　ゆえに側近級といえど我が勇の前には無力！　貴様も見たであろう!?　人面種すら一撃で死に至らしめた、我が呪術の威力を！」

「ぬぅウ……ッ！　このアイングランツを愚弄するなど……許さぬゾッ！　決して、許さヌ！　ええい邪魔ダ！　どくのである、オーガどモ！　どけぇエ！」

アイングランツが地を震わせ、前進した。オーガ兵の列が広く左右に割れる。

道が、開けた。

俺の指示でスレイがさらに速度を上げる。アイングランツは、俺めがけて駆け出そうとしていた。刹那、

「！」

バシュゥッ！

青白い雷光をまとった巨槍《きょそう》が、アイングランツ目がけて飛来した。

今まさに駆け出さんとしていたアイングランツ。

魔の金眼《きんがん》が、意識外で起こったその異変に気づく。

「む、ゥ!?」

イヴが投擲《とうてき》したのはエリカ手製の魔導槍。

レールガンのごとき速度で、それがアイングランツに放たれたのだ。

そう――アイングランツの注意は、ずっと俺へと向けられていた。

しかも煽《あお》られ、激昂《げきこう》していた。遠くにいるイヴの動きにまで注意を向ける平静さはない。

通常、そう見るのが妥当で――

「小賢しイ、」

ブンッ！

紫毛《しもう》に覆われた太い腕で、アイングランツが槍《やり》を払いのけた。

槍が砕け、光を弱らせながら地面に落ちる。

魔導槍はかなりの速度だった。だがアイングランツは素早く反応し、迎撃してみせた。

魔導槍の不意打ちによる一撃は——粉砕され、終わった。

と、その時——

ガクンッ！

俺の上半身が、平伏す。

「——————ッ!?」

「ふン」

鼻を鳴らしたのは、アイングランツ。

「かかったカ」

「！」

顔を、わずかに上げる。

俺の視線の先には、落ち着き払ったアイングランツが立っている……。

先ほどまで愚弄され、激怒していたのに。

今は一転、堂々たる強者の風格を宿していた。

俺を凝視するアイングランツ――距離にして、およそ200メートル。

紫色の側近級が、待ち構える姿勢を取る。

「くっ！　身体《からだ》、がッ!?」

「ソの負けである、アシントの王ヨ。そこはすでに――」

アイングランツが左右に逆手を掲げ、広げていく。

「我が、邪王素《じやおうそ》の領内」

俺はどうにか身体を起こそうとする。が、上がらない。

まるで、恐るべき重力にのしかかられたかのようだった。

「手始めに高らかな宣誓で我の意識を自分へと集中させ……さらに傍若無人な言動で我を激昂へと導き、冷静さを失わせル。そうして生まれた我の隙をつき、あの槍で攻撃をしかける――そんな算段だったのだろウ。しかし我はすでに、その策を看破していタ」

右腕を大きく振りかぶる、アイングランツ。

「知謀をめぐらすのはソだけではなイ。煽られ冷静さを失したように映ったのは、我の演技であル。猛《たけ》り狂い周りのオーガどもを追い払ったのも、我の演技にさらなる真実味を持たせるため……そして我はあえて隙を作りソを引き込んだ――我が、邪王素の領域ヘト」

強烈な圧が脳を揺らし、意識を混濁させようとする。

胃液が逆流する感覚。俺は、激しくえずいた。

「げ、ほっ！」

スレイは——止まらない。魔物は邪王素の影響を受けないからだ。

アイングランツの腕が膨張し、うなりを上げる。

「古びた勇者の血を引こうと——〝人類最強〟とやらに勝利しようト！　この世界で生まれし者である限り、我には勝てヌ！　我が邪王素の前においてソらはあまりに無力……ッ！　これが、邪王素であル！　これより真の絶望を味わわせてやろウ！　ソの死肉は保存し、捕らえた勇者どもに少しずつ食わせてやろうゾ！」

脈打つ金眼が、嗜虐的《しぎゃくてき》に細められる。

「我が邪王素を甘く見積もった愚、永遠《とわ》に悔やむがよイ」

腕を、上げる。


——入った。

距離、

「【パラ《麻痺性》、ライズ《付与》】」
20、、、、メートル。

――――ピシッ、ピキッ――――

「悪《わり》ぃが――悔やむのは、テメェの方だ」

「――ッ!?　なん、ダ……？　腕が……動か、ヌ……？　いや……身体が、すべ、テ……ッ!?」

効いた。

大魔《たいま》帝軍《ていぐん》、側近級にも。

腕を突き上げたまま、問う。

「さて……」

「邪王素が、な、な、なんだって？」

邪王素の〝圏内〟に入った時、俺は自ら前方へ倒れ込んだ。

それを見てアイングランツは確信した。

勝った、と。

邪王素が効くのなら異界の勇者ではありえない。

これでヤツの中から、一抹の不安は消え去った。

アイングランツはまず邪王素の圏内に俺を引き込みたかった。

幸い、蝿面《はえめん》の男は大言壮語を吐きつつ自信満々に突っ込んでくる。

このまま煽りに乗った演技をして、圏内へ誘い込めばいい。

そして邪王素の威力を知った時には——もう遅い。

完全勝利である。

アイングランツの思惑は、そんな感じだったはず。

……パカラッ、パカッ……

スレイの動きを止め——身を、起こす。

「——ッ!?　馬鹿、ナ！　こ、の……邪王素の、中……そのように、動、ける……な、ド……ッ！　いや……まさ、かっ……ソは……まさ、カ……ッ!?」

ようやく、気づいたか。

「ああ。残念だが、そのまさかだ」

すべては——この距離まで、近づくため。

圏内に踏み込んだ俺が動けなくなったことで、ヤツはもう疑わなかった。邪王素が効いたと確信を持った。その瞬間、俺が異界の勇者という線はヤツの中で完全に消失した。

実際、その直後から面白いほどアイングランツの警戒が解けていた。

アイングランツは己の邪王素に絶対的な自信を持っている。

ゆえに、20メートルの懐まで警戒せず俺を飛び込ませた。

当然だ——あとはもう、どう料理するかだけだったのだから。

邪王素にやられた演技も見事にハマってくれた。

影響を受けた状態については前もって教えてもらっていた。

幅広く古い文献の知識を持つセラス・アシュレイン。

そして、人の寿命を遥《はる》かに上回る時間を生きてきたエリカ・アナオロバエル。

「あ……あり、え、ヌ……ッ！　この我、ガ……ッ」

今、声の音量が増幅されていないのは幸運だった。もしアイングランツの声が増幅されていれば、俺が異界の勇者だと戦場にいる者に知れ渡ってしまう。

ま、それはそれで一応ごまかす策を用意してはいたが……。

麻痺《まひ》状態のアイングランツを見据え、フン、と鼻を鳴らす。

「おまえ、俺が自己紹介がてら自分の功績を得意げに謳《うた》いながら真っ直《す》ぐ突っ込んできた時――〝こいつ馬鹿だ〟って思っただろ？」

「グ……ッ」

惨めったらしい弱者の姿ってのも、油断を誘うには強力な罠《わな》となる。しかし、

「〝考えなしの自信家〟ってヤツも、意外と面白い罠として機能することがある。特に……自分を賢い側だと思ってるヤツに対しては」

「こ……しゃく、ナ……ッ！」

「それからな、俺の煽りに乗って怒り狂う演技をしたとか言ってたが……あんた、自分自身を騙《だま》せるほどには演じられてなかったぜ」

俺が邪王素の圏内に迫った時も、自ら圏内と圏外の境目を教えてくれた。

『小賢《こざか》しイ』

いよいよ圏内に入るかどうかが気になる段になると、アイングランツは演技を忘れ、言葉をあっさり発するだけになっていた。

その直前には『む、ゥ!?』などと、驚く演技ができていたのに。つまり、

「奇妙なほど、前後で落差がありすぎた」

頭もそれなりに回る。

側近級と呼ばれるほどの戦闘能力も、有している。

しかしどうやら――

「演技力の点じゃ、こっちに分があったらしいな」

イヴが投げた槍も、本当の狙いは不意打ちではなく、敵の反応速度を見るためだった。

あの一撃で、アイングランツの反応のスピードが摑《つか》めた。

あれなら――捻《ね》じ込める。そう判断した。

意識外からの攻撃。気づいた〝その瞬間だけ〟は誰もが、素で反応してしまう。

演技の入り込む余地は、ない。

「調子に乗るナ！　我の動きを封じた程度デ――」

「【バーサク《暴性付与》】」

「ぐぉぉぁあアッ!?」

飛び出さんばかりに目を剝《む》くアイングランツ。

身体中の傷口から血を撒《ま》き散らし、巨体がグラッと倒れ込む。

ククッ、と嗤《わら》う。

俺の呪術は、動きを止めるだけじゃあない。

ズンッ!

アイングランツが、かろうじて踏みとどまる。

「殺、ズ……ッ!」

血の涙に溢《あふ》れた金眼《きんがん》で射殺さんばかりに睨《にら》むアイングランツ。

全身が膨張し、禍々《まがまが》しいツノがメリメリと変形し始めた。が、

「ぐぁ、あア!?」

麻痺状態で力任せに動くのは自殺行為。

下手に地力があると動けてしまう——シビトのように。

ゆえに、地獄を見る。

周りのオーガ兵たちは困惑していた。何が起こっているのか理解が追いついていない様子である。しかもオーガ兵は、同時にゴーレムの絶え間ない襲撃を受けている。

一方のアイングランツも、錯乱と呼べる状態にあった。

最も理解が追いついていないのは、この側近級かもしれない。

「馬鹿、ザ……ッ！　ごの、ふざげだヂカラっ……ソは……なん、ダッ!?　想、定外ダ……ッ！　げフゥ!?　ぐっ……忌々しい、女神めぇ……こんなシロモノを……隠して、いだ……ど、ハ！」

もがき、自ら死へと近づくアイングランツ。

反応速度と違って体力は馬鹿みたいにあるようだ。

しかし【スロウ《遅性付与》】を除く俺のスキル消費ＭＰはたったの10。

この局面でＭＰが尽きることなど皆無に等しい——まだまだ、撃てる。

無間地獄。

一度ハマってしまえば、この連鎖から逃れることはできない。

——詰みだ、アイングランツ。

やがて、

「ぐぉぉおおおおぉぉぉおおおおオ——————ッ！　お、ぐ、ェ……、——」

アイングランツは力尽き……血の海に、沈んだ。

力尽きたように見せかけ、擬態することもなく。

数を頼み、仲間に救援を叫ぶこともなく。

最期に謎の呪術に対する自己分析の情報を、部下へ託すこともなく。

ひたすら混乱と理解不能の大渦に呑《の》まれ、息絶えた。
確実に死んだかは、便利なあのシステムが教えてくれた。

【レベルが上がりました】
【LV2112↓LV2500】

経験値《EXP》が入る。つまり確かに〝死んだ〟ということ。
レベルアップが期待できる相手に対しては生死判断の材料になる。
逆にこれでレベルアップしてなければ、死んだふりを疑えるわけだ。
もちろんこれは、レベルアップ前提の話となるが。
「あれを頼む、スレイ」
スレイが少し特徴のあるいななきを二度発する。これはイヴへ向けたものだ。
事前に決めておいた〝側近級を殺した〟の合図。
合図を発したのち、俺は次なる〝合図〟を送るために懐から拡声石《かくせいせき》を取り出す。
カチッ

マスクに嵌《は》め直し、告げる。

「──とどめだ、アイングランツ──」

とどめも何も、すでにアイングランツは死んでいる。

が、この側近級が〝瀕死《ひんし》〟と告げられて──もう一匹のヤツは、どう受け止める？

即時撤退を選ぶか、動揺するか、スルーか、もしくは──

「馬鹿ナ！　アイングランツ様が敗北するだト!?　ありえン！　ぐっ……それに、アイングランツ様はオーガ兵を生み出すことのできる戦略級の存在！　やらせるわけには、いかン！」

ほどなく、もう一匹の側近級が駆け迫ってきた。

もう一匹が選んだのは──救出。

運悪く俺とその側近級の距離の間にいた兵士たちが、

「ぐ、あっ!?」

バタバタ倒れていく。範囲に入った瞬間、邪王素《じゃおうそ》に耐えきれず気絶したのだ。

側近級が移動すると、効果範囲がわかりやすい。

……邪王素の範囲はアイングランツよりやや短いくらい、か。

アイングランツの敗北が想定外中の想定外なら、真偽不明にせよ気になって確認はしにくるはず──俺は、そう考えた。

拡声石を、外す。

スレイの馬首を巡らせ、俺はもう一匹の側近級の方角を向いた。

もう一匹の側近級が、襲い掛かるゴーレムを蹴散らし、迫る。

距離が縮まってきた。

これで、十河《そごう》からは引き剝がせた。……まだ持ちこたえていたなら、だが。

ただ、もう一匹の側近級は決め手に欠けていた感があった。

防御を崩せていない——遠目からだが、そんな風に見えた。

「最上級のS級はもうこの戦場にはおらぬはズ！ 我が帝の見込みでは、ここは、このツヴァイクシードがS級を抑え込めれば難なく勝てるはずだッタ！ 収穫は……完全と、なるはずだっダ！」

ああ、いねぇよ——S級は、な。

「…………」

ひとまず、アイングラントと同じ騙し手を仕掛けてみるか。

刹那——もう一匹の側近級の胴が、上下に両断された。

「し、マッ——、……ッ！」

停止した時間の中で浮遊するみたいに、側近級の上半身が、宙に躍る。

禍々しい紫毛《しもう》の巨体を横薙《な》ぎに両断したのは——銀光煌《きら》めく、巨の剣《つるぎ》。

側近級の背後。十河綾香《あやか》が、剣を振り切った状態で跳躍している。

神速の動きで、十河はさらにその巨剣を縦に振り下ろした。彼女が、口を開く。

「一騎打ちの最中に、そのような隙を見せるなど――」

二動作にして成った十字の斬撃が、側近級を、四つのパーツに閃断《せんだん》した。

「言語、道断」

「ぐ、ぉォ――、……ッ!?」

縦に頭部を二分された側近級が、両の側頭部を左右の手でおさえた。

頭部が二つに分かれゆくのを反射的に止めようとしたのだろう。

が、その努力は虚《むな》しく霧散する。

その側近級には、断末魔の叫びに溺れる暇すら与えられなかった。

仮に再生能力を持っていようともそれ以上の速度で解体してみせる――十河の剣速には、そんな気迫すらうかがえた。

鬼速《きそく》の乱刃が、魔の肉と共に空気を無数に寸断していく。

ツヴァイクシードと名乗った側近級が、紫毛のこびりついた肉塊へと変貌していく。

そして――その死体は無残に散らばって、地面に散乱した。

……しかし、速い。

あれが成長したＳ級勇者か。いや、それとも……。

肩で息をしながら、十河は肉の塊と化した側近級を見下ろしている。

上下する肩口がそれを覆う装備ごと大きく裂けていた。

が、血はすでに止まっている。ステータス補正のおかげだろう。

……雰囲気が少し変わった、というのもある。ただそれ以上に、どこか無理をおしている感がある。自分の身体《からだ》に無茶を強いている、というか……。

「はぁっ……はぁ……ッ！」

荒く息を吐く十河の視線が――俺を、捉えた。

俺はわき腹をおさえながら、やや前のめりになってスレイを歩かせる。

十河が、近づいてくる。

「初めまして」

先にこっちから声をかけた。声は変声石で変えている。

声で俺だと――三森灯河《みもりとうか》だとバレる心配はない。

十河の銀の巨剣は、今は身の丈に合ったサイズに戻っていた。

「助かり、ました」

十河の荒い呼吸はまだ静まっていない。戦闘の構えも、解いていない。

ああ、スレイのせいか。

「ご安心を……この黒馬は我々の味方です。手なずけてありますから、ご心配なく……」

丁寧な言葉で、かつ疲労感たっぷりに、俺は言った。

蝿王《はえおう》ノ戦団の団長としてはこの口調でいい。そう、アシントのムアジのような。

十河がやや構えを緩め、尋ねた。

「大丈夫、ですか？」

「この私であっても、あの側近級の邪王素の影響下では……ギリギリの戦いでした。まさか邪王素の力が、これほどのものとは……ぐっ……!?」

苦しそうな演技をすると、落馬を危惧してか、十河が駆け寄る素振りを見せた。

が、俺は手を出して制する。

「もし、我が呪術が決まらなければ……勝てなかったと思います。邪王素の影響下で長期戦となれば……確実に、私の負けでした……」

「あの、あなたたちが現れてから……私と戦っていた側近級は、明らかにあなたの存在が気になっていて集中力が落ちていました……そのおかげで、私も持ちこたえられたんだと思います。ありがとうございました。その、あなたは……あの黒竜騎士団を倒したアシントの――」

「そんなことより、よいのですか？」

俺は十河の言葉を遮り、馬上で少し身を起こした。

顔を、まだ戦っている十河の味方側の方角へ向ける。

「あの側近級のすぐ背後であのような動きができるということは、あなたは私と違って邪王素の影響を受けなかった。つまり……異界の勇者なのですね？　しかもかなりお強い……そのあなたの力を必要としている者たちが、まだいるのではありませんか？」

十河がハッとする。首を巡らせ、彼女はまだオーガ兵と戦っている仲間を見た。

十河は額の汗を拭い、俺に背を向けた。

「──後ほど、改めてお礼を言わせてください。私……今はまず、クラスメイト《みんな》を助けないと」

十河が戦場をうろついている軍馬を発見し、それを目がけて駆け出す。

と、数匹のオーガ兵が気づいて十河に襲いかかった。

瞬殺。

オーガ兵が複数で仕掛けてもまるで敵《かな》わない。

十河はすぐに軍馬を捕まえ、またがった。

馬上で武器を銀槍《ぎんそう》に変化させ、他の戦闘の波へ迷いなく突進していく。

……上手《うま》く乗りこなすもんだ。確実に今の俺より乗馬技術は上だな。

さすがはあの十河綾香、か。

「にしても……」

相変わらず自分以外のヤツを心配してるんだな、あのクラス委員は。

三森灯河の廃棄遺跡送り。
あの場で唯一、止めようとしてくれたクラスメイト。
あのクソ女神に盾突いたクラス委員。
雰囲気は少し変わっていたが、根本的な部分は変わっていないようだ。
他者を思いやる気持ち。その部分は、変わっていないらしい。
暴風雨のごとくオーガ兵を蹴散らす十河を遠目に見ながら、
「ああ……また後でな」
俺は、届くはずもない声で言った。

趨勢《すうせい》は、決しつつあった。
ゴーレムの働きもさることながら、二匹の側近級の死が大きく影響したようだ。
大魔帝軍《たいまていぐん》全体の士気が目に見えて低い。
側近級が揃《そろ》って殺されるとは夢にも思っていなかったのだろう。
瓦解し始めた大魔帝の軍勢に対し、逆に、人間側は一気に畳み込みにかかっている。
俺はスレイに指示して第二段階に戻らせた。これで一般的な馬に近い見た目になる。
ずっと第三段階でいると、その辺の兵士に敵の魔物と間違われそうだしな。

それに、第三段階のままだとスレイの消耗も激しい。
スレイはもう休ませてやっていいだろう。
「やったのか、我が主《あるじ》よ」
と、イヴが駆けつけてきた。返り血を浴びている。その手には剣を握っていた。
「ああ。ヤバそうだった側近級は、どうにか片づいた」
戦場の様子をうかがうイヴ。
「大勢は、決しつつあるようだな」
大魔帝軍は、魔群帯から呼び寄せた魔物と挟撃する形を狙っていたと思われる。
が、魔群帯の魔物が思った以上にここへ到達しなかった。
なぜならその多くは、エリカ手製の武器で俺たちが事前に叩《たた》き潰したからである。
生き残った魔物は、魔群体との境界線付近でその大半をゴーレムが押しとどめている。
だから現状、漏れ出てくる魔物はさほど多くない。
そして、他のゴーレムの半数はこの戦場まで来てオーガ兵たちの陣列をかき乱した。
数の不利をひっくり返す邪王素持ちの側近級は揃って死亡。
結果、数で劣る大魔帝軍は負け戦の様相を呈している。
各国の軍も足並みを揃え、一丸となって戦っている。
もはやオーガ兵を一匹残らず駆逐する勢いだ。

ネーアの旗の辺りは特に勢いがある。

目に見えて士気が高く、統率も取れている。姫の死による激情に動かされている風にも見えない。あの調子なら、おそらくセラスも姫さまも問題ないだろう。

「…………」

そうか、

「ちゃんと、間に合ったか」

視線を転じる。

「ただ、そろそろ――」

魔群帯の方角。

「ゴーレムで堰《せ》き止めてた魔群帯の金眼《きんがん》どもが、合流するかもしれねぇな。それに……」

懐中時計を取り出し、時間を確認。

ゴーレムの稼働時間……そのタイムリミットが、近い。

スレイから降り、俺は腰の短剣を抜いた。

「残りの金眼どもが本格的に到達する前に……できるだけこの辺のオーガ兵の数を、減らしておくとしようか」

大魔帝軍をここで崩壊させておけば、あとは魔群帯の魔物に専念できる。

挟撃の形も避けられる。

オーガ兵の中には逃げ出し始めるヤツもいた。

が、すべてが逃亡しているわけでもない。

後々を考えて一人でも多く道連れにするつもりなのか。

死にもの狂いで殺しにかかってきているのも、まだいる。

「しギィァあ！」

早速、一匹のオーガ兵が槍《やり》を手に襲いかかってきた。

俺は懐に飛び込み、喉を掻《か》っ切る。前蹴りでそいつを蹴飛ばし、構えを取り直す。

他のオーガ兵を立て続けに斬り飛ばしたイヴが、俺の背後に位置取った。

「我が主の近接戦闘も、大分サマになってきたな」

「おまえらに鍛えられたからな。つっても、やっぱ近接戦闘じゃおまえらにはかないそうにねぇが」

やはりイヴの戦いは洗練されている。俺が一匹殺す間に、三匹は殺している。

イヴは敵の武器をも利用し、殺戮《さつりく》と呼べる数のオーガ兵を屠《ほふ》っていった。俺は【麻痺性付与《パラライズ》】で複数のオーガ兵の動きを止め、次々と刃で喉もとを掻っ捌《さば》いていく。

目的だった二匹の側近級は潰した。

あのネーア軍の様子なら、姫さまもおそらくは無事でいる。

改めて、戦況を確認。

「…………」

ここからはもう、黒子役に徹してよさそうか。

オーガ兵が〝軍勢〟としてほぼ機能しなくなる頃、ついに魔群帯の魔物が波となって押し寄せてきた。

ゴーレムの稼働時間はもう終わっている。魔物に暴虐の限りを尽くしたゴーレムたちは崩れ、形を失った。そして――灰と化し、風に乗って消えた。

が、その頃には待ち構える人間側もすっかり陣容を立て直している。

アライオンのポラリーとかいう公爵。

ネーアの〝姫さま〟ことカトレア・シュトラミウス。

バクオスのガスという名の若い竜騎士。

異界の勇者たちを率いる十河《そごう》綾香《あやか》。

彼らの指揮する軍は一つとなって魔物たちとぶつかった。

恐るべき邪王素《じゃおうそ》をまき散らす側近級はもういない。

後方の憂いは、ない。

さて、蝿王ノ戦団だが……。

俺の正体がバレないこと――ここからは、そこが最優先である。

俺とイヴは、あまり目立たぬようネーア軍の傍《そば》で戦いを継続した。

状態異常スキルをなるだけ使わず、俺は武器を用いて戦闘を行った。

マスクの効果で多少は声量を抑えられている。

が、やはりスキル発声時の単語で2-Cの勇者に勘付かれる危険が残っている。

あいつらは俺がヴィシスに状態異常スキルを放った時の〝【パラライズ】〟を目に、そして耳にしている。

他の状態異常スキルにしても、いかにも〝状態異常スキル〟なスキル名だ。

下手に乱発すると勘付くヤツが出るかもしれない。

一応呪術に押しつけたが、ここでの状態異常スキル使用は慎重になるべきだろう。

「ぎァ！」

足払いで魔物を転倒させる。その眼球に、戦場で拾った剣の刃を突き入れる。

「こういう時のための、近接戦闘の訓練だったわけだ」

状態異常スキルとは違った、確かな肉の手ごたえ。

「そういえば」

十河以外の上級勇者の姿が見当たらねぇが……。

桐原《きりはら》の不在は事前情報で知っている。

ただ、２‐Ｃの連中が固まってる辺り……高雄《たかお》姉妹や、戦場《いくさば》浅葱《あさぎ》……小山田《おやまだ》や安《やす》もいない感じがする。あいつらは、別の軍に編入されたのか？

さっきツヴァイクシードが、Ｓ級はここに一人だけみたいなことを言ってたが……。

魔物の目に突き入れた刃を引き抜き、視線を滑らせる。

今、セラスはネーアの姫さまの近くで戦っていた。

精式霊装《せいしきれいそう》を使っている――ってことは、正体をバラしたか。

周りの女聖騎士たちがセラスの指示にキビキビと従っている。

遠目で見た時に士気が高かったのは、元聖騎士団長の帰還が知れ渡ったためか。

精式霊装の使用は、イコールで正体の露見につながる。

使用をどうするかは、セラス自身の判断に任せたが――

「……ま、そうなるよな」

そう、俺は使用を禁止しなかった。

仕方あるまい。

大切な存在を守る時に力をセーブさせるなんてのは、さすがに酷《ひど》すぎる。

□

こうして、魔防《まぼう》の白城《はくじょう》に集っていた南軍は大きな損害をこうむったものの、オーガ兵を率いて急襲を仕掛けてきた側近級二匹を打ち倒し、さらには、金棲魔群帯《こんせいまぐんたい》より押し寄せた魔物たちを退けることに成功した。

エピローグ

セラス・アシュレインは精式霊装を解き、刃を鞘《さや》に納めた。

魔物の死体が地を埋め尽くしている。

辺りの戦闘も、ほぼ終わりを迎えたと言ってよいだろう。

魔群帯《まぐんたい》より到来した魔物たちも今やそのほとんどが物言わぬ躯《むくろ》と化している。

大魔帝軍《たいまていぐん》のオーガ兵ももう動く姿はないに等しい。

勝ったのだ。

夕暮れの戦場に漂う血腥《ちなまぐさ》い風を浴びながら、セラスは改めて周囲へ視線をやった。

懐かしい顔ぶれの聖騎士たちがセラスを取り囲んでいる。

皆、傷を負った者も含めて暗い顔をしている者はいない。形的にセラスは、国を捨てて逃げた元聖騎士団長である。が、そんなセラスへ彼女たちから向けられるものは慕情であった。申し訳なく思うと共に、セラスはかつての部下たちに深い感謝を覚えた。

その聖騎士たちの列を割って、馬に乗った立派な軍装の女が姿を現す。

「セラス」

懐かしげにそう呼びかけたのは、カトレア・シュトラミウス。

かつてセラスが剣を捧《ささ》げたネーア聖国の姫君。

「──姫さま」

「あなたたちが現れた時も驚いたけれど……わたくしたちを助けに来たのがあなただったのも、驚きましたわ」

セラスはかすかに面映《おもは》ゆさを覚え、人差し指の先で頬をかいた。

「驚いたのは、私も同じです。まさか精式霊装を使用する前に、正体を見抜かれるとは……」

数刻前のこと。軍馬を駆ってネーア軍とオーガ兵の入りまじる戦場へ辿《たど》り着いたセラスは、オーガ兵を蹴散らし、カトレアのもとへ駆けつけた。そして、

『助太刀いたしますっ』

変声石の効果によりひずんだ声でそう呼びかけた。

次いでセラスは、数匹のオーガ兵を剣にて斬り伏せた。

するとカトレアが驚きを乗せた声で、こう言ったのである。

『──セラス？』

これには、セラスの方も驚き隠せなかった。

蠅騎士《はえきし》の装束とマスクで姿は隠している。禁術製の道具で、声も変えている。

なのにカトレアは蠅騎士の正体に勘付いた。

思わずマスクの下で感極まるのを、抑えられなかった。

気づかれぬよう馳《は》せ参じたつもりだったのに——気づかれたことがなぜか、嬉《うれ》しくて。
セラスはそこで、諦めた。
ああ……やはりこの人に隠し事は難しいのだ、と。だから決意を固めて、言った。
『遅くなりました』
オーガ兵に包囲されたそこは、激戦の最中《さなか》にあった。
カトレアに看破されたのもあったのだろうか。セラスの決断は、早かった。
彼女は躊躇《ちゅうちょ》なく精式霊装の使用に踏み切った。
カトレアを守るために。
精式霊装となれば、長い時を共に過ごした聖騎士たちは気づくだろう。
かつての聖騎士団長——セラス・アシュレインであると。
それでも、全力を以《もっ》て守りたかった。確実に、カトレアを。
「…………」
散乱する死体を照らす夕映えの中、セラスはトーカの姿を捜す。
が、今の位置からは見つけられなかった。
(あの人は……精式霊装を使うなとは、言いませんでした。正体を意地でも隠せ、とも
……あの人はただ、すべての判断を私に委ねてくれました)
禁ずる時は彼なら明言する。明言しなかった以上、正体を明かした場合の方針も考えて

あるのだろう。だから、精式霊装の使用も禁じなかった。

微笑するセラス。

(使えと言い切らないあたりも、あの人らしいですが)

セラス・アシュレインの生存も隠せるに越したことはない。正体を隠し切った場合、生存は内々にカトレアに限って明かす——彼ならそう考えるような気がした。

「先ほどは詳しく話を聞く余裕がなかったけれど、無事に生きていたのですわね」

「はい、とある方のおかげで……どうにか」

カトレアは、蠅王《はえおう》姿のトーカが魔戦車《ませんしゃ》と共に姿を現した方角へ首を巡らせた。

「あの蠅王ですわね。今は、あの者と行動を？」

「はい」

「あの者も色々と気になる存在ではありますけれど……」

カトレアは慣れた動作で下馬すると、歩み出て、セラスの前に立った。

「まずは——あなたの生存を、喜ぶとしましょうか」

微笑《ほほえ》みをもって差し出されたカトレアの白い手袋は、返り血で汚れていた。

セラスは視線を上げる。

橙《だいだい》の光に照らされた、かつて仕えた姫君の面差し。

守れたのだ、と。

セラスの中で、実感が急速に湧き上がってきた。

これまではどこか、再会自体を夢うつつのごとく感じていた。

しかし今や目の前で言葉を交わすカトレアは、確かな現実としてそこに立っている。

守れたのだ。

セラスはもう一度、心の中で力強く反芻《はんすう》した。そして、

「はい、姫さまも――」

涙声まじりに、言った。

「ご無事で、なによりです」

◇【三森灯河】◇

夕暮れに夜の気配がまじり始めた。

潮が満ちていくかのごとく、闇は戦場の死体をゆっくりと覆い隠していく。

近くに転がっているオーガ兵の生死を確認したイヴが、立ち上がった。

「我々の勝利、と呼んでよさそうだな」

「ああ」

俺は座るのにちょうどいい岩に片膝を立てて腰を下ろし、争いを終えた戦場を眺めていた。スレイもその傍らで伏せをしている。イヴが、城の南壁の方へ顔を向けた。

「しかし、アヤカ・ソゴウというあの異界の勇者には驚いたな。勇者の固有スキルもそうだが、この戦場にいた勇者の中では戦才が突出している」

「……だな」

十河綾香《そごうあやか》。俺の廃棄を止めようとしたクラス委員。

格段に、強くなっていた。

イヴはそれ以上、十河には言及しなかった。

十河について俺が知った口を利き、万が一にも誰かに聞かれるのを危惧したのだろう。

イヴが、俺の隣に立つ。

「これで、今回の目的は果たせたのだな」

「姫さまを救えたからな……上々だ。おまえにも助けられた。礼を言う」

「ふふ、水臭いぞ。我とそなたの仲ではないか」

本当にイヴ・スピードは善人だ。

過酷な環境下で現実を知ったとはいえ——根は、限りなく善人なのだ。

「……だからこそ、な」

「ん？　どうした？」

「いいや、なんでもない。それより——」

俺はとある決断の再認識を胸に、立ち上がった。

「場所を移るか」

「む？」

イヴが背後を振り向くと、近辺で戦っていた兵が集まってきていた。

突如として戦場に現れた蝿王と蝿騎士を見物に来たのだろう。

ただ、ひと気があるとイヴとの会話がしにくい。

「行きましょう、アスターヴァ」

兵士たちの方へ歩き出し、俺はイヴの偽名を口にした。

「うむ」

イヴが頷《うなず》き、ついてくる。スレイも立ち上がり、トコトコとついてきた。

歩み寄る俺たちに、兵士たちが少し気後れした反応を見せる。

俺は、彼らの前で立ち止まった。

「何か、ご用でしょうか？」

物腰柔らかに問う。

すると先頭の兵士が〝え？　自分？〟みたいな顔で自分を指差し、口を開いた。

「あ、いえ……その……」

ワインレッドをあしらった黒装に蝿王のマスク。

突如戦場に現れ元アシントを名乗り、呪術によって人面種《じんめんしゅ》や側近級を打ち倒した。

物怖《ものお》じするのも無理はない、か。

「蝿王ノ戦団の団長を務めます、ベルゼギアと申します」

自己紹介をし、続ける。

「ご心配なく。我々は皆さまに助力すべくこの戦場へやって来ました。共に魔群帯より押し寄せた魔物たちと戦ったのが何よりの証拠と思っていただければ、幸いですが……ともかくあなた方に危害を加える立場にはありませんので、どうかご安心を」

言って軽く一礼をし、歩みを再開する。

自然と兵士たちの列が左右へ分かれ、俺たちの進む道が開ける。

丁寧な応対にいくらか警戒や緊張が解けたのか、俺たちを見送る兵たちの顔から少なくとも恐れの感情は消えていた。見送った兵士たちは何か言葉を交わし合っているようだったが、俺たちを追ってくることはなかった。兵士たちの方を、イヴが振り返る。

「今回の戦いで、蠅王ノ戦団は一躍有名になるであろうな」

「ああ──間違いなく、な」

問題はこのあと、蠅王ノ戦団の存在を知ったヴィシスがどう動くか。

セラス・アシュレインの生存。

側近級を倒した呪術。

あのクソ女神にとってはいずれもスルーできない情報のはず。

「今後、蠅王ノ戦団と本来の俺は使い分けるさ」

ヴィシスが無視できない存在となれば──それはそれで、蠅王ノ戦団は利用できる。

「上手《うま》くすりゃあ、蠅王ノ戦団の存在を使って向こうを欺くこともできるし、混乱させることだってできるかもしれない。まあいずれにせよ──寄り道は、ここまでだ」

蠅騎士と黒馬を従え、わずかな篝火《かがりび》が焚《た》かれ始めた中を進む。

「後はもう──」

夜の闇が瀕死《ひんし》の夕闇を喰《く》らい、俺が向かう道は、心地よくも濃厚な闇に包まれている。

「この旅の完遂へ向けて、突き進むだけだ」

あとがき

最近は栄養面を考慮して定期的にレバーを摂取するようになりました。篠崎芳《しのざきかおる》です。

五巻ではついに、一つの再会が果たされます。

この再会を描《えが》くため今巻は既刊と比べて構成がやや特殊なものとなりました（それもあって、五巻はページ数も少し増えております）。

再会というのは不思議なもので、特に、長らく会っていなかった人との再会は体験として面白いと感じます。

自分の中で大抵その人の映像イメージは最後に会った時のもので止まっています。そして、そういう人と再会した瞬間のイメージの更新度合いが面白いなと感じます。前回会った時とあまり変わっていないケースもあれば、外見や雰囲気がガラッと変わっているケースもあります。再会後、互いの近況などを伝え合い他の情報が更新されるわけですが、個人的にはやはり〝再会の瞬間〟に発生するあの独特な感覚が好き（？）な気がします。

今巻における再会では、登場人物たちはどんな感覚を抱いたのでしょうか？

小説を書く上で永遠の課題の一つとして頭を悩ませ続けているのが、物語全体のテンポと日常描写の比率です。この話は各所で何度かしている気がしますが、バトル漫画に時おり挟まれる日常回みたいなものが個人的にとても好きです。これは〝バトル漫画〟というのがミソで、バトルメインな作品ほど日常回では普段とのギャップが強く出がちなため、魅力的に感じるのかなと思います。ですが、登場人物の普段と違う側面が発見できる日常回をもっと楽しみたいと思う反面、日常回の比率が高くなりすぎると、今度はメインである〝バトル漫画〟としてのテンポが削《そ》がれてしまう……。それに似た悩みを抱えつつ、しかしやはりキャラクターの魅力を掘り起こせる日常イベントは欲しい——そう思い、今巻にも日常イベントを含む書き下ろしコンテンツをいくつか収録しました（もちろん、セラスサイドを描くという意味合いもありますが）。いずれにせよ、日常イベントはやはりよいものです。

ここからは謝辞を。担当のO様、相変わらずいっぱいいっぱいな状態でご迷惑をおかけしております（汗）。今年は少しでも馬力を上げていけたら……と思っております。KWKM様、さらに魅力を増し続けるイラストをありがとうございます。セラスを筆頭に、今巻でもイラストの効果によって各シーンにおけるヒロインたちの魅力が爆発していると感じました。そして……ダークヒーロー的な蠅王《はえおう》装、蠅騎士装と合わせて本当にかっこいいです。ありがとうございました。今巻を出版するにあたってお力添えくださった各所の皆さまにも、お礼申し上げます。

Ｗｅｂ版の読者の皆さま、いつもご声援ありがとうございます。今後も〝ハズレ枠〟を温かく見守っていただけましたら、大変嬉《うれ》しく存じます。

最後に、前巻から引き続きこの五巻をお手に取ってくださったあなたに感謝を。一巻のあとがきで〝あなたにとってこの作品が一つのよい出会いとなってくれましたら、これほど嬉しいことはございません〟と書きましたが、今、この作品との出会いがよい出会いとなってくれていたらとても嬉しく思います。

それでは、物語が次の局面へ移行していく気配の漂う次巻でお会いできることを祈りつつ、今回はこのあたりで失礼いたします。

篠崎芳

5巻発売
おめでとうございます！
Web版、書籍版共に、コミカライズの
担当であると同時に一人のファンとして
ハズレ枠の世界を堪能させていただいて
おり、次の展開がどうなるのかと心を踊らせ
ながら、ここはどういった絵で表現しようかなと
あれこれ悩んだりもしております。
原作ファンの方々の期待に応えながら、漫画
という形でハズレ枠の新たな魅力を引き出して
いきたいと思いますので、コミカライズ版も
ぜひよろしくお願いいたします！
2020.3 鵜吉しょう
鵜吉

作品のご感想、
ファンレターをお待ちしています

あて先

〒141-0031
東京都品川区西五反田 8-1-5 五反田光和ビル 4 階
オーバーラップ文庫編集部
「篠崎 芳」先生係／「KWKM」先生係

OVERLAP

ハズレ枠の【状態異常スキル】で最強になった俺がすべてを蹂躙するまで 5

発　行　2020年4月25日　初版第一刷発行
2023年2月28日　第三刷発行

著　者　篠崎 芳

発行者　永田勝治

発行所　株式会社オーバーラップ
〒141-0031　東京都品川区西五反田 8-1-5

校正・DTP　株式会社鷗来堂

印刷・製本　大日本印刷株式会社

Printed in Japan　ISBN 978-4-86554-645-3 C0193

オーバーラップ　カスタマーサポート
電話：03-6219-0850／受付時間 10:00～18:00（土日祝日をのぞく）

オーバーラップ文庫
RAGNAROK
ラグナロク:Re
[バトルファンタジーの金字塔。ここにリビルド]
ここは“闇の種族《ダーク・ワン》”の蠢く世界。ある時、私とともに旅をするフリーランスの傭兵リロイ・シュヴァルツァーの元に、とある仕事の依頼が持ち込まれる。だがそれは、暗殺ギルド“深紅の絶望”による罠だった。人ならざる怪物や暗殺者たちが次々と我が相棒に襲いかかる。——そういえば自己紹介がまだだったな。私の名はラグナロク。リロイが腰に差している剣、それが私だ。
著 安井健太郎 イラスト 巌本英利
シリーズ好評発売中!!

オーバーラップ文庫
黒鉄の魔法使い
KUROGANE NO MAHOUTSUKAI
［この師弟――最強にして最狂］
ある日、魔法使いであるデリスの元に「弟子入り志願」をしにやって来た桂城悠那。
そのステータスの低さから見捨てられた彼女は、強くなって周囲を見返すことを
望んでいるのだった。そんな悠那に興味を惹かれ、弟子にしたデリスだが、その
実彼女は恐ろしいほどの武の才を秘めており……？
最強の魔法使いと、戦闘狂の弟子による“師弟”異世界ファンタジー、開幕！
著 迷井豆腐　イラスト にゅむ
シリーズ好評発売中!!